Traiçoeiras
PRETTY LITTLE LIARS

Pretty Little Liars

Maldosas
Impecáveis
Perfeitas
Inacreditáveis
Os segredos mais secretos
   das Pretty Little Liars
Perversas
Destruidoras
Impiedosas
Perigosas

Traiçoeiras

PRETTY LITTLE LIARS

DE

SARA SHEPARD

Tradução
FAL AZEVEDO

ROCCO
JOVENS LEITORES

Título original
TWISTED
A PRETTY LITTLE LIARS NOVEL
VOL. 9

Copyright © 2011 by Alloy Entertainment e Sara Shepard

Todos os direitos reservados. Nenhuma parte desta obra pode ser reproduzida ou transmitida por qualquer forma ou meio eletrônico ou mecânico, inclusive fotocópia, gravação ou sistema de armazenagem e recuperação de informação, sem a permissão escrita do editor.

Edição brasileira publicada mediante acordo com Rights People, Londres.

"Survivor" by Anthony Dent, Beyoncé Gissele
Knowles, Mathew Knowles (Beyoncé Publishing,
For Chase Muzic Inc., Hitco South, MWE Publishing,
Sony/ATV Tunes LLC). Todos os direitos reservados.

Direitos para a língua portuguesa reservados
com exclusividade para o Brasil à
EDITORA ROCCO LTDA.
Av. Presidente Wilson, 231 – 8º andar
20030-021 – Rio de Janeiro – RJ
Tel.: (21) 3525-2000 – Fax: (21) 3525-2001
rocco@rocco.com.br
www.rocco.com.br

Printed in Brazil/Impresso no Brasil

preparação de originais
LARISSA HELENA

Cip-Brasil. Catalogação na fonte.
Sindicato Nacional dos Editores de Livros, RJ.

S553t
Shepard, Sara, 1977-
Traiçoeiras/Sara Shepard; tradução de Fal Azevedo. – Rio de Janeiro: Rocco Jovens Leitores, 2013. – Primeira edição.
(Pretty Little Liars; v.9)

Tradução de: Twisted
ISBN 978-85-7980-126-6

1. Amizade – Literatura infantojuvenil. 2. Segredo – Literatura infantojuvenil. 3. Conduta – Literatura infantojuvenil. 4. Ficção policial norte-americana. 5. Literatura infantojuvenil norte-americana. I. Azevedo, Fal, 1971-. II. Título. III. Série.

12-2522
CDD–028.5
CDU–087.5

O texto deste livro obedece às normas do
Acordo Ortográfico da Língua Portuguesa.

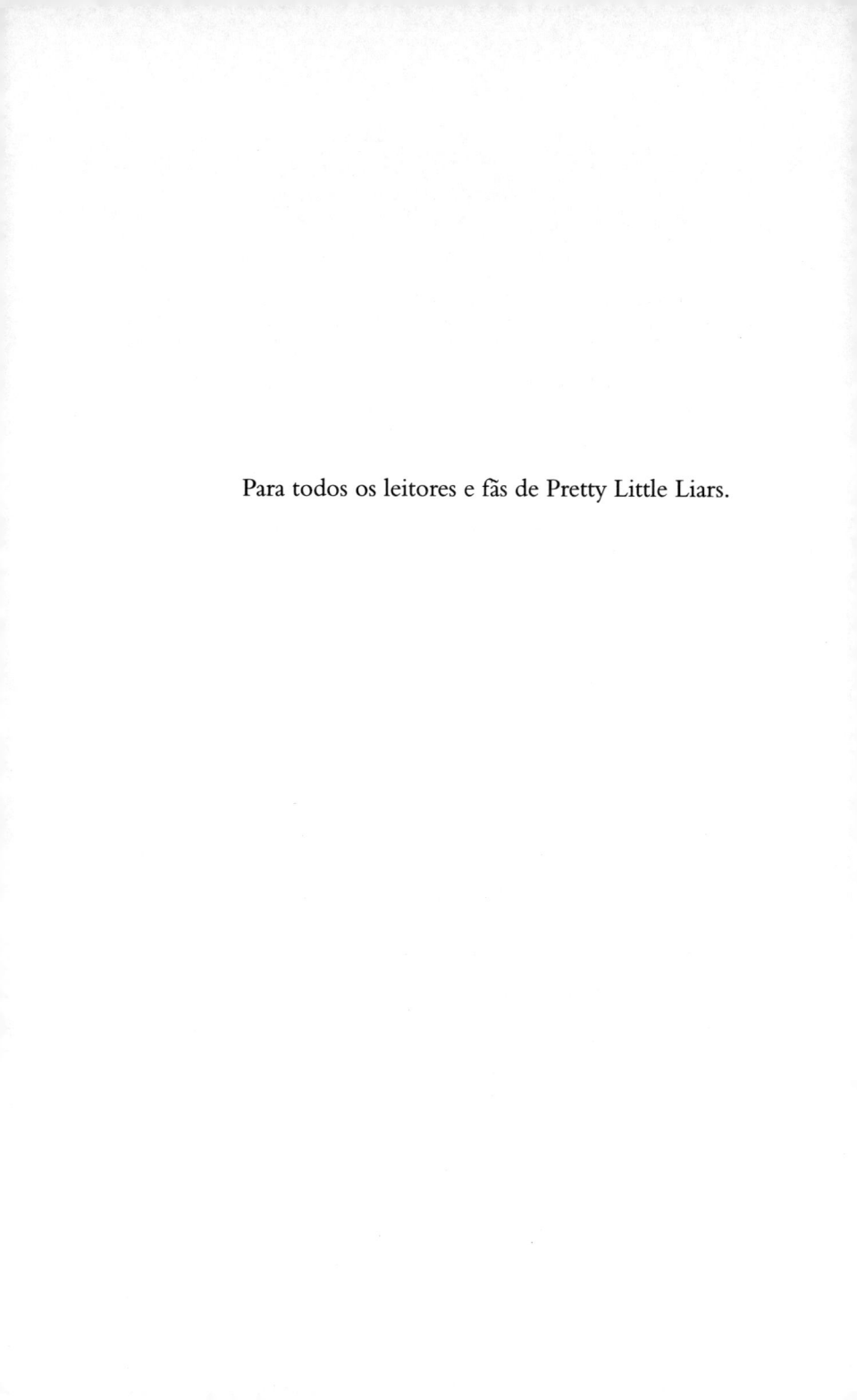

Para todos os leitores e fãs de Pretty Little Liars.

Antes de embarcar em uma jornada por vingança, cave duas covas.

— CONFÚCIO

CERTAS AMIZADES NUNCA MORREM

Você já conheceu alguém que tivesse sete vidas? Como o garoto inconsequente que quebrou uma porção de ossos do corpo durante o último verão, mas que de alguma forma ainda conseguiu ser o artilheiro do time de Lacrosse naquela temporada. Ou a garota duas-caras que senta do seu lado nas aulas de geometria – apesar de colar nas provas e mentir para as amigas, a vaca sempre se dá bem no final. *Hunf.*

Relacionamentos também podem ter sete vidas – lembra-se daquele menino com quem você namorou, terminou e fez as pazes por dois anos seguidos? Ou daquela melhor amiga traiçoeira que você perdoou várias e várias vezes? Ela nunca esteve realmente morta para você, esteve? Mas talvez fosse melhor se *estivesse.*

Quatro garotas bonitas de Rosewood viram-se frente a frente com uma velha inimiga que julgaram ter virado fumaça – literalmente. Mas elas deveriam saber que nada em Rosewood acaba de verdade. De fato, certas melhores amigas há muito perdidas sobrevivem para conseguir exatamente o que querem.

Vingança.

— A última a pular do penhasco paga o jantar! — Spencer Hastings apertou os lacinhos de seu biquíni Ralph Lauren e correu até a beirada das pedras que davam para o oceano azul-turquesa mais estonteante que ela já vira. Isso não significava pouco, considerando que a família Hastings estivera em praticamente todas as ilhas caribenhas, mesmo nas menorzinhas, onde só se podia pousar com um avião particular.

— Bem atrás de você! — gritou Aria Montgomery, chutando para longe suas Havaianas e prendendo seu longo cabelo negro-azulado em um coque desajeitado. Ela não se deu o trabalho de tirar as pulseiras de ambos os braços e nem os brincos de penas que balançavam em suas orelhas.

— Saiam da minha frente! — Hanna Marin passou as mãos sobre os quadris estreitos... bem, ela *esperava* que ainda fossem estreitos, depois do prato gigantesco de fritada de mariscos que ela comera na festinha de boas-vindas à Jamaica naquela tarde.

Emily Fields era a última da fila e deixou sua camisa em cima de uma pedra plana. Quando alcançou a beirada do penhasco e olhou para baixo, sentiu um pouco de vertigem. Ela fez uma pausa e cobriu a boca até a sensação passar.

As meninas saltaram do penhasco e mergulharam nas águas mornas tropicais exatamente ao mesmo tempo. Elas emergiram, rindo — afinal, *todas elas* haviam ganhado e perdido! — e voltaram seus olhares para o The Cliffs, o *resort* jamaicano que despontava bem acima de suas cabeças. A construção de estuque rosado que, além dos quartos de hóspedes, contava com um estúdio de yoga, uma danceteria e um spa, parecia encastelada nas nuvens. Um grupo de pessoas aproveitava a sombra de suas varandas para fazer absolutamente nada ou beber coquetéis no deque. As palmeiras oscilavam, e os pássaros pipilavam. Ao fundo, podia-se ouvir uma versão de "Redemption Song", de Bob Marley, na leve batida de um tambor de aço.

– Paraíso – sussurrou Spencer. As outras murmuraram, concordando.

Aquele era o lugar ideal para as férias de primavera, completamente oposto a Rosewood, Pensilvânia, onde as quatro garotas moravam. Claro, o subúrbio da Filadélfia era um cartão postal – deslumbrante, cheio de bosques antigos e densos, casas enormes, trilhas idílicas para cavalgadas, celeiros antigos únicos e ruínas de fazendas do século XVII –, mas, depois do que acontecera poucos meses antes, as meninas precisavam de uma mudança de cenário. Precisavam esquecer que Alison DiLaurentis, a garota que costumavam admirar e idolatrar, quase as matara.

Porém, era impossível esquecer aquilo. Ainda que dois meses já tivessem se passado desde o ocorrido, as lembranças as assombravam, e as visões apareciam em suas mentes como fantasmas. Como quando Alison pegou as outras pela mão e disse que não era a irmã gêmea, Courtney, como disseram seus pais, e sim a melhor amiga delas que voltara dos mortos. Ou como Ali as convidou para irem à casa de sua família em Poconos, dizendo que seria o lugar perfeito para o reencontro. Como, pouco depois de chegarem lá, Ali levou as amigas para o andar de cima e implorou para que concordassem em ser hipnotizadas por ela exatamente como na noite em que desaparecera no sétimo ano. E então bateu a porta, trancando-as dentro do quarto, e enfiou uma carta pelo vão dizendo quem ela era na verdade... e quem não era.

O nome dela era Ali, ok. Mas as quatro garotas não eram amigas de Ali, no final das contas. A menina que escrevera aquela carta na casa de Poconos não era a mesma que tirara Spencer, Aria, Emily e Hanna do anonimato, no bazar de caridade do colégio Rosewood Day, no começo do sexto ano. Nem fora aquela com quem elas haviam experimentado roupas, fofocado, competido e se apaixonado por um ano e meio. Aquela era Courtney passando-se por Ali todo o tempo, logo após o início da sexta série. A Ali, a *verdadeira* Ali, era uma desconhecida. Uma garota que as odiara com todas as forças. Uma garota que se escondera pela alcunha de A, assassina de Ian Thomas e autora das cruéis mensagens de texto, que colocara fogo na floresta no limite da propriedade da família de Spencer, fizera com que as meninas fossem para a cadeia, assassinara Jenna Cavanaugh por saber demais, e matara sua irmã gêmea Courtney – a Ali *delas* – naquela noite fatídica em que, para se despedirem do sétimo ano, as meninas organizaram uma festa do pijama. E elas eram o próximo alvo dessa garota.

Assim que as quatro amigas leram a última linha odiosa daquela carta, sentiram cheiro de fumaça – a verdadeira Ali enchera a casa de gás e acendera um fósforo. Elas escaparam por pouco, mas Ali não tivera tanta sorte. Quando a cabana explodiu, Ali ainda estava lá dentro.

Ou será que não estava? Havia rumores de que ela ainda poderia estar viva. A história inteira era de conhecimento geral agora. Todos sabiam todos os detalhes, incluindo a troca das gêmeas, e, mesmo com a confirmação dos assassinatos de que Ali era uma assassina, algumas pessoas, ainda assim, estavam completamente obcecadas com a verdadeira Ali. Havia relatos de aparições da garota em Denver, Minneapolis e Palm Springs. As meninas tentavam não pensar naquilo. Elas tinham que seguir em frente. Não havia mais nada a temer.

Dois vultos se tornaram visíveis no topo do penhasco. Um deles era Noel Kahn, o namorado de Aria. O outro era Mike Montgomery, irmão dela e namorado de Hanna. As garotas nadaram até os degraus escavados na rocha.

Noel entregou a Aria uma toalha grande e felpuda, com os dizeres THE CLIFFS, NEGRIL, JAMAICA, bordados em vermelho.

— Você fica tão sexy com esse biquíni.

— Hum-hum, sei. — Aria baixou a cabeça, encarando suas pernas branquelas. Ela certamente não era linda como as deusas louras que passavam os dias na praia esfregando óleo de bronzear em seus corpos. Será que tinha visto Noel olhando para elas, ou era apenas a sua paranoia assumindo o controle?

— Estou falando sério! — Noel beliscou o traseiro de Aria.

— Vou querer nadar sem roupas nesta viagem. E, quando formos para a Islândia, vamos nadar nus naquelas piscinas geotérmicas.

Aria enrubesceu.

Noel a cutucou.

— Ei! Você está animada com nossa viagem à Islândia, não está?

— Claro! — Noel fizera uma surpresa e comprara passagens para ela, ele e Mike para a Islândia para o próximo verão. Todas as despesas foram pagas pela milionária família Kahn. Aria não conseguiria ter dito não: ela passara três anos idílicos na Islândia depois de Ali — a Ali *delas* — desaparecer. Mas se sentia estranhamente resistente à ideia da viagem: alguma espécie de premonição esquisita lhe dizia para não ir. Não estava certa quanto ao motivo.

Depois que as meninas vestiram seus sarongues, saídas de banho ou, no caso de Emily, uma enorme camiseta da Urban

Outfitters com as palavras MERCI BEAUCOUP impressas na frente, Noel e Mike as levaram ao restaurante tropical na cobertura. Vários outros jovens de férias de primavera estavam no bar, flertando e tomando shots. Um grupo grande de meninas usando minivestidos e sandálias de tirinhas de salto alto, davam risadinhas em um canto. Garotos altos e queimados de sol, de bermudas de surfista, camisetas polo justas e tênis Puma sem meias bebiam cerveja em garrafas e conversavam sobre esportes.

O ar estava tomado de impulsos elétricos, promessas faiscantes de relacionamentos ilícitos, lembranças de porres homéricos e mergulhos de madrugada na piscina de água salgada do hotel.

Algo mais fazia o ar pulsar, algo que as quatro meninas notaram instantaneamente. Excitação, claro... Mas também um sopro de perigo. Aquela parecia ser uma daquelas noites em que tudo poderia correr maravilhosamente bem... ou dar incrivelmente errado.

Noel se levantou.

– Bebidas? O que é que nós queremos?

– Cerveja! Red Stripe – respondeu Hanna. Spencer e Aria acenaram concordando.

– Emily? – disse Noel, virando para ela.

– Só uma soda – respondeu Emily.

Spencer tocou o braço dela.

–Você está bem? – Emily nunca fora muito festeira, mas era estranho que ela não estivesse se permitindo nem mesmo uma indulgência de férias.

Emily colocou a mão sobre a boca. Depois se levantou, desajeitada, e fez um gesto na direção de um pequeno banheiro no canto.

– Eu tenho que...

Todos a observaram se desviar dos jovens na pista de dança e atravessar com pressa a porta cor-de-rosa do banheiro. Mike estremeceu.

– Será que ela está passando mal?

– Eu não sei... – disse Aria. Elas tinham tomado todo o cuidado para não beber água da torneira naquele lugar. Mas Emily andava estranha desde o incêndio. Ela fora apaixonada por Ali. Ver a garota que pensara ser sua melhor amiga e sua paixonite desde sempre voltar, partir seu coração e tentar matá-la devia ter sido duplamente devastador.

O celular de Hanna tocou, quebrando o silêncio. Ela o apanhou dentro de sua bolsa de palha e resmungou.

– Bem, é oficial. Papai está concorrendo ao Senado. O paspalho que dirige a campanha dele quer se encontrar comigo quando voltarmos.

– É mesmo? – Aria passou o braço ao redor dos ombros de Hanna. – Hanna, isso é incrível!

– Se ele vencer, você será a Primeira-Filha! – disse Spencer.

– E vai aparecer em todas as colunas sociais!

Mike aproximou sua cadeira de Hanna.

– Posso ser seu agente pessoal do Serviço Secreto?

Hanna enfiou a mão na tigela de batata frita sobre a mesa e enfiou um punhado na boca.

– Não serei a Primeira-Filha. Kate é que vai. – A enteada e a nova mulher de seu pai eram a verdadeira família dele agora. Hanna e a mãe dela eram só o refugo.

Quando Aria deu um tapinha amistoso na mão de Hanna, suas pulseiras tilintaram.

– Você é melhor que ela e sabe disso.

Hanna revirou os olhos, descartando a conversa, mas no fundo sentia-se grata a Aria por tentar animá-la. Aquela fora a melhor consequência de todo o episódio com Ali: as quatro eram amigas de novo, os laços entre elas estavam ainda mais fortes do que haviam sido no sétimo ano. Elas juraram continuar amigas para sempre. Nada jamais voltaria a interferir na amizade delas.

Noel voltou à mesa com as bebidas, e todos brindaram e falaram *Yeah, mon!* num falso sotaque jamaicano. Emily voltou do banheiro ainda parecendo enjoada, mas sorriu ao tomar um gole de seu refrigerante.

Depois do jantar, Noel e Mike encontraram uma mesa de *air jockey* num canto e começaram a jogar. O DJ soltou a música, e Alicia Keys começou a bombar no aparelho de som. Vários jovens invadiram a pista de dança. Um garoto sarado de cabelo ondulado castanho olhou para Spencer e acenou, convidando-a para dançar.

Aria murmurou:

– Vai lá, Spence!

Spencer se virou, vermelha de vergonha.

– Eca, um largado!

– Ele parece ser a cura perfeita para sua paixonite por Andrew – disse Hanna. Andrew Campbell, namorado de Spencer, rompera com ela há um mês: aparentemente, a história de Spencer com Ali e A era "intensa demais", e ele não conseguia lidar com ela. *Fresco.*

Spencer olhou de novo para o menino na pista de dança. Para falar a verdade, ele estava uma graça naquelas bermudas cáqui e sapatos náuticos sem cadarço. E quando ela prestou atenção, reparou que a insígnia de sua camiseta polo dizia EQUIPE

DE PRINCETON. Princeton era a primeira escolha dela para faculdade.

Hanna se animou ao notar a mesma coisa.

— Spence! É um sinal! Vocês podem acabar sendo colegas de dormitório!

Spencer desviou o olhar.

— Até parece que vou conseguir entrar.

As garotas trocaram um olhar de surpresa.

— Claro que você será aceita — disse Emily calmamente.

Spencer deu um longo gole de sua cerveja, ignorando os olhares inquisidores das amigas. A verdade era que ela se descuidara dos estudos nos últimos meses — e quem não faria isso depois de sofrer uma tentativa de assassinato pelas mãos de sua melhor amiga? Na última vez que verificara com seu conselheiro como estava sua colocação no ranking da turma, ela desabara para o vigésimo sétimo lugar. Ninguém tão mal colocado conseguiria entrar numa das melhores universidades do país.

— Prefiro ficar com vocês, meninas — disse Spencer. Ela não queria pensar na escola durante as férias.

Aria, Emily e Hanna deram de ombros, depois ergueram seus copos mais uma vez.

— A nós! — disse Aria.

— À amizade! — concordou Hanna.

As meninas deixaram que suas mentes vagassem por um lugar zen, tranquilo, e, pela primeira vez em alguns dias, não pensaram automaticamente nas coisas horríveis que haviam acontecido. Nenhum bilhete de A invadiu seus pensamentos. Rosewood parecia estar em outro sistema solar.

O DJ colocou um velho sucesso de Madonna para tocar, e Spencer se levantou.

—Vamos dançar, meninas!
As outras se levantaram também, mas Emily agarrou Spencer pelo braço com força e a fez sentar-se novamente.
— Não se mexa.
— O quê? — Spencer a encarou. — Por quê?
Emily estava com os olhos arregalados, o olhar fixo em alguma coisa na escada em espiral.
— *Olhem.*
Todas se viraram e apertaram os olhos. Uma garota loura e magra, usando um vestido de verão amarelo, aparecera no alto da escada. Tinha impressionantes olhos azuis, lábios pintados de cor-de-rosa e uma cicatriz acima da sobrancelha direita. Mesmo de onde as quatro estavam sentadas, podiam perceber que a recém-chegada tinha outras cicatrizes: a pele de seu braço era enrugada, havia lacerações no pescoço e machucados em suas pernas. Mas, mesmo com as cicatrizes, ela irradiava beleza e confiança.
— O que houve? — murmurou Aria.
—Você a conhece? — perguntou Spencer.
— Não percebem? — sussurrou Emily com a voz tremendo.
— Não é óbvio?
— O que deveríamos estar vendo, Emily? — perguntou Aria, sua voz delicada e um pouco preocupada.
— Aquela garota... — Emily se virou para elas, pálida, seus lábios também sem cor. — Ela é... *Ali.*

DEZ MESES MAIS TARDE

1

PRETTY LITTLE PARTY

Um cozinheiro do bufê, atarracado, com mãos impecavelmente manicuradas, enfiou uma bandeja de queijo derretido fumegante na cara de Spencer Hastings.

— Brie assado?

Spencer pegou um e deu uma mordida. *Delicioso*. Não era todo dia que Spencer tinha um profissional servindo *brie* assado para ela em sua própria cozinha, mas naquela noite de sábado em particular sua mãe dava uma festa de boas-vindas para uma família que se mudara havia pouco tempo para a vizinhança. Nos últimos meses, a sra. Hastings não estivera exatamente animada com a ideia de receber visitas, mas, ao que parecia, tivera um arroubo de entusiasmo social.

Como se soubesse que a filha pensava nela, Veronica Hastings irrompeu na cozinha envolta numa nuvem de Chanel Nº 5, brincos com pingentes e um enorme anel de diamante no dedo indicador da mão direita. O anel era uma aquisição recente — sua mãe trocara todas as joias que o pai de Spencer lhe dera por coisas novinhas em folha. Seu cabelo lisos de um louro quase cinzento tinha um corte suave que ia até seu queixo, seus olhos pareciam maiores, graças à maquiagem habilmente aplicada, e ela usava um vestido preto justo, que exibia seus braços bem-torneados pelo pilates.

— Spencer, sua amiga que vai trabalhar na chapelaria chegou — disse, apressada, a sra. Hastings, enquanto colocava dois pratos largados na pia dentro da máquina de lavar louça e limpava a bancada da cozinha com outra borrifada de Fantastik, apesar de uma equipe de limpeza ter deixado a casa brilhando uma hora antes. — Talvez você devesse ir até lá para verificar se ela precisa de alguma coisa.

— Quem? — Spencer franziu o nariz. Ela não pedira a ninguém que trabalhasse no evento daquela noite. A mãe costumava contratar alunos da Universidade de Hollis, cujo campus era ali perto, para aquele tipo de trabalho.

A sra. Hastings deu um suspiro impaciente e checou seu reflexo impecável na porta de aço inox da geladeira.

— Emily Fields. Eu a coloquei perto do escritório.

Spencer congelou. Emily estava ali? *Ela* certamente não a convidara.

Nem se lembrava da última vez que falara com Emily — deve ter sido há meses. Mas a mãe — e o resto do mundo — ainda pensava que elas eram amigas próximas. A capa da revista *People* era a culpada — chegara às bancas pouco depois de a Ali Verdadeira ter tentado matá-las e mostrava Spencer, Emily, Aria e Hanna em um abraço coletivo. *Sem dúvida, belas, mas, definitivamente, não mentirosas*, dizia a manchete. Recentemente, um repórter telefonara para casa da família Hastings pedindo para entrevistar Spencer — o aniversário daquela noite terrível em

Poconos seria no sábado seguinte, e os leitores queriam saber como as garotas estavam, um ano após o incidente. Spencer se recusara a falar. E estava certa de que as outras também o fariam.

— Spence?

Spencer deu meia-volta. A sra. Hastings não estava mais ali, mas sim a irmã mais velha de Spencer, Melissa, vestindo uma capa de chuva acinturada e elegante. Uma calça preta *skinny* da J. Crew. cobria suas pernas longas.

— Ei. — Melissa foi até ela e lhe deu um abraço. Spencer foi imediatamente saudada pelo odor de, é claro, Chanel N° 5. Melissa era um clone da mãe delas, mas Spencer tentava não dar atenção a isso. — É tão bom ver você! — Melissa soava como uma tia que não via Spencer desde que ela era uma menininha, apesar de elas terem ido esquiar juntas em Bachelor's Gulch, no Colorado, apenas dois meses antes.

Em seguida, alguém saiu de trás dela.

— Oi, Spencer — disse o homem à direita de Melissa. Ele ficava esquisito de paletó, gravata e calça cáqui perfeitamente passada. Spencer estava acostumada a vê-lo no Departamento de Polícia de Rosewood usando uniforme e com uma arma presa ao cinto. Darren, a.k.a Oficial Wilden, fora o chefe da investigação do assassinato de Alison DiLaurentis. Ele interrogara Spencer sobre o desaparecimento de Ali, que, na verdade, era *Courtney*, várias vezes.

— Hum, ei! — disse Spencer quando Wilden enlaçou seus dedos aos de Melissa. Eles estavam namorando há quase um ano, mas ainda parecia uma combinação maluca. Se Melissa e Wilden se registrassem no eHarmony, o programa do site de relacionamentos não consideraria formar um casal com os dois nem em um trilhão de anos.

Em outra vida, Wilden fora o *bad boy* do colégio Rosewood Day, o colégio particular da cidade que todos frequentavam – era o garoto que escrevia palavrões nas paredes dos banheiros e que fumava um baseado na cara no professor de educação física. Melissa, por outro lado, era a oradora da turma, boa aluna e certinha, para quem tomar porre significava comer meia trufa com licor Irish Cream. Spencer sabia que Wilden crescera em uma comunidade Amish em Lancaster, Pensilvânia, de onde fugira ainda adolescente. Será que ele já dividira aquela parte suculenta de sua biografia com Melissa?

– Vi Emily quando cheguei – disse Wilden. – Você vão assistir àquele filme bizarro na TV no próximo fim de semana?

– Hããã... – Spencer fingiu arrumar a blusa, tentando disfarçar para não ter que dar uma resposta. Wilden estava se referindo ao filme *A Bela Assassina,* um docudrama meio cafona que contava a história da volta da verdadeira Ali, os feitos de A e sua morte. Numa vida paralela, as quatro provavelmente assistiriam ao filme juntas, discutindo sobre as atrizes escolhidas para viver o papel de cada uma, resmungando a respeito das incorreções dos diálogos e fazendo caretas diante das insanidades de Ali.

Mas não mais. Depois da Jamaica, a amizade delas começou a se desintegrar. E agora Spencer não conseguia ficar junto de suas antigas amigas sem se sentir irritada e ansiosa.

– O que vocês estão fazendo aqui? – perguntou Spencer, mudando o rumo da conversa. – *Não que isso seja um problema,* claro.

Ela sorriu para Melissa. As irmãs tiveram seus desentendimentos no passado, mas depois do incêncio no ano anterior, tentaram deixar tudo para trás e reconstruir sua relação.

– Ah, demos uma passada aqui para apanhar algumas caixas que deixei em meu antigo quarto – disse Melissa. – Daqui, vamos à Kitchens and Beyond. Contei a você? Estou reformando minha cozinha de novo! Quero que tenha um ar mais mediterrâneo. E Darren vai morar comigo!

Spencer ergueu a sobrancelha e encarou Wilden.

— E seu emprego em Rosewood? — Melissa vivia em uma casa toda reformada, luxuosa, em Rittenhouse Square, na Filadélfia. A casa fora um presente de formatura dos pais, quando ela terminou a universidade. — Vai ser uma longa viagem diária até aqui.

Wilden sorriu.

— Eu me desliguei da polícia mês passado. Melissa me arrumou um emprego na equipe de segurança do Philadelphia Museum of Art. Subirei aquela escadaria de mármore correndo todos os dias, que nem Rocky, no filme.

— E vai poder proteger obras de arte valiosas — acrescentou Melissa.

— Ah... — Wilden afrouxou o colarinho — É, tem isso... Afinal, para quem é esta festa? — Wilden apanhou duas taças na bancada de granito e serviu Melissa e a si mesmo de *pinot noir*.

Spencer deu de ombros e olhou na direção da sala.

— Uma família nova que se mudou para a casa do outro lado da rua. Acho que mamãe está tentando causar boa impressão.

Wilden pareceu espantado.

— A casa da família Cavanaugh? Alguém comprou a propriedade?

Melissa estalou a língua.

— Eles devem ter conseguido chegar a um ótimo preço. Eu não viveria lá nem que me dessem a casa de graça.

— Acho que eles estão tentando apagar todas as lembranças e escrever uma nova história naquele lugar.

— Bem, um brinde a isso. — Melissa deu um gole em seu vinho.

Spencer estudou o padrão do mármore travertino no chão. Era mesmo uma loucura que alguém tivesse comprado a antiga casa dos Cavanaughs — os dois filhos da família morreram na época em que moravam ali. Toby cometera suicídio pouco depois de retornar para Rosewood, após uma temporada em um reformatório. Jenna fora estrangulada e jogada em uma vala atrás da casa... por Ali — a *verdadeira* Ali.

— E então, Spencer — Wilden se virou para ela de novo. — Esteve escondendo um segredo, não é?

Spencer ergueu a cabeça de repente, o coração disparado.

— De-Desculpe?

Wilden possuía instintos de detetive. Será que ele tinha como saber que ela estava escondendo alguma coisa? Claro que ele não tinha como saber sobre o que acontecera na Jamaica. Enquanto ela vivesse, ninguém poderia saber sobre o que acontecera.

—Você foi aceita em Princeton! — gritou Wilden. — Parabéns!

O ar retornou lentamente aos pulmões de Spencer.

— Ah, é. Eu soube há um mês.

— Não consegui me controlar e me gabei para ele, Spence — disse Melissa, sorrindo. — Espero que você não se importe.

— E foi aceita mais cedo, não foi? — Wilden ergueu as sobrancelhas. — É incrível!

— Obrigada.

Mas Spencer sentia a pele formigar como se tivesse passado muito tempo exposta ao sol. Fora uma tarefa hercúlea abrir caminho de volta ao topo do ranking de notas de sua turma para garantir a vaga em Princeton. Ela não estava exatamente orgulhosa de tudo o que fizera, mas... fizera o necessário.

A sra. Hastings voltou à cozinha e deu tapinhas nos ombros de Spencer e Melissa.

— Por que vocês duas não estão circulando? Estou tagarelando sobre as minhas duas meninas brilhantes há dez minutos! Quero exibi-las!

— Mamãe! — reclamou Spencer, apesar de estar secretamente feliz por saber que a mãe estava orgulhosa *das duas* e não apenas de Melissa.

A sra. Hastings apenas empurrou Spencer na direção da porta em resposta. Por sorte, a sra. Norwood, parceira habitual da mãe de Spencer nos jogos de tênis, bloqueou a saída delas. Quando ela viu a sra. Hastings, arregalou os olhos e agarrou a amiga pelos pulsos.

— Veronica! Estava louca para falar com você! Muito bem pensado, querida!

— Como? — A sra. Hastings parou subitamente e deu um sorriso forçado para a outra.

A sra. Norwood baixou a cabeça e deu uma piscadela.

— Não finja que não está acontecendo nada. Eu sei sobre Nicholas Pennythistle. Que partidão!

A sra. Hastings ficou pálida.

— Hã... — Ela deu uma olhadela para as filhas. — Bem, eu ainda não contei...

— Quem é Nicholas Pennythistle? — interrompeu-a Melissa, a voz afiada.

— Um *partidão*? — repetiu Spencer.

A sra. Norwood imediatamente se deu conta de que cometera uma gafe e voltou para a festa. A sra. Hastings encarou as filhas. Uma veia pulsante projetava-se em seu pescoço.

— Hã... Darren, você nos daria licença um momento? Wilden acenou e seguiu para a sala. A sra. Hastings sentou em um dos banquinhos e suspirou.

— Olhem, meninas, eu ia contar a vocês esta noite depois que todos fossem embora. Estou namorando alguém. O nome dele é Nicholas Pennythistle, e acho que o que há entre nós é sério. Quero que vocês o conheçam.

O queixo de Spencer caiu.

— Não é cedo demais? Como a mãe delas poderia já estar namorando outra vez? O divórcio só fora finalizado havia poucos meses. Antes do Natal, ela se arrastava pela casa soluçando, usando roupas velhas e pantufas.

A sra. Hastings fungou, assumindo uma postura defensiva.

— Não, não é cedo demais, Spencer.

— Papai sabe disso?

Spencer via o pai praticamente todos os fins de semana, eles iam juntos a exposições e assistiam a documentários na nova cobertura dele em Old City. Recentemente, Spencer notara toques femininos no apartamento do pai — uma escova de dente extra no banheiro dele, uma garrafa de *pinot grigio* na geladeira — e imaginou que ele estivesse saindo com alguém. E pareceu ser cedo demais. Mas agora a mãe dela também estava saindo com alguém. Ironicamente, Spencer era a única da família que não estava namorando.

— Sim, o pai de vocês sabe. — A sra. Hastings soou exasperada. — Contei a ele ontem.

Uma garçonete entrou na cozinha. A sra. Hastings estendeu sua taça para ser servida com mais champanhe.

— Gostaria que vocês, meninas, jantassem no Goshen Inn com Nicholas, os filhos dele e comigo amanhã, então desmarquem seus compromissos. E vistam-se de acordo com a ocasião.

— Filhos? — guinchou Spencer. A coisa ficava cada vez pior. Ela se imaginou desperdiçando a noite com dois pirralhos de cabelos cacheados e uma queda por torturar pequenos animais.

— Zachary tem dezoito anos e Amelia, quinze — disse, seca, a sra. Hastings.

— Bem, acho maravilhoso, mamãe. — Melissa deu seu melhor sorriso. — É lógico que você deve seguir em frente com sua vida! Que bom para você!

Spencer sabia que também deveria dizer alguma coisa do gênero, mas nada lhe ocorreu. Fora ela quem contara a verdade sobre o caso do pai com a mãe de Ali, e que dissera que Ali e Courtney eram meias-irmãs de Spencer e Melissa. Não que ela quisesse expor a família daquele jeito — mas A a obrigara.

— Bem, garotas, agora circulem! Isto é uma festa!

A sra. Hastings tomou Melissa e Spencer pelo braço e as expulsou da cozinha.

Spencer mal conseguia andar pela sala lotada de vizinhos, amigos do clube e da associação de pais de Rosewood Day. Alguns jovens, que Spencer conhecia desde a creche, podiam ser vistos pela enorme janela panorâmica na lateral da casa, bebendo champanhe sem a discrição necessária. Naomi Ziegler deu um gritinho quando Mason Byers fez cócegas nela. Sean Ackard estava envolvido em uma conversa séria com Gemma Curran. Mas Spencer não estava com vontade de conversar com nenhum deles.

Em vez disso, foi em direção ao bar — uma bebidinha não seria má ideia —, e seu salto ficou preso na borda do tapete. Ela se desequilibrou e de repente estava de pernas para o ar. Buscou apoio esticando o braço e alcançou uma das pesadas pinturas à óleo na parede. Conseguiu se equilibrar antes de cair de cara no chão, mas várias pessoas se viraram e olharam para ela.

Emily a viu antes que Spencer pudesse desviar o olhar e acenou para ela uma porção de vezes. Spencer deu as costas, indo novamente em direção à cozinha. Elas *não* iam se falar naquele momento. Em momento nenhum, nunca mais.

A temperatura na cozinha pareceu mais alta do que pouco antes. O cheiro de fritura misturado ao de queijos fortes deixou Spencer tonta. Ela se apoiou na bancada, respirando fundo. Quando olhou para a sala de novo, Emily havia baixado os olhos. *Bom*.

Mas outra pessoa a observava naquele instante. Wilden assistira ao gelo que Spencer dera em Emily. Spencer podia quase ver as engrenagens do cérebro do ex-detetive em ação: o que teria atrapalhado a amizade perfeita e imaculada que as meninas tinham?

Spencer bateu a porta da cozinha e se retirou para o porão, levando uma garrafa de champanhe com ela. *Lamento, Wilden*. Aquele era um segredo que nem ele, nem ninguém, saberia. Jamais.

2

AGASALHOS DE PELE, AMIGOS E RISADINHAS

— Por favor, não o pendure num cabide — resmungou uma senhora de cabelos grisalhos enquanto despia um sobretudo e o entregava a Emily. Em seguida, sem dizer nem mesmo um "obrigada", a mulher deslizou para a sala de estar dos Hastings e se serviu de um canapé. *Esnobe*.

Emily *pendurou* o casaco — que cheirava a uma mistura de perfume, cigarros e cachorro molhado — em um cabide, prendeu uma etiqueta de identificação nele e acomodou-o gentilmente no espaçoso armário de carvalho do escritório do sr. Hastings. Rufus e Beatrice, os dois *labradoodles* de Spencer, arfavam atrás de uma grade para cães, um tanto frustrados por terem sido isolados da animação da festa. Emily acariciou a cabeça de ambos, e eles abanaram as caudas. Pelo menos *eles* estavam felizes em vê-la ali.

Quando ela retornou ao assento na mesa de guarda-volumes, olhou cuidadosamente ao redor da sala. Spencer fugira de volta para a cozinha e ainda não tinha voltado. Emily ainda não estava certa se isso a deixava aliviada ou desapontada.

A casa dos Hastings era a mesma de sempre: velhas pinturas de parentes penduradas nas paredes, espalhafatosos sofás e poltronas de estilo francês na sala de estar e cortinas pesadas cobrindo as janelas. Durante o quinto e sexto anos, Emily, Spencer, Ali e as outras fingiam que aquela sala era um dos aposentos de Versalhes. Ali e Spencer costumavam brigar sobre qual das duas seria Maria Antonieta. Emily em geral era relegada ao papel de dama de companhia. Certa vez, quando Ali fazia o papel de Maria, ela obrigou Emily a massagear seus pés.

—Você sabe que adora fazer isso — provocara Ali.

Uma sensação de desespero cobriu Emily como uma onda. Era doloroso pensar sobre o passado. Se ao menos ela pudesse guardar todas essas lembranças em uma caixa e enviá-las para o Polo Sul, a fim de livrar-se delas para sempre...

—Você está encurvada, Emily — sussurrou uma voz.

Emily ergueu os olhos. Sua mãe estava parada na sua frente, franzindo as sobrancelhas e com o canto da boca retorcido. Ela usava um vestido azul, cuja bainha parava em algum lugar deselegante entre seus joelhos e seus tornozelos, e carregava uma bolsa de couro de cobra falso debaixo do braço, como se carregasse uma baguete.

— E sorria! — completou a sra. Fields. —Você está com uma cara péssima.

Emily encolheu os ombros. O que ela deveria fazer? Sorrir feito uma maníaca? Cantarolar sem parar?

— Este trabalho não é lá muito divertido — comentou ela.

As narinas da mãe se alargaram.

— A sra. Hastings foi muito gentil em lhe oferecer essa oportunidade. Por favor, não jogue essa chance fora, como faz com tudo.

Ui! Emily se escondeu atrás de sua cabeleira louro-avermelhada.

– Não vou jogar fora.

– Apenas faça seu trabalho, então. Ganhe algum dinheiro. Deus sabe que cada migalha conta.

A sra. Fields se afastou, ostentando uma expressão amigável para os vizinhos. Emily se largou na cadeira, lutando contra as lágrimas. *Não jogue essa chance fora, como faz com todo o resto.* Sua mãe ficara furiosa quando Emily abandonara a equipe de natação em junho e passara o verão na Filadélfia em vez de treinar. Emily tampouco retornara para a equipe do colégio Rosewood Day no outono. No mundo competitivo da natação, perder dois meses de treino é receita para problemas durante o período escolar. Perder duas temporadas equivale a danação eterna.

Seus pais ficaram desconsolados. *Será que não percebe? Não podemos pagar uma faculdade se você não receber uma bolsa de estudos. Será que não entende que está jogando seu futuro fora?*

Emily não sabia como responder. Não havia como explicar por que largara o time. Não enquanto vivesse.

Ela finalmente retornara para sua antiga equipe de natação duas semanas antes e esperava que um olheiro de faculdade a notasse em uma visita de última hora. Um recrutador da Universidade do Arizona se interessara por ela no ano anterior, e Emily havia se agarrado à esperança de que ele ainda poderia querê-la para o time. Mas, hoje mais cedo, ela também fora obrigada a abandonar esse sonho.

Pegou o celular dentro da bolsa e leu, mais uma vez, o e-mail de recusa do olheiro. *Sinto informar... Não temos mais vagas... Boa sorte.* Relendo aquelas palavras, o coração de Emily quase parou.

Subitamente, um cheiro forte de alho assado e pastilhas Altoids de canela impregnaram o ambiente. O quarteto de cordas tocando ao longe parecia horrivelmente fora do tom. As paredes se fecharam em torno de Emily. O que ela iria fazer no próximo ano? Arrumar um emprego e continuar na casa dos pais? Estudar em uma faculdade pública? Ela precisava sair de Rosewood – se ficasse aqui, lembranças terríveis a assombrariam, até que nada mais restasse dela.

A imagem de uma garota alta, de cabelos escuros, perto do armário de porcelana, chamou a atenção de Emily. *Aria*.

Seu coração disparou. Spencer agira como se tivesse visto um fantasma quando cruzaram olhares. Mas talvez fosse diferente com Aria. Enquanto a via observar os bibelôs do armário – agindo como se os objetos na sala fossem mais importantes do que as pessoas, coisa que ela costumava fazer quando estava sozinha em festas –, Emily foi repentinamente inundada pela nostalgia. Deu a volta na mesa que ocupava e foi na direção da antiga amiga. Se ao menos pudesse correr até Aria e perguntar como ela estava... Contar o que acontecera com a bolsa de estudos de natação. Pedir o abraço de solidariedade de que tanto precisava. Se as quatro não tivessem ido para a Jamaica juntas, ela poderia ter feito isso tudo.

Para sua surpresa, Aria olhou de volta e fixou o olhar diretamente nela. Seus olhos se arregalaram. Seus lábios se curvaram.

Emily se endireitou e ofereceu a ela um pequeno sorriso.

– O-Oi.

Aria hesitou.

– Oi.

– Posso guardar para você se quiser. – Emily apontou para o casaco roxo amarrado em torno da cintura de Aria. Emily estava com a amiga quando ela comprou aquele casaco em um brechó em Philly, no ano anterior, antes de elas irem passar as férias de primavera juntas. Spencer e Hanna disseram na ocasião que o casaco cheirava a uma pessoa velha, mas Aria o comprou mesmo assim.

Aria colocou as mãos nos bolsos.

— Não precisa.

— Esse casaco fica realmente bem em você — comentou Emily. — Roxo sempre foi a sua cor.

Um músculo no maxilar de Aria se contraiu. Parecia que ela queria dizer algo, mas tornou a fechar a boca com firmeza. Em seguida, seus olhos brilharam fixos quando ela viu algo no outro canto da sala. Noel Kahn, seu namorado, foi diretamente para Aria e a envolveu com os braços.

— Eu estava procurando você.

Aria deu-lhe um beijo e se afastou com ele, sem nem dirigir outra palavra a Emily.

Um grupo de pessoas no meio da sala começou a gargalhar. O sr. Kahn, que aparentava ter bebido um pouco além da conta, começou a brincar no piano dos Hastings, tocando a parte da mão direita do Danúbio Azul. Por fim, Emily já não aguentava mais assistir à festa. Arrastou-se pela porta da frente e saiu, um pouco antes de começar a chorar.

Do lado de fora, o ar estava inexplicavelmente quente para fevereiro. Ela andou pela lateral da casa até o quintal dos Hastings, com lágrimas escorrendo pelas bochechas.

O quintal de Spencer estava diferente agora. O celeiro histórico que ficava atrás da propriedade não existia mais — a verdadeira Ali o incendiara no ano passado. Uma terra negra, queimada, era tudo o que havia ali agora. Emily duvidava de que qualquer coisa pudesse crescer outra vez no local.

Ao lado da casa dos Hastings, ficava a antiga casa dos DiLaurentis. Maya St. Germain, com quem Emily tivera algo no começo do ensino médio, ainda morava lá, apesar de Emily raramente vê-la agora. No jardim da frente, o monumento improvisado para Ali, que permanecera ali muito tempo depois da morte de Courtney – a Ali *dela* – no canteiro de obras dos DiLaurentis, também já não existia. As pessoas ainda estavam obcecadas com aquela história – os jornais já estavam preparando edições de aniversário do Incêndio de Alison DiLaurentis, e uma biografia pavorosa sobre Ali fora lançada, *A Bela Assassina*, aquele pavoroso filme biográfico sobre Alison –, mas ninguém queria prestar homenagens a uma assassina.

Ao pensar sobre o assunto, Emily enfiou a mão no bolso de seu jeans e tocou o puxador de cortina de seda que carregava consigo desde o ano anterior. Senti-lo junto a si já era o bastante para acalmá-la.

Um barulho de choro fez Emily se virar. À cerca de dez metros, quase camuflada junto ao gigantesco carvalho dos Hastings, havia uma garota ninando um bebê todo enrolado.

– Shhh... – sussurrava a garota. Em seguida, olhou para Emily, com um sorriso de quem se desculpa. – Mil perdões. Vim aqui para fora a fim de acalmá-la, mas não está funcionando.

– Tudo bem. – Emily disfarçadamente limpou os olhos. Ela olhou de relance para o bebê. – Como ela se chama?

– Grace. – A garota ergueu o bebê em seus braços. – Diga "oi", Grace.

– Ela é... *sua*? – A garota parecia ter a mesma idade de Emily.

– Oh, Deus, não! – A garota riu. – É da minha mãe. Ela está lá dentro, socializando, então aqui estou eu, dando uma de babá. – Ela remexeu dentro da grande bolsa de fraldas que trazia pendurada no ombro, procurando por alguma coisa. –Você se incomoda de segurá-la por um instante? Tenho que pegar a mamadeira, mas está no fundo da bolsa.

Emily piscou. Fazia muito tempo desde a última vez que ela segurara um bebê.

– Bom, tudo bem...

A garota entregou a Emily o bebê, que estava embrulhado em um cobertor rosa e cheirava a talco. Sua boquinha avermelhada se abriu, e lágrimas começaram a surgir em seus olhos.

– Tudo bem, pode chorar, eu não me importo.

A minúscula sobrancelha de Grace se contraiu. Ela fechou a boca e olhou com curiosidade para Emily. Uma multidão de sentimentos se avolumou dentro de Emily. Suas lembranças quase vieram à tona, prontas para se libertarem, mas ela rapidamente as empurrou para as profundezas de sua mente.

A garota ergueu sua cabeça por cima da bolsa.

– Ei! Você faz isso com muita naturalidade. Tem algum irmão ou irmã caçula?

Emily fez um barulhinho com a boca.

– Não, só irmãos mais velhos. Mas já trabalhei como babá muitas vezes.

– É, dá para notar. – Ela sorriu. – Eu sou Chloe Roland. Minha família acabou de se mudar de Charlotte para cá.

Emily se apresentou.

– Que escola você vai frequentar?

– Rosewood Day. Estou no fim do ensino médio.

Emily sorriu.

— É onde eu estudo!

— E você gosta de lá? — perguntou Chloe e finalmente encontrou a mamadeira.

Emily lhe devolveu Grace. Se ela *gostava* de Rosewood Day? A escola fazia com que se lembrasse de *sua* Ali — e de A. Cada canto, cada sala, guardava a memória do que ela tentava esquecer.

— Não sei — respondeu ela e, inadvertidamente, deu uma fungadela.

Chloe assumiu uma expressão preocupada ao notar a cara de choro de Emily.

— Está tudo bem?

Emily limpou os olhos. Seu cérebro conjurou as palavras "*Estou bem*" e "*Não é nada*", mas ela não conseguiu verbalizá-las.

— É que acabo de saber que não consegui a bolsa de natação para entrar na universidade — explicou Emily. — Meus pais não podem arcar com os custos da faculdade se eu não conseguir uma bolsa parcial. Mas é minha culpa, afinal de contas. Eu... Eu larguei a natação no verão. Nenhuma equipe me quer agora. E eu não sei o que vou fazer.

Uma nova enxurrada de lágrimas banhou o rosto de Emily. Desde quando ela ficava se lamentando sobre seus problemas com garotas que não conhecia?

— Desculpe-me. Tenho certeza de que você não quer ouvir isso.

Chloe bufou.

— Por favor. Isso é mais do que *qualquer* outra pessoa falou para mim durante a festa. Quer dizer que você nada?

— Sim.

Chloe sorriu.

— Meu pai costuma fazer grandes doações para a Universidade da Carolina do Norte, que foi onde ele se formou. Talvez ele possa ajudar.

Emily ergueu o olhar.

— A UNC tem uma equipe de natação sensacional.

— Talvez eu possa falar com ele a seu respeito.

— Mas você nem me conhece!

Chloe acomodou Grace em seus braços.

— Você parece ser bacana.

Emily observou Chloe com mais atenção. Tinha um rosto redondo e agradável, olhos castanhos cintilantes e um cabelo longo e brilhante da cor do picolé de chocolate Pudding Pop. Suas sobrancelhas pareciam não ser modeladas há tempos, ela não usava muita maquiagem e, Emily tinha quase certeza, já tinha visto o vestido que Chloe estava usando à venda na Gap. Emily gostou da garota instantaneamente por ela não estar se esforçando tanto.

A porta da frente se abriu, e alguns convidados apareceram. *Os casacos!*

— E-Eu tenho que ir! — gritou ela, dando meia-volta. — Era para eu estar trabalhando no guarda-volumes. Provavelmente serei despedida.

— Foi bom conhecê-la! — Chloe acenou e em seguida fez Grace acenar também. — E, ei! Se estiver precisando de dinheiro, pode ser nossa babá na segunda à noite? Meus pais não conhecem ninguém ainda, e eu tenho entrevista de uma faculdade.

Emily parou sobre a grama congelada.

— Onde vocês moram?

Chloe riu.

— *Certo*. Isso seria de grande ajuda, não? — Ela apontou para o outro lado da rua. — Ali.

Emily olhou para a enorme casa vitoriana e engoliu em seco. A família de Chloe havia se mudado para a antiga casa dos Cavanaugh.

— Hum, claro. Está bem. — Emily acenou em despedida e correu de volta para a casa. Enquanto passava pela fileira de arbustos que separavam a propriedade dos Hastings da casa dos DiLaurentis, ouviu uma risadinha aguda.

Ela parou subitamente. Será que tinha alguém a observando? Rindo?

A risadinha sumiu por entre as árvores. Emily sacudiu a cabeça, tentando tirar o som de sua mente. Estava apenas ouvindo coisas. Não havia ninguém mais observando. Aqueles dias, felizmente, haviam acabado há muito, muito tempo.

Certo?

3

APENAS MAIS UMA FAMÍLIA DE POLÍTICOS PERFEITA

Naquela mesma noite de sábado, Hanna Marin estava com seu namorado, Mike Montgomery, em um armazém de garrafas transformado em estúdio fotográfico no centro de Hollis. O antigo espaço industrial de teto alto estava cheio de luzes quentes, várias câmeras e uma série de painéis – um fundo azul, uma cena de outono e uma tela coberta com uma enorme bandeira americana tremulante, que Hanna achava insuportavelmente cafona.

O pai de Hanna, Tom Marin, estava no meio de uma multidão de assessores ajustando sua gravata e decorando suas falas. Ele iria concorrer ao senado em novembro e hoje filmaria seu primeiro comercial mostrando à Pensilvânia como era *senatorial*. Isabel, a nova esposa, estava ao lado dele, afofando o próprio cabelo castanho curto e alisando o vestido "mulher de político poderoso" – com *ombreiras, argh* – e inspecionando sua pele alaranjada em um espelho Channel.

— Fala sério! — cochichou Hanna para Mike, que estava se servindo de mais um sanduíche na mesinha de comida — Por que ninguém diz para Isabel abandonar esse bronzeamento artificial Mystic Tan? Ela está parecendo um Oompa Loompa.

Mike riu, apertando a mão de Hanna, enquanto Kate, sua meia-irmã, passava por eles. Infelizmente, Kate não era um clone da mãe — sua aparência era a de alguém que passara o dia em um salão de beleza, fazendo luzes em seu cabelo castanho-avermelhado, aplicando cílios postiços e fazendo branqueamento dental, de forma que tinha um visual absolutamente perfeito para o comercial do pai. Padrasto, não que Kate alguma vez tivesse feito distinção. E não que o pai de Hanna já tivesse feito distinção, também.

Nesse momento, como se tivesse percebido os pensamentos desagradáveis de Hanna sobre ela, Kate subitamente empacou.

— Vocês bem que poderiam dar uma ajuda, não é? Tem um milhão de coisas para fazer.

Hanna deu um gole apático na lata de Diet Coke que surrupiara do cooler. Kate assumira o papel de miniassistente do pai, como se fosse uma estagiária nervosa em *The West Wing*.

— Tipo o quê?

— Tipo você me ajudar a decorar meu texto — sugeriu Kate, mandona. Ela exalava loção corporal de figo e cassis Jo Malone, que Hanna achava que cheirava a ameixas secas deixadas no barril por tempo demais. — Tenho três falas no comercial e quero que saiam perfeitas.

— Você tem falas? — Hanna deixou escapar, e imediatamente se arrependeu. Era exatamente o que Kate desejava que ela dissesse.

No mesmo segundo, como Hanna previa, os olhos de Kate se arregalaram com uma falsa simpatia.

— Oh, Hanna, você quer dizer que não tem *nenhuma*? Fico imaginando o motivo! — Dito isso, Kate deu meia-volta e retornou ao set, fazendo pose. Seus quadris ondeavam. Seu cabelo brilhante balançava. Não restava dúvida de que havia um largo sorriso estampado em seu rosto.

Tremendo de ódio, Hanna pegou um punhado de chips de batata de uma travessa e o enfiou na boca. Tinha sabor de *sour cream* com cebola, nem de longe seu favorito, mas ela não se importou. Hanna vivia às turras com sua meia-irmã desde que Kate retornara à sua vida no ano anterior, tornando-se uma das garotas mais populares de Rosewood Day. Kate ainda era a melhor amiga de Naomi Ziegler e Riley Wolfe, duas vacas que implicavam com Hanna desde que a Ali/Courtney delas as dispensara no começo do sexto ano. Depois que Hanna se reunira a suas antigas amigas, o sucesso de Kate não a incomodava tanto, mas, agora que ela, Spencer, Aria e Emily não estavam se falando, Hanna não conseguia evitar que Kate a tirasse do sério.

— Esquece ela — disse Mike, tocando o braço de Hanna. — Essa garota parece que teve a bandeira americana enfiada no traseiro.

— Obrigada — disse Hanna, séria. Mas aquilo não consolava muito.

Hoje ela estava se sentindo... diminuída. Desnecessária. Só havia lugar para uma filha radiante, e foi a outra quem recebeu três falas para recitar diante das câmeras.

Em seguida, o celular de Mike fez um bipe.

— Mensagem de Aria — murmurou ele enquanto digitava a resposta. — Quer que eu dê um "oi" a ela?

Hanna se virou sem dizer nada. Depois da Jamaica, Aria e Hanna tentaram permanecer amigas, indo até a Islândia juntas porque Noel já havia comprado as passagens. Mas ao final daquele verão havia péssimas recordações e segredos demais entre elas. Por isso, agora, Hanna tentava não pensar muito em suas antigas amigas. Era mais fácil assim.

Um sujeito baixo, com óculos de fundo de garrafa meio hispters, camisa rosa estampada e calças cinzentas, bateu palmas, assustando Hanna e Mike.

– Tudo bem, Tom, estamos prontos para você. – Era Jeremiah, o principal assessor da campanha do sr. Marin, ou, como Hanna gostava de chamá-lo, o "escravinho" do sr. Marin. Jeremiah estava ao lado do pai de Hanna em todas as horas do dia, fazendo seja lá o que fosse necessário. Hannah se sentia tentada a fazer um barulho de estalo de chicote toda vez que ele estava por perto.

Jeremiah parecia afobado, posicionando o pai de Hanna na frente de uma tela azul.

– Vamos fazer algumas tomadas suas explicando por que você é o futuro da Pensilvânia – disse ele com sua voz nasalada. Quando Jeremiah baixou a cabeça, Hanna viu que ele tinha uma falha de cabelo no cocuruto. – Lembre-se de falar sobre todo o bom serviço prestado à comunidade que você realizou no passado. E mencione sua garantia de acabar definitivamente com o alcoolismo entre adolescentes.

– Sem dúvida – disse o sr. Marin em um tom presidencial.

Hanna e Mike trocaram um olhar e se seguraram para não rir. Ironicamente, a causa mais importante na campanha do sr. Marin era o combate ao alcoolismo juvenil. Será que ele não poderia ter se concentrado em algo que não tivesse um impacto direto sobre a vida de Hanna? Darfur, talvez? Melhores condições para funcionários do Wal-Mart? Qual era a graça de uma festa sem um barril de chope?

O sr. Marin ensaiou suas falas, parecendo robusto, confiável, com um ânimo "votem em mim" bem característico. Isabel e Kate deram risadinhas e trocaram olhares cheios de orgulho, o que fez Hanna querer vomitar. Mike expressou sua opinião soltando um arroto ruidoso durante uma das tomadas. Hanna o adorou por isso.

Em seguida, Jeremiah guiou o sr. Marin até o cenário com a bandeira americana de fundo.

— Agora, vamos fazer a sequência da família. Vamos inseri-la no final do comercial. Todos poderão ver que bom homem de família o senhor é. E que família encantadora tem. — Ele parou um instante para dar uma piscadela para Isabel e Kate, que responderam com um falso sorriso de modéstia.

Homem de família o cacete, pensou Hanna. Engraçado como ninguém havia mencionado que Tom Marin se divorciara, mudara para Maryland e se esquecera de sua antiga esposa e de sua filha por três longos anos. Interessante também ninguém ter trazido à tona que seu pai se instalara, juntamente com Isabel e Kate, na casa de Hanna desde o ano anterior, enquanto a mãe trabalhava do outro lado do mundo, e quase arruinara a vida de Hanna. Felizmente, eles haviam sido chutados de lá quando a mãe retornara de Singapura, encontrando uma casa enorme – e cafona – em Devon que nem de longe era tão bacana quanto a casa de Hanna no topo de Mount Kale. Mas a presença deles ainda assombrava sua casa: Hanna ainda podia sentir o aroma da essência de figo e cassis quando caminhava pelo corredor ou se sentava no sofá.

— Tudo bem, família! — O diretor, um espanhol de cabelo comprido chamado Sergio, ligou as luzes. — Todos na frente da bandeira. Estejam prontos com suas falas! — Kate e Isabel se posicionaram obedientemente nos locais iluminados e fizeram pose ao lado do sr. Marin.

Mike cutucou Hanna.

— *Vai!*

Hanna hesitou. Não que ela não quisesse aparecer na frente das câmeras — sempre fantasiara sobre se tornar uma âncora de telejornal ou modelo de passarela —, mas não queria aparecer em um comercial ao lado de sua meia-irmã como se fossem uma família grande e feliz.

— Hanna, *vai lá.*

— Tudo bem — resmungou Hanna, escorregando para longe da mesa e se arrastando pelo set.

Vários assistentes se viraram, parecendo confusos.

— Quem é *você?* — perguntou Sergio, soando como a lagarta fumegante de *Alice no País das Maravilhas*.

Hanna riu, constrangida.

— Hã, sou Hanna Marin. A filha *biológica* de Tom.

Sergio passou a mão por seus cabelos ondulados.

— Os únicos familiares em minha lista de chamada são Kate e Isabel Randall.

Houve uma longa pausa. Vários assessores trocaram olhares desconfortáveis. O sorriso de Kate se alargou.

— Pai — perguntou Hanna virando-se para ele —, o que está havendo?

O sr. Marin, atrapalhado, mexeu no microfone que um dos assistentes havia afixado debaixo de sua jaqueta.

— Bom, Hanna, é só que... — Ele tentou avistar seu assessor principal para pedir socorro.

Rapidamente, Jeremiah atravessou o set olhando feio para Hanna.

— Hanna, nós achamos que seria melhor se você apenas assistisse.

Nós?

— Por quê? — disse Hanna, quase guinchando.

— Nós só queremos poupá-la de mais aborrecimentos com repórteres enxeridos, Hanna — disse o sr. Marin, gentilmente. — Você ficou exposta demais no último ano, sempre na mira dos *flashes*. Não imaginei que quisesse chamar ainda mais atenção para si mesma.

Ou talvez *ele não* desejasse que ela estivesse no centro das atenções novamente. Hanna estreitou os olhos, dando-se conta de que seu pai se preocupava com os erros que ela cometera no passado. Com o fato de ela ter sido pega furtando joias na Tiffany e de ter roubado e batido o carro de seu namorado, Sean Ackard. De a segunda A — a verdadeira Ali — tê-la enviado para o Preserve, uma clínica psiquiátrica para adolescentes problemáticas. E, a cereja do bolo, algumas pessoas acreditaram que Hanna e suas amigas haviam assassinado Ali — a Ali *delas*, a garota que desaparecera no sétimo ano.

Havia também o ocorrido na Jamaica, não que o sr. Marin soubesse algo a respeito daquilo. Não que qualquer um fosse saber daquilo — jamais.

Hanna se afastou dele, sentindo como se o chão tivesse sido tirado de sob seus pés. Seu pai não a queria associada com a campanha. Ela não se encaixava no retrato da família. Era a *antiga* filha, a dispensada, um ímã de problemas e escândalos do qual ele não queria mais se lembrar. Subitamente, ela se lembrou de um antigo bilhete de A que dizia: *Nem o papai ama você mais que tudo!*

Hanna girou nos calcanhares e voltou para Mike. Eles que se danassem. De qualquer modo, ela não queria mesmo aparecer naquele comercial idiota do pai. Políticos usavam penteados horrendos, ostentavam sorrisos falsos e tinham um gosto lamentável para moda – menos os Kennedy, claro, mas eles eram a exceção que provava a regra.

– Vamos embora – rosnou ela, agarrando sua bolsa, que estava sobre a cadeira vazia.

– Mas Hanna... – Mike a encarou com aqueles enormes olhos azuis.

– Vamos. Embora.

– Hanna, espere! – chamou o pai atrás dela.

Continue andando, disse Hanna a si mesma. *Deixe que ele veja o que está perdendo. Não fale com ele nunca mais.*

O pai a chamou mais uma vez.

– Volte, tem espaço para todos nós. Você pode falar alguma coisa se quiser. Podemos dar uma das falas de Kate para você.

– O quê? – reclamou Kate, indignada, mas alguém mandou que ela se calasse.

Hanna se virou e viu os olhos do pai lhe implorando.

Depois de uma frustração momentânea, ela deu a bolsa para Mike segurar e voltou para o set.

– Tom, eu não acho que essa seja uma boa ideia – advertiu Jeremiah, mas o sr. Marin fez um sinal para dispensá-lo. Quando Hanna entrou no cenário iluminado, ele lhe deu um grande sorriso, mas ela não sorriu de volta. Sentia-se como um aluno rejeitado com quem a professora mandava os outros brincarem na hora do recreio. O pai só estava pedindo que ela voltasse porque ele pareceria um babaca se a excluísse.

Sergio repassou as falas com a família, dividindo as falas de Kate entre as duas. Quando a câmera focou-se em Hanna, ela respirou fundo, ignorou as vibrações e entrou na personagem.

— A Pensilvânia precisa de um líder forte, que trabalhe por *você* — disse ela, tentando parecer natural, pondo de lado suas esperanças mortas. Sergio gravou *take* após *take,* até as bochechas de Hanna doerem de tanto sorrir. Uma hora mais tarde, a filmagem acabou.

Assim que as luzes apagaram e Sergio declarou que havia terminado, Hanna correu até Mike.

—Vamos cair fora daqui.

— Você estava ótima, Han — disse Mike pulando para fora da mesa.

— Ele está certo — concordou uma segunda voz.

Hanna olhou em volta. Um dos assistentes de Sergio estava parado a alguns metros dali, as mãos ocupadas com duas malas cheias de equipamentos. Era provavelmente poucos anos mais velho do que Hanna. Seu cabelo parecia ter sido milimetricamente arrumado para parecer uma bagunça. Ele vestia jeans justo, jaqueta de couro surrada e óculos de aviador, apoiados no topo da cabeça. Seus olhos castanho-claros mediram Hannah de cima a baixo, como se aprovasse o que via.

— Muita atitude — completou ele. — Com bastante presença. Você deu um banho naquela outra garota.

— Hã, obrigada — disse Hannah e trocou um olhar de suspeita com Mike.

Será que bajular os clientes era parte do trabalho daquele cara?

O sujeito apalpou os bolsos do casaco e entregou a ela um cartão.

—Você é realmente maravilhosa. Podia trabalhar como modelo de alta-costura se quisesse — comentou ele, apontando para o cartão. — Adoraria tirar umas fotos suas para meu portfólio. Eu poderia até ajudá-la e encaminhar algumas das fotos para uns agentes. Ligue para mim se estiver interessada.

Ele enfiou as malas debaixo dos braços e se encaminhou para fora do estúdio, seus tênis fazendo barulho na madeira poeirenta do piso. Hanna deu uma olhada no cartão que ele entregara. *Patrick Lake, Fotógrafo.* No verso, estavam seu número de telefone, *website* e página do *Facebook.*

A porta do estúdio bateu. O restante do pessoal embalava coisas. Jeremiah abriu a bolsa acinzentada que continha o dinheiro para os gastos menores da campanha do sr. Marin e entregou algumas notas a Sergio. Hanna tornou a olhar para o cartão de Patrick em suas mãos, sentindo-se de repente um pouco melhor. Em seguida, percebeu que Kate a encarava, as sobrancelhas franzidas e os lábios apertados. Nitidamente, ela escutara a conversa entre Hanna e Patrick.

Que tal essa, sua vaca?, pensou Hanna divertida, enfiando o cartão no bolso. Ela podia ter perdido a batalha pelo pai, mas ainda poderia vencer a guerra de garota mais bonita.

4

E AGORA, DIRETAMENTE DE HELSINQUE...

— Ei, essa sua nova colônia é algum tipo de mistura de odores? — sussurrou Aria Montgomery para seu namorado, Noel Kahn, assim que ele se inclinou para beijá-la.

Noel se ajeitou no sofá, parecendo ofendido.

— Estou usando Gucci Sport. Como sempre.

Aria deu mais uma fungada. Ela definitivamente sentia cheiro de lavanda.

— Acho que você usou sem querer a colônia da sua avó.

Noel cheirou suas mãos e estremeceu, estreitando os olhos castanhos.

— É o sabonete líquido ao lado da pia. Não posso fazer nada se sua mãe coloca essas porcarias de mulherzinha nos banheiros! — disse ele, aproximando-se de Aria, e cobriu o nariz dela com as suas mãos. — Você adora esses trecos, não é?

Aria riu. Era o final da tarde de domingo, e eles estavam sozinhos na casa da mãe dela, deitados no sofá da sala. Desde que os pais de Aria haviam se divorciado, a sala sofrera uma ligeira reforma para se adequar ao gosto de Ella e suas vivências. Estátuas de deuses hindus – da viagem dela para Bombaim no verão anterior – enchiam as prateleiras. Cobertas indígenas de sua estada em uma colônia de artistas na Cidade do México, no último outono, cobriam cadeiras e sofás. E havia uma porção de velas perfumadas, com um cheiro de que Byron, pai de Aria, nunca gostara, espalhadas por todos os lugares. Quando Aria se apaixonara por Noel no sexto e sétimo anos, sonhara com ele vindo para sua casa, deitando-se no sofá com ela exatamente daquele modo – bem, sem a participação dos olhares maliciosos do Ganesh cheio de braços que ficava num dos cantos.

Noel deu vários beijinhos em Aria. Ela sorriu e o beijou de volta, olhando para seu rosto bonito – seu cabelo negro, longo e ondulado, seus lábios rosados. Ele suspirou e a beijou mais profundamente, correndo suas mãos para baixo e para cima pelas costas dela. Lentamente, ele desabotoou a blusa com estampas de leopardo de Aria.

–Você é tão linda – murmurou. Em seguida, puxou sua camiseta por cima da cabeça, jogou-a no chão e alcançou o zíper dela. – Melhor irmos para o seu quarto.

Aria colocou sua mão sobre as dele, fazendo-o parar.

– Noel, espera.

Noel grunhiu e rolou para o lado, saindo de cima dela.

– Sério?

– Desculpa – disse Aria, abotoando a blusa outra vez. – É só que...

– Só o quê? – indagou Noel, agarrando os cantos da mesinha de centro, sua postura repentinamente rígida.

Aria olhou pela janela, que oferecia uma visão perfeita do bosque de Chester Country. Ela não conseguia explicar por que andava tão hesitante em transar com ele. Eles namoravam há mais de um ano. E ela não era uma puritana – perdera a virgindade com Oskar, um garoto na Islândia, quando tinha dezesseis anos. No ano anterior, dera uns amassos em Ezra Fitz, que era seu professor de inglês. Eles não haviam dormido juntos, mas provavelmente teriam feito isso se A não os tivesse separado.

Então por que ela estava sendo tão contida com Noel? Bem, realmente era espantoso que estivessem namorando – a paixonite de Aria por Noel no sexto e sétimo anos beirava o constrangimento. Ali costumava rir de Aria com frequência por causa daquilo. "Provavelmente é melhor que você e Noel não estejam namorando", dizia ela. "Ele teve tantas namoradas, tem tanta *experiência*. E você teve quantos namorados? Ah é: nenhum!"

Algumas vezes, Aria ainda achava que não era boa o suficiente para ele. Não era popular o suficiente, não era esnobe o suficiente, não era o tipo de garota que sabia que garfo usar em um jantar ou como fazer um cavalo saltar um obstáculo. Ela nem mesmo sabia o *nome* daqueles saltos. E havia também aquela sensação de que Noel não era bom o suficiente para *ela* – como quando eles foram a turismo juntos para a Islândia no último verão. Ele insistira em fazer todas as refeições no Burger King e pagar pelas latinhas de Budweiser usando dólares americanos.

Ela tocou as costas rígidas de Noel.

– Só quero que seja algo especial.

Ele se virou.

– Você não acha que seria especial?

– Sim, acho, mas... – Aria fechou os olhos. Era tão difícil explicar.

Noel deu de ombros, na defensiva.

—Você está tão diferente ultimamente.

Aria franziu a testa.

— Desde quando?

— Desde... faz um tempo, acho. — Noel deslizou para fora do sofá e pegou sua camiseta de volta. — É outro cara? Há algo que você não está me contando?

Um arrepio percorreu a espinha de Aria.

Ela estava, sim, escondendo segredos de Noel. Claro que ele sabia sobre Ali, A, e o que acontecera em Poconos — o mundo inteiro sabia. Mas não sabia nada sobre a coisa imperdoável que ela fizera na Islândia. E também não sabia sobre a Jamaica, e estivera lá — quer dizer, não *exatamente* lá, mas ali perto, dormindo em um quarto próximo. Será que ele ainda iria querer ficar com Aria se soubesse daquelas coisas?

— Claro que não é outro cara. — Aria o abraçou pelas costas. — Só preciso de um pouco mais de tempo. Está tudo bem, juro.

— Bom, é melhor você se cuidar — disse Noel em um tom de voz ligeiramente mais divertido —, ou posso procurar uma caloura animadinha para me fazer companhia.

—Você não ousaria! — disse Aria, dando um tapa de leve nele.

Noel fez uma careta.

—Você tem razão, todas as calouras são meio vagabundas, de qualquer jeito.

— Não que isso alguma vez tenha impedido você.

Noel deu uma chave de braço em Aria, depois um cascudinho nela.

— Espero que você esteja se incluindo nisso, mulher!

Aria deu um gritinho:

— Para! — Eles caíram de novo no sofá e recomeçaram a se beijar.

— Aham.

Aria se sentou de um pulo e viu sua mãe parada na porta da sala. O longo cabelo de Ella estava preso no alto da cabeça, e ela vestia um *caftan* longo e uma *legging* preta. Havia uma ruga de repreensão em seu rosto.

— Olá, Aria — cumprimentou. — Olá, Noel.

— O-Oi, Ella — disse Aria, corando. Apesar da postura liberal da mãe sobre uma porção de coisas, ela era bastante rígida quanto a não deixar Aria sozinha em casa com Noel. Aria não tinha exatamente dito nada a respeito de ela e Noel irem para lá hoje.

— De-Desculpe-me — gaguejou Aria. — Nós só estávamos... conversando, juro.

— A-ham — murmurou a mãe. Ella estreitou os lábios cor de amora, com uma expressão no rosto que dizia que ela não era fácil de enganar. Em seguida, sacudiu a cabeça e seguiu para a cozinha.

— O que vocês dois vão fazer no jantar? — perguntou Ella por sobre o ombro. — Estou fazendo ravióli de nabo cru para Thaddeus e para mim. Vocês são bem-vindos se quiserem ficar.

Aria olhou para Noel, que balançou enfaticamente a cabeça. Thaddeus era o namorado de Ella — haviam se conhecido na galeria de arte onde Ella trabalhava. Ele era um adepto de comida crua, o que significava que Ella agora também era. Aria gostava de massa cozida, muito obrigada.

O celular de Noel, que estava sobre a mesa de centro, tocou com um barulho de buzina de barco. Noel soltou Aria, checou a tela e fechou a cara.

— Droga, esqueci, tenho que buscar alguém no aeroporto em uma hora.

— Quem? — perguntou Aria, recolocando seu casaco sobre os ombros.

— É só um estudante de intercâmbio idiota que está vindo passar o semestre em nossa casa. Meus pais jogaram essa bomba no meu colo ontem, depois da festa dos Hastings. Isso vai ser um saco.

O queixo de Aria caiu.

— Por que você não me contou? Estudantes de intercâmbio são tão interessantes!

No quinto ano, uma garota chamada Yuki viera do Japão para fazer intercâmbio e ficara com a família de Kanie Iler. A maior parte dos garotos achava a menina esquisita, mas Aria a achava fascinante — ela escrevia o próprio nome com caracteres estranhos, fazia origami depois com as folhas dos testes de soletração e tinha o cabelo preto mais liso e comprido que Aria jamais vira.

Noel enfiou os pés em seus mocassins.

— Você está brincando? Vai ser um porre. Você sabe de onde ele é? Finlândia. Ele provavelmente vai ser um esquisitão, tipo aqueles caras que vestem jeans de garota e tocam flauta.

Aria sorriu para si mesma, lembrando-se de como Noel a chamara de *Finlândia* nas primeiras semanas após a família dela voltar da Islândia.

— O cara provavelmente é um tremendo imbecil — disse Noel e seguiu pelo corredor.

— Você quer companhia? — disse Aria, assim que ele desceu a escada.

— Nah — respondeu Noel, fazendo um gesto. — Vou poupá-la do *esquifinlandês* e seus sapatos de madeira.

Isso é da Holanda, Aria quis dizer. Ela rapidamente vestiu seu casaco e calçou as botas.

— Sério, não me importo.

Noel mordeu o lábio.

— Se você insiste. Mas não vá dizer que não avisei.

O aeroporto da Filadélfia fervilhava de famílias puxando malas, executivos correndo para pegar voos e viajantes esgotados retirando seus sapatos nas checagens de segurança. A tela de chegadas dizia que o avião vindo de Helsinque acabara de pousar. Noel puxou um papel do bolso e o desdobrou. Estava escrito HUUSKO em grandes letras vermelhas.

— É o sobrenome dele — disse Noel, taciturno, olhando para o cartaz como se fosse o decreto de sua execução. — Não parece o nome de uma marca de calcinhas para vovós? Ou algum tipo não identificado de patê de carne?

Aria riu.

—Você é terrível.

Rabugento, Noel se largou em um dos bancos próximos ao portão de segurança e ficou olhando para a fila de pessoas se esgueirando pelo detector de metal.

— Este é nosso último ano, Aria. A última chance que temos de curtir a vida antes da faculdade. A última coisa que quero é ter algum esquisitão pendurado em mim. Juro que minha mãe só fez isso para me torturar.

Aria emitiu um *"hum-hum"* solidário. Nesse momento, ela notou algo na televisão pendurada acima deles. ANIVERSÁRIO DA MORTE DA ASSASSINA DE ROSEWOOD, dizia a legenda na tela.

Uma jovem morena estava em frente à antiga casa dos DiLaurentis, o vento jogando seu cabelo sobre o rosto.

— Faz um ano, neste sábado, que Alison DiLaurentis, cujos crimes deixaram a nação sem fôlego, morreu em um horrível incêndio iniciado por ela própria nas Montanhas Poconos – declarou a repórter. – Um ano inteiro se passou desde aqueles eventos bizarros, mas a cidade de Rosewood ainda não se recuperou. Imagens de Jenna Cavanaugh e Ian Thomas, duas das vítimas da Ali Verdadeira, apareceram na tela.

Em seguida, o retrato escolar de Courtney DiLaurentis no sétimo ano – a garota que tomara o lugar de Ali no sexto ano e que fora morta pela Ali Verdadeira em sua festa do pijama no sétimo ano.

– Muitos ainda estão intrigados com o fato de os restos mortais da srta. DiLaurentis nunca terem sido encontrados nos escombros. Alguns especularam que ela tenha sobrevivido, mas especialistas garantem que isso não seria possível.

Um arrepio correu pela espinha de Aria.

Noel cobriu os olhos dela com a mão.

– Você não deveria assistir a isso.

Aria afastou a mão dele de seu rosto.

– É difícil não olhar.

– Você ainda pensa muito sobre isso tudo?

– Um pouco.

– Você quer assistir ao filme comigo?

– Ah, meu Deus, *não* – gemeu Aria. Noel se referia ao filme *A Bela Assassina*, uma dramatização feita para a televisão que condensava em duas horas os acontecimentos do último ano. Aquilo estava muito além do mau gosto.

Subitamente, um grupo de pessoas passou pela porta da imigração. Várias delas eram altas, louras e pálidas, certamente vindas do voo de Helsinque.

Noel grunhiu:
— Lá vamos nós. — E então ergueu o cartaz que dizia HUUSKO.
Aria examinou a multidão.
— Qual é o primeiro nome dele?
— Klaudius? — murmurou Noel. — Algo assim.
Homens de certa idade puxavam suas malas enquanto se deslocavam falando em seus iPhones. Três garotas magricelas passaram por eles rindo. Uma família loura carregando uma criança de cabelos esbranquiçados penava para abrir um carrinho de bebê. Ninguém se parecia com um Klaudius.
Em seguida, uma voz flutuou acima da multidão de turistas:
— Sr. Kahn?
Aria e Noel ficaram na ponta dos pés, tentando localizar o dono da voz. Então Aria notou um garoto de rosto cansado e longo, lábios grossos, espinhas nas bochechas e na testa e um pomo de Adão enorme no pescoço. Certo, quer dizer que aquele era Klaudius. Ele até carregava um pequeno estojo que poderia muito bem acomodar uma flauta doce.
Pobre Noel.
— Sr. Kahn? — chamou a voz mais uma vez, mas o garoto que Aria pensara ser Klaudius não abriu a boca.
A multidão se dispersou. Um vulto usando um gorro forrado de pele e protetores de orelhas, jaqueta grossa e botas de camurça se materializou.
— Oláááá! É você! Sou a sua hóspede, a aluna do intercâmbio! Klaudia Huusko!
Klaudia.
O queixo de Noel caiu, mas ele não conseguiu emitir nenhum som. Aria olhou para a criatura parada na frente deles,

quase engasgando com o chiclete. O tal estudante de intercâmbio que viveria com a família Kahn certamente não era um rapaz alto e magricela, desengonçado, cheio de marcas no rosto e tocador de flauta.

Klaudia era uma garota.

Uma garota escandinava loura, de olhos azuis, voz rouca, grandes seios e jeans apertados – a materialização da fantasia erótica de qualquer garoto neste mundo.

E o quarto dela seria no mesmo corredor que o de Noel.

5

CONHEÇA OS PENNYTHISTLES

— Spencer — disse a sra. Hastings, inclinando-se sobre a mesa —, não toque no pão. É falta de educação começar a comer antes de todos estarem acomodados à mesa.

Os dedos de Spencer largaram o pedaço de *ciabatta* amanteigado de volta na cesta. Se ela morresse de fome antes de os outros chegarem ali, seria por culpa da mãe.

Era noite de domingo, e Spencer, Melissa e a mãe estavam no Goshen Inn, um restaurante conservador numa casa do século XVII que, supostamente, teria sido uma pensão para soldados ingleses. A sra. Hastings continuou a tagarelar sobre como aquele era um lugar agradável, mas Spencer achava o restaurante tão deprimente quanto uma funerária. Era definitivamente Filadélfia Colonial *chic*, com montes de mosquetes da Guerra da Independência pendurados nas paredes, chapéus de três pontas expostos nos parapeitos e lampiões antigos em cima das mesas. E, como a clientela parecia tão velha quanto a decoração, o ambiente tinha um odor desagradável de porão mofado, filé-mignon passado do ponto e Vick Vaporub.

— O que esse sujeito, Nicholas, faz, afinal? — Spencer dobrou e redobrou o guardanapo de pano em seu colo.

A sra. Hastings ficou tensa.

— Até onde me consta, ele ainda é o sr. Pennythistle para você, Spencer.

Spencer fungou. *Sr. Pennythistle* parecia o nome de um palhaço pornô.

— Eu sei o que ele faz! — Melissa se apressou em responder. — Não tinha ligado o nome à pessoa na festa, mas ele foi assunto das nossas aulas de administração e negócios. Ele é o maior investidor do mercado imobiliário desta área. O Donald Trump de Main Line.

Spencer fez uma careta.

— Quer dizer que ele passa com um trator por cima de fazendas e santuários de vida selvagem para construir aqueles condomínios?

— Ele criou Applewood, Spence — disse Melissa, empolgada.

—Você sabe, aquele bairro de casas enormes, divinas, em meio a um campo de golfe?

Spencer brincou com o garfo, sem achar o namorado da mãe grande coisa. Sempre que ela dirigia por Rosewood, parecia que uma nova construção estava surgindo. Ao que tudo indicava, o responsável era esse tal de Nicholas.

— Meninas, *shhhhh!* — fez a sra. Hastings, seus olhos voltados para a porta de entrada. Duas pessoas seguiam na direção da mesa delas. Uma era um homem alto, robusto, que parecia capaz de ter sido jogador de *rugby* em uma vida passada. Ele tinha cabelos grisalhos cuidadosamente penteados, olhos azuis de aço, um régio nariz curvado e um começo de papada. Seu blazer azul-marinho e sua calça cáqui pareciam recém-passadas, e ele usava abotoaduras de ouro com as iniciais NP. Em sua mão, três rosas vermelhas cor de sangue, longas e sem espinhos. Estava acompanhado por uma garota de aproximadamente quinze anos. Uma *headband* de veludo mantinha preso seu cabelo preto curto e cacheado, e ela vestia uma malha cinzenta que parecia o uniforme de uma camareira. Parecia emburrada, como se estivesse constipada há vários dias.

A sra. Hastings se levantou, meio desajeitada, batendo o joelho na parte de baixo da mesa, fazendo os copos de água balançar.

– Nicholas! É maravilhoso ver você! – Ela corou de alegria quando ele lhe entregou uma das flores. Em seguida, fez um gesto na direção das meninas. – Essas são minhas filhas, Melissa e Spencer.

Melissa também se levantou.

– Prazer em conhecê-lo – disse ela, apertando a mão de Nicholas, quer dizer, do sr. Pennythistle. Spencer disse olá também, mas com menos entusiasmo. Puxar o saco não fazia seu estilo.

– Muito prazer em conhecê-las – disse o sr. Pennythistle de forma surpreendentemente gentil e carinhosa. Ele também entregou uma rosa a cada uma das garotas. Melissa balbuciou um agradecimento, deliciada, mas Spencer apenas a girou entre os dedos, cheia de suspeitas. Algo naquilo era muito o estilo do programa de televisão *The Bachelor*.

Em seguida, o sr. Pennythistle fez um gesto indicando a garota ao seu lado.

– E esta é minha filha, Amelia.

Amelia, cuja respectiva rosa vermelha despontava da abertura lateral de sua abominável bolsa carteiro, apertou a mão de todos, apesar de não parecer nada feliz por ter que fazer isso.

— Gostei da *headband*! — disse Spencer, tentando ser magnânima. Amelia apenas olhou sem expressão, os lábios ainda apertados em uma linha reta, os olhos analisando os longos cabelos louros de Spencer, seu suéter cinza de *cashmere* e suas botas Freye pretas. Após um momento, deixou escapar um suspiro e se virou, como se fosse de Spencer, e não dela, a lamentável falta de gosto para moda.

— Zachary vai chegar logo — disse o sr. Pennythistle, assim que se acomodou. — Ele participa de um grupo de estudos avançados que passou do horário hoje.

— Compreensível — disse a sra. Hastings, erguendo um copo de água. Ela se virou para as garotas. — Ambos, Zachary e Amelia, frequentam o colégio St. Agnes.

O cubo de gelo que Spencer tinha dentro da boca escorregou para dentro de sua garganta. St. Agnes era a escola mais metida de Main Line, o conjunto de subúrbios esnobes da Filadélfia, tão rígida que fazia Rosewood Day parecer um colégio de hippies. Spencer conhecera uma garota chamada Kelsey que estudara em St. Agnes naquele verão enquanto frequentava um curso preparatório da universidade. Em um primeiro momento haviam ficado grandes amigas, mas então...

Spencer inspecionou Amelia cuidadosamente. Será que ela conhecia Kelsey? Saberia do que acontecera a ela?

Em seguida, houve um longo silêncio. A mãe de Spencer continuou suspirando por causa de sua rosa, olhando em volta e sorrindo muito. Música clássica inócua saía dos alto-falantes. O sr. Pennythistle pediu educadamente um conhaque Delamain para a garçonete. Ele tinha um pigarro irritante no fundo da garganta. *Cuspa de uma vez*, era o que Spencer desejava dizer.

Finalmente, Melissa respirou fundo e disse:

— Este é um restaurante adorável, sr. Pennythistle.

— Ah, certamente! — disse a sra. Hastings, nitidamente agradecida por alguém ter quebrado o gelo.

— Para quem gosta da Guerra da Independência, é mesmo — acrescentou Spencer. — Vamos torcer para que a comida não seja da mesma época!

A sra. Hastings riu um pouco, mas parou assim que viu o olhar confuso e quase magoado de seu namorado. Amelia torceu o nariz como se tivesse cheirado algo estragado.

— Ah, Spencer não quis dizer isso de verdade — disse a sra. Hastings rapidamente. — Foi apenas uma piada.

O sr. Pennythistle puxou o colarinho.

— Este tem sido meu restaurante favorito há anos. Eles ganharam vários prêmios por sua carta de vinhos.

Hip hip hurra! Spencer deu uma olhada em volta, desejando que pudesse se sentar à mesa das senhoras de sessenta e alguma coisa no canto — pelo menos *elas* pareciam estar se divertindo. Lançou um olhar para Melissa, esperando alguma simpatia, mas Melissa olhava para o sr. Pennythistle, como se ele fosse o Dalai Lama.

Depois que a garçonete serviu as bebidas, o sr. Pennythistle se virou para Spencer. De perto, ele tinha rugas em torno dos olhos e pálpebras, além de sobrancelhas desgrenhadas, que mais pareciam feitas de arame.

— Quer dizer que você está no último ano do ensino médio em Rosewood Day?

Spencer concordou.

— Isso mesmo.

— Ela é uma aluna *muito* aplicada — gabou-se a sra. Hastings. — Está no time principal de hóquei do colégio e foi escalada para interpretar Lady Macbeth na produção da peça. Rosewood Day tem um programa de teatro de alta qualidade.

O sr. Pennythistle arqueou as sobrancelhas ao olhar para Spencer.

— Como estão seus horários este semestre?

A pergunta pegou Spencer de surpresa. *Somos intrometidos, não somos?*

— Eles estão... bem. Mas fui aceita mais cedo em Princeton, assim, este período na escola não será grande coisa.

Ela disse *Princeton* com deleite — aquilo certamente impressionaria o sr. Pennythistle e sua filha presunçosa. Mas ele apenas se inclinou mais e disse:

— Princeton não gosta de indolentes, você sabe. — Sua voz gentil se tornou ríspida. — Não é hora de você descansar sobre seus louros.

Spencer recuou. Qual era a daquela bronquinha? Quem ele pensava que era, seu pai? Fora o sr. Hastings quem lhe dissera para ir com mais calma neste semestre — afinal, ela trabalhara tanto.

Spencer olhou para sua mãe, que concordava com a cabeça.

— É verdade, Spencer. Talvez você não devesse relaxar demais.

— Ouvi dizer que as faculdades atualmente observam com muita atenção o rendimento de seus possíveis futuros alunos no período final — concordou Melissa.

Traidora, pensou Spencer.

— Eu disse o mesmo para meu filho. — O sr. Pennythistle abriu o cardápio de vinhos, que tinha o tamanho de um dicionário. — Ele está indo para Harvard — disse ele, em um tom de voz arrogante que parecia querer dizer que era *muito, muito melhor que Princeton*.

Spencer baixou a cabeça e arrumou seu garfo, faca e colher de maneira a ficarem exatamente paralelos uns com os outros sobre a mesa. Organizar coisas costumava ajudá-la a se acalmar, mas não hoje.

Em seguida, o sr. Pennythistle se voltou para Melissa.

— E eu ouvi que você obteve um MBA em Wharton. Você está trabalhando para o fundo de compensações de Brice Langley, certo? Impressionante.

Melissa, que havia enfiado sua rosa atrás da orelha, corou.

— Tive sorte, acho. Fiz uma entrevista muito boa.

— É preciso mais do que uma boa entrevista — disse o sr. Pennythistle com admiração. — Langley só contrata os melhores entre os melhores. Você e Amelia têm muito o que conversar. Ela quer ir para o ramo das finanças também.

Melissa sorriu radiante para Amelia, e Sua Alteza desta vez sorriu de volta. *Ótimo.* Aquele era como qualquer outro evento familiar ao qual Spencer já comparecera: Melissa seria a estrela brilhante, o centro das atenções, enquanto Spencer seria a esquisita de segunda categoria com quem ninguém sabia lidar.

Bem, ela já tivera o suficiente. Murmurando uma desculpa, levantou-se e colocou seu guardanapo no encosto da cadeira. Depois, dirigiu-se para o banheiro, próximo ao bar, nos fundos do restaurante.

O banheiro feminino, que era pintado de rosa e cuja porta tinha uma maçaneta de latão antiga, estava trancado, assim,

Spencer se ajeitou em um banco confortável para esperar. O bartender, um rapaz bonito com seus vinte e poucos anos, aproximou-se e colocou um guardanapo onde "Goshen Inn" estava estampado na frente dela.

— Posso servi-la?

As garrafas de bebida alcoólica brilhavam tentadoramente na parte de trás do bar. Nem a mãe de Spencer, nem o Sr. Pennythistle, conseguiria ver Spencer daquele ângulo.

— Hããã... Só um café — decidiu no último minuto, não querendo abusar da sorte.

O bartender desenroscou a garrafa térmica e serviu-lhe uma xícara. Ela notou que havia uma televisão ligada. Na tela, a imagem de uma foto recente de Ali — a *verdadeira* Ali, a garota que tentara matar Spencer e as outras meninas — dominava o canto direito. Na linha inferior, uma manchete que dizia *O Primeiro Aniversário do Incêndio de DiLaurentis em Poconos: Reminiscências de Rosewood*. Spencer estremeceu. A última coisa que desejava era uma lembrança de como a verdadeira Ali tentara queimá-la viva.

Algumas semanas após o ocorrido, Spencer decidiu conscientemente olhar para o lado bom da história: pelo menos, o suplício terminara. Elas finalmente encontraram algum sentimento de conclusão e puderam deixar tudo aquilo para trás. Fora ela quem propusera para as amigas a viagem para a Jamaica, até mesmo se oferecendo para ajudar a pagar a passagem de Emily e Aria.

— Será como um novo começo, poderemos esquecer tudo o que aconteceu — dissera ela, tentando encorajar as amigas ao mostrar os panfletos do resort sobre a mesa. — Precisamos fazer uma viagem juntas da qual nos lembraremos por toda a vida.

Famosas últimas palavras. Fora uma viagem inesquecível – mas não de uma maneira agradável.

Alguém grunhiu a poucos passos dela. Spencer olhou em volta, esperando ver algum velho rabugento sofrendo um ataque cardíaco, mas, em vez disso, viu um rapaz jovem, de cabelo castanho ondulado, ombros largos e os cílios mais longos que ela já vira.

Ele olhou para Spencer e gesticulou, mostrando o iPhone em sua mão.

– Você não saberia o que fazer quando esse negócio congela, saberia?

Um canto da boca de Spencer ameaçou um sorriso.

– Como você sabe que tenho um iPhone? – perguntou ela em desafio.

O rapaz baixou o celular e lançou um olhar curioso para ela.

– Não se ofenda, mas você não parece exatamente o tipo de garota que anda por aí com qualquer coisa que não seja o melhor, que não seja um lançamento.

– Ah, é mesmo? – Spencer pressionou a mão sobre o peito, fingindo estar ofendida. – Você não deveria julgar um livro pela capa, sabe?

O rapaz se levantou e arrastou seu banco para perto dela. De perto, ele era ainda mais bonito do que ela achara inicialmente: traços bem-marcados, nariz terminando com ponta arredondada, e uma covinha na bochecha direita que aparecia toda vez que ele sorria. Spencer aprovara seus dentes brancos, regulares e quadrados, os primeiros botões da camisa abertos e seu *Converse All-Star*. "Bonitinho desarrumado" era realmente o preferido dela.

— Tudo bem, a verdade? – disse ele. – Perguntei porque você parece ser a única pessoa neste lugar que teria um celular. – Ele olhou disfarçadamente para as pessoas de idade em volta deles. Havia uma mesa inteira de sujeitos velhos que só conseguiam se locomover com carrinhos motorizados. Um deles tinha até mesmo um tubo de oxigênio debaixo do nariz.

Spencer riu discretamente.

— Estão mais para telefone discado.

— Eles provavelmente ainda pedem à telefonista para completar a ligação.

Ele estendeu seu celular na direção de Spencer.

— Sério, e agora, eu reinicio ou o quê?

— Não tenho muita certeza... – Spencer olhou para a tela. Estava congelada na sintonia de 1010 WINS, a estação de esporte local. – Ah, eu escuto essa rádio o tempo todo!

O rapaz a olhou, cético.

— *Você* escuta a rádio de esportes?

— Ajuda a me acalmar. – Spencer bebericou seu café. – É bom ouvir pessoas falando de esportes em vez de política. – Ou *Alison*, completou ela em sua cabeça. – Além do mais, sou fã dos Phillies.

—Você acompanhou a *World Series*? – perguntou o rapaz.

Spencer se inclinou na direção dele.

— Eu poderia ter *ido* à *World Series*. Meu pai tem ingressos para a temporada.

Ele franziu as sobrancelhas.

— E por que você não foi?

— Doei meus ingressos para uma instituição que cuida de jovens de bairros carentes.

O garoto zombou:

— Ou você é uma tremenda benfeitora ou tem a consciência muito pesada.

Spencer se encolheu e em seguida se endireitou novamente.

— Fiz isso porque pareceria um grande gesto nos formulários de faculdade. Mas, se você for um bom menino, talvez eu o leve na próxima temporada.

Os olhos do rapaz cintilaram.

— Vamos torcer para que isso aconteça.

Spencer o encarou fixamente por um instante, seu pulso acelerando. Ele sem dúvida estava flertando, e ela sem dúvida estava gostando daquilo. Spencer não sentia aquela agitação desde que rompera com Andrew Campbell, no ano anterior.

Seu acompanhante deu um gole em sua cerveja. Quando apoiou o copo de volta no bar, Spencer rapidamente agarrou um apoio e o enfiou sob o copo. Depois, esfregou a extremidade do copo com um guardanapo, impedindo que pingasse.

O rapaz observava, entretido.

— Você sempre limpa o copo de pessoas que não conhece?

— Isso é um pouco irritante — admitiu Spencer.

— As coisas têm de ser bem certinhas, não é?

— Gosto das coisas do meu jeito. — Spencer apreciara o duplo sentido.

Em seguida, ela estendeu a mão.

— Eu sou Spencer.

Ele a cumprimentou com um aperto firme de mão.

— Zach.

O nome ecoou na mente de Spencer. Ela se deu conta dos ossos salientes do rosto dele, seu modo culto de falar e seus olhos azuis de aço.

— Espera aí, Zach, apelido de Zachary?

Ele mordeu os lábios.

— Somente meu pai me chama assim. — Em seguida ele se afastou, parecendo suspeitar dela. — Por que você pergunta?

— Porque vou jantar com você esta noite. Minha mãe e seu pai estão... — Ela fez um gesto vago. Era muito estranho dizer a palavra *namorando*.

Demorou um momento para Zach digerir o que ela acabara de dizer.

— Você é uma das *filhas*?

— Pois é.

Ele a encarou.

— Por que você me parece familiar?

— Eu conhecia Alison DiLaurentis — admitiu Spencer, gesticulando para a televisão. A história sobre a morte de Ali *ainda* estava na tela. Não havia notícias mais importantes para as pessoas seguirem obsessivamente?

Zach estalou seus dedos.

— *Certo*. Meus amigos e eu achávamos que você era a mais gata.

— Verdade? — animou-se Spencer. Mesmo comparada a Hanna?

— Uau! — Zach passou as mãos pelos cabelos. — Isso é estranho. Eu realmente não queria vir para este jantar. Pensei que as filhas da namorada dele seriam...

— Esnobes? — ajudou Spencer. — Insossas?

— Tipo isso. — Sorriu Zach, culpado. — Mas você é... bacana.

Spencer percebeu outro flerte.

— Você até que não é ruim. — Em seguida, ela apontou para o copo de cerveja, lembrando-se de algo. — Você estava aqui esse tempo todo? Seu pai disse que você estava estudando.

Zach deu de ombros.

— Eu precisava relaxar antes de entrar ali. Meu pai meio que me estressa. — Ele ergueu a sobrancelha. — E aí, você já os conheceu? Minha irmã está lá também? Eles estão sendo muito babacas?

Spencer deu uma risadinha.

— Minha mãe e minha irmã são igualmente chatas. Uma está sempre tentando impressionar mais que a outra.

O bartender entregou a Zach uma conta virada para baixo. Spencer notou o horário no relógio na parede que dizia 18h45. Ela estava fora da mesa havia quase quinze minutos.

— Nós deveríamos voltar, não acha?

Zach fechou os olhos e resmungou:

— Temos mesmo? Podíamos fugir. Nos esconder em Philly. Pegar um avião para Paris.

— Ou, quem sabe, Nice — sugeriu Spencer.

— A Riviera poderia funcionar! — disse Zach, empolgado. — Meu pai tem uma *villa* em Cannes. Poderíamos nos esconder lá.

— Eu sabia que nosso encontro havia sido obra do destino — provocou Spencer, empurrando de brincadeira o braço de Zach.

Zach a empurrou de volta, deixando sua mão se demorar sobre sua pele. Ele se inclinou para a frente, umedecendo levemente os lábios. Por um momento, Spencer achou que ele iria beijá-la.

Seus pés mal tocavam o chão enquanto ela praticamente valsava pelo caminho todo de volta para a mesa de jantar. Mas, assim que passou pelo arco de entrada, algo a fez se virar. O rosto de Ali apareceu em um *flash* na tela da televisão outra vez.

Por um momento, a imagem pareceu ganhar vida, sorrindo para Spencer como se Ali a observasse de dentro da pequena caixa quadrada e visse exatamente o que Spencer estava fazendo. Seu sorriso parecia ainda mais sinistro que o normal.

O comentário de Zach subitamente ressoou em seus ouvidos. *Ou você é uma tremenda benfeitora ou tem uma consciência muito pesada.* Ele estava certo. No outono passado, Spencer doara seus ingressos da *World Series* porque não se sentia merecedora, não após o que fizera. E, nos primeiros momentos após saber que tinha sido aceita em Princeton, considerou recusar, por não ter certeza de que merecia aquilo também, até perceber quão insano isso soava.

E era uma loucura imaginar que aquela garota na tela também fosse qualquer coisa mais do que uma imagem. Ali desaparecera de vez. Spencer encarou a tela da televisão e ergueu a sobrancelha. *Até mais, sua vaca.* Em seguida, arrumando a postura, ela se virou e seguiu Zach até a mesa.

6

AH, ESSAS GAROTAS LINDAS E INSEGURAS...

— Surpresa! — sussurrou Mike na segunda-feira de tarde enquanto deslizava para o assento do auditório próximo a Hanna.
— Comprei comida pra gente no *Tokyo Boy*!

Ele exibiu uma grande sacola plástica, cheia de rolinhos de sushi.

— Como você sabia? — gritou Hanna, agarrando um par de pauzinhos. Ela não comera nada durante o almoço, considerava intragável tudo o que tinha sido servido na cafeteria de Rosewood Day naquele dia. Seu estômago roncava violentamente.

— Eu *sempre* sei o que você quer! — provocou Mike, afastando uma mecha de cabelos pretos de cima de seus olhos.

Eles terminaram de comer o sushi em silêncio, encolhendo-se enquanto secundaristas faziam audição de uma música de *West Side Story* no palco. Normalmente, a sala de estudos ficava em uma ala na parte mais antiga de Rosewood Day, mas um vazamento surgira no teto na semana anterior, e de algum modo eles acabaram no auditório — ao mesmo tempo que o coral das garotas mais novas de Rosewood Day ensaiava. Como alguém poderia achar possível fazer a lição de casa no meio daquela cantoria horrível?

Apesar das vozes ruins, o auditório era um dos locais prediletos de Hanna na escola. Um doador rico pagara para que o lugar fosse muito bem-equipado, e agora o lugar tinha tantos recursos quanto um teatro da Broadway, poltronas forradas de veludo, o teto ornamentado e as luzes no palco definitivamente faziam algumas das garotas mais cheinhas do coral parecerem pelo menos dois quilos mais magras. Na época em que era a melhor amiga de Mona Vanderwaal, depois da escola as duas costumavam se esgueirar até o palco e fazer pose, fingindo serem atrizes famosas em um musical vencedor do prêmio Tony. Isso foi antes de Mona se tornar uma louca desvairada e se virar contra ela, claro.

Mike espetou um rolinho primavera e enfiou inteiro na boca.

— E aí, quando é a sua grande estreia na televisão?

Hanna olhou para ele sem entender.

— Hã?

— O comercial para seu pai? — lembrou ele, mastigando.

— Ah, aquilo. — Hanna comeu um pedaço de wasabi, e seus olhos começaram a lacrimejar. — Tenho certeza de que minhas falas foram imediatamente limadas na edição.

— Isso talvez não seja verdade. Você estava ótima.

No palco, algumas garotas estavam tentando uma harmonia. Era como ouvir um bando de gatos miando.

— O comercial será inteiro sobre meu pai, Isabel e Kate — murmurou Hanna. — É exatamente o que meu pai deseja. Sua familiazinha perfeita.

Mike limpou um pedaço de arroz de sua bochecha.
— Ele não disse isso.
O otimismo dele estava dando nos nervos de Hanna. Quantas vezes contara a Mike sobre os problemas que tinha com o pai? Quantas vezes ele fora íntimo e pessoal com Kate? Mas garotos eram assim mesmo, às vezes tinham a profundidade emocional de uma pulga.

Hanna respirou fundo e olhou sem expressão para as cabeças dos alunos do grupo de estudos em frente deles.

— A única maneira de eu acabar em um comercial é se eu tentar por conta própria. Talvez eu deva ligar para aquele fotógrafo.

Mike baixou os pauzinhos.

— Aquele metido que estava babando por você durante toda a gravação? Está falando sério?

— O nome dele é Patrick Lake — disse Hanna rispidamente. Ele comentara que ela era incrível na frente das câmeras, e falara mal de Kate na frente dela. Essa fora sua parte favorita.

— Por que você diz que ele é metido? — perguntou ela depois de um momento. — Ele é totalmente profissional. Quer tirar fotos de mim e me ajudar a ser contratada por uma agência de modelos. — Usando seu iPhone, ela pesquisara o nome de Patrick no Google durante o almoço e encontrara suas fotos no Flickr e no Facebook. Em seu site, havia uma lista de fotos que Patrick tirara para inúmeras revistas de Main Line, bem como para o caderno de moda do jornal *Philadelphia Sentinel*. Além disso, ele tinha o mesmo nome que Patrick Demarchelier, o fotógrafo de moda favorito de Hanna.

— Ele está mais para um *pilantra* profissional. Ele não quer tirar fotos suas, Hanna, o que ele quer é tirar suas roupas.

Hanna ficou boquiaberta.

—Você não acha que sou capaz de conseguir um contrato com uma agência de modelos?

— Não foi o que eu disse.

— Foi praticamente o que você disse, sim. — Hanna deslizou para longe de Mike, com raiva. — Quer dizer que, basicamente, qualquer um que se aproxima de mim quer se aproveitar, certo? Não sou bonita o suficiente para ser levada a sério.

Mike fechou seus olhos como se estivesse tendo uma súbita enxaqueca.

— Será que você poderia ouvir o que está dizendo? Só garotas bonitas levam cantadas, e isso se aplica a *você*. Se você fosse baranga, ele não estaria atrás de você, acredite. Mas aquele cara era repugnante. Ele me lembrou daquele artista esquisito que teve uma coisa por Aria quando estávamos na Islândia.

Hanna ficou tensa, reconhecendo imediatamente de quem Mike estava falando, um cara bem esquisito que se sentou ao lado deles num bar em Reykjavík e elegeu Aria como sua nova musa.

— Deixe-me mandar uma mensagem de texto para Aria — sugeriu Mike pegando seu celular. — Aposto que ela vai dizer a mesma coisa.

Hanna segurou sua mão.

—Você não vai escrever para sua irmã sobre isso! — disse ela abruptamente, sem pensar. — Nós não somos mais amigas, certo?

Mike baixou seu celular sem vacilar.

— Eu já tinha percebido isso, Hanna — disse ele calmamente.

— Só não achava que *você* demoraria tanto tempo para admitir.

Hanna engoliu em seco, surpresa. Ela imaginara que Mike não tivesse notado. Era bem provável que ele quisesse saber por que Hanna e Aria não estavam mais se falando — mas ela não podia lhe contar aquilo.

Subitamente, Hanna não podia mais ficar na mesma sala que Mike. Quando ela se levantou e pegou sua bolsa do chão, Mike tocou seu cotovelo.

— Onde você está indo?

— Banheiro — respondeu Hanna de forma arrogante. — Tenho sua *permissão*?

Os olhos de Mike se tornaram frios.

— Você vai ligar para aquele fotógrafo, não vai?

— Talvez. — Ela jogou o cabelo ruivo por sobre os ombros.

— Hanna, não faça isso.

— Você não pode me dizer o que fazer.

Mike amassou a sacola do *Tokyo Boy* em suas mãos.

— Se você fizer isso, pode esquecer sobre eu ir a qualquer um dos eventos de campanha do seu pai.

Hanna não podia acreditar nisso. Mike nunca lhe dera um ultimato. Em todo o tempo em que namoraram, ele sempre a tratara como uma rainha. Agora parecia que esquecera seu lugar.

— Nesse caso... — Hanna deu a volta no corredor. — Que tal simplesmente esquecermos logo tudo?

A boca de Mike tremeu. Obviamente, estava blefando. Mas antes de ele poder protestar, Hanna já estava na porta.

Ela foi andando, passando pelo escritório, pela enfermaria e pelo Steam, a luxuosa cafeteria da escola, que sempre cheirava a café torrado àquela hora do dia, alcançando finalmente a porta dupla do pátio. Ali havia um canto de onde era possível fazer uma chamada de celular sem os professores notarem. Hanna procurou o celular em sua bolsa e digitou o número de Patrick.

O celular tocou três vezes, e uma voz grogue atendeu.
— Patrick? — perguntou Hanna em seu tom de voz mais profissional. — Aqui é Hanna Marin. Nós nos conhecemos na sessão de fotos de meu pai no sábado.

— Hanna! — Patrick pareceu subitamente mais acordado. — Estou muito feliz que tenha ligado!

Em menos de um minuto, tudo fora arranjado: Hanna se encontraria com Patrick na Filadélfia no dia seguinte, após a escola, e ele faria algumas fotos dela para o portfólio dele. Patrick se comportara de forma perfeitamente respeitável, falando com ela sem a menor indicação de flerte. Depois de desligarem, Hanna segurou o celular entre a palma das mãos, seu coração batendo forte. *Tome isso, Mike.* Patrick não era um pilantra. Ele faria de Hanna uma estrela.

Assim que colocou o celular de volta na bolsa, Hanna viu uma sombra tremeluzindo no canto. Refletida no vidro da porta do pátio estava uma garota loura. *Ali.*

Hanna virou-se depressa, meio que esperando ver Ali parada no armário atrás dela, mas era apenas um pôster com a foto de Ali no sétimo ano. Havia fotos menores de Jenna Cavanaugh e Ian Thomas e também uma grande imagem da Ali Verdadeira após seu retorno como sua gêmea morta.

Tudo o que ela fez foi acender um fósforo, dizia uma nota debaixo das imagens. Abaixo disso havia detalhes do filme *A Bela Assassina.*

Inacreditável. Até Rosewood Day estava nessa onda. Hanna arrancou o pôster da parede e o amassou fazendo uma bola em suas mãos.

De repente, uma voz maliciosa e provocativa ecoou em seu ouvido.

Sinto como se conhecesse vocês, garotas, desde sempre. Mas isso é impossível, certo?, seguida de uma risada horripilante.

— Não — sussurrou Hanna, expulsando aquela voz de sua cabeça. Ela não a ouvia fazia um bom tempo. Não desde que voltara da viagem. Ela não deixaria que aquela voz, ou a culpa, voltassem a invadir sua mente.

Um trio de garotas vestidas com jaquetas North Face e botas Ugg atravessou o pátio. Uma professora de inglês passava com os braços cheios de livros. Hanna picou a foto até que ficasse em milhares de pedacinhos satisfatórios. Ela jogou tudo na cesta de lixo. Pronto. Aquela Ali já era.

Assim como a Ali Verdadeira.

Disso, Hanna tinha a mais absoluta certeza.

7

APENAS UM TOQUE

Segunda à noite, Emily parou a perua Volvo da família na entrada de carros da casa da família Roland e puxou o freio de mão. Suas mãos suavam. Ela não conseguia acreditar que estava prestes a entrar na casa em que Jenna e Toby haviam morado. No quintal dos fundos, ficava o toco do que fora a casa da árvore de Toby, o local da brincadeira horrível que cegara Jenna. Lá estava a enorme janela panorâmica através da qual Ali e as outras espionavam Jenna quando não tinham nada melhor para fazer. Ali era impiedosa com Jenna, implicando com ela por causa de sua voz aguda, sua pele clara ou porque ela levava sanduíche de atum para o almoço e ficava com aquele bafo pelo resto do dia. Mas, sem que elas soubessem, Ali e Jenna tinham um segredo: Jenna sabia que Ali tinha uma irmã gêmea. Era por isso, no final, que a Ali Verdadeira a matara.

De repente, a porta de carvalho pintada de vermelho se abriu, e Chloe apareceu.

– Oi, Emily, entre!

Emily entrou, hesitante. A casa cheirava a maçãs, as paredes haviam sido pintadas com um tom vermelho e laranja profundo, e havia tapeçarias indianas cheias de enfeites penduradas no grande vão embaixo da escada. A mobília era uma confusão que envolvia cadeiras Stickley, divãs com estofamento dos anos 1960 gastos e uma mesa de centro feita de uma tábua de bordo *curly*. Era como entrar em uma loja de móveis usados bem eclética.

Ela seguiu Chloe até a sala dos fundos, que tinha grandes portas do chão ao teto e davam para um pátio.

– Aqui está Gracie – disse Chloe, apontando para o bebê que estava numa cadeirinha que balançava no canto. – Gracie, se lembra de sua melhor amiga, Emily?

O bebê gemeu baixinho e voltou a mastigar uma girafa de borracha. Emily sentiu algo crescendo em seu peito, uma sensação que ela não estava muito pronta para enfrentar. E a reprimiu.

– Olá, Gracie. Gostei da sua girafa. – Ela apertou o brinquedo, que fez um barulhinho.

– Quer ir lá no meu quarto rapidinho? – chamou Chloe, já na escada. – Tenho que pegar umas coisas para a minha entrevista. Gracie ficará bem na cadeirinha por um minuto.

– Hã, claro. – Emily passou pela sala. O carrilhão na entrada tocou as sete badaladas. – Onde estão seus pais?

Chloe se desviou de várias caixas no corredor do segundo andar.

– Ainda no trabalho. Os dois são advogados e estão sempre superocupados. Ah, contei ao meu pai sobre você, por falar nisso. Ele disse que vai ajudar com o lance da bolsa de estudos. Parece que a UNC ainda está à procura de bons nadadores.

— Isso é *maravilhoso*. — Emily queria abraçar Chloe, mas não a conhecia bem o suficiente ainda.

Chloe empurrou a porta de seu quarto, que estava decorado com pôsteres de jogadores de futebol famosos. David Beckham sem camisa chutava uma bola. Mia Hamm corria no meio do campo, seu abdome era incrível. Chloe pegou uma escova e passou-a por seus longos cabelos.

—Você disse que deixou de nadar neste verão, certo?

— Sim.

—Você se importa se eu perguntar o que aconteceu?

Emily ficou surpresa pela objetividade da pergunta. Ela certamente não podia contar a Chloe a verdade.

— Ah, eu tinha umas coisas para resolver.

Chloe foi até a janela e olhou para fora.

— Joguei futebol até o ano passado caso ainda não tenha dado para perceber. — Ela fez um gesto na direção dos pôsteres. — Mas então, de repente, passei a odiar. Não aguentava ir para o campo. Meu pai ficava todo, tipo, "O que há de errado com você? Você ama jogar futebol desde que era pequenininha!". Mas eu não conseguia explicar. Só não queria mais jogar.

— Como seus pais estão quanto a isso agora?

— Melhores. — Chloe abriu o *closet*. As roupas estavam penduradas de forma organizada, e havia vários jogos antigos de tabuleiro (Detetive, Banco Imobiliário, Mousetrap) empilhados desordenadamente na prateleira de cima. — Mas levou muito tempo para que eles aceitassem. Então, algumas outras coisas aconteceram, e eles conseguiram colocar isso em perspectiva.

Ela fechou a porta do closet de novo. De repente, Emily notou algo meio apagado que estava escrito na parede à esquerda do closet. *Jenna*. Linhas na parede marcavam a altura, data e idade.

Emily desabou na cama. Este deveria ter sido o quarto de Jenna no passado.

Chloe viu que Emily estava olhando e fez uma careta.

— Hum. Estou querendo pintar isso.

— Quer dizer que você... sabe? — perguntou Emily.

Chloe tirou um pedaço de cabelo castanho da boca.

— Discuti com meus pais a respeito da compra deste lugar... eu estava preocupada que pudesse haver uma vibração ruim aqui. Mas eles me convenceram de que estaria tudo bem. Este é, tipo, o melhor bairro ou algo assim, e eles não queriam perder o bom negócio da casa. — Ela tirou o suéter vermelho e em seguida olhou para Emily. — Você os conhecia, certo? O garoto e a garota que moravam aqui?

— U-hum. — Emily baixou os olhos.

— Imaginei. — Chloe mordeu o lábio. — A verdade é que reconheci você. Mas não sabia se você queria falar a respeito.

Emily balançou os pés, sem saber o que dizer. Claro que Chloe a reconhecera. Todos reconheciam.

— Você está bem? — perguntou Chloe baixinho, sentando na cama junto dela. — Esse lance com sua amiga parece ter sido terrível.

Faróis na rua lançavam longas sombras pelo quarto. O cheiro de spray de cabelo e lavanda alcançou Emily. Ela *estaria* bem? Depois que dissera adeus, depois de entender que a Ali com quem elas tinham se reconciliado não era a Ali que ela amava, Emily estava tão bem quanto poderia estar. A Ali que retornara era perigosa, psicótica — era uma bênção que ela houvesse morrido.

Mas então veio a Jamaica.

Emily estava tão animada para ir. Spencer fizera os planos, escolhendo o resort The Cliffs, em Negril e marcando massagens, aulas de yoga, mergulhos e jantares ao pôr do sol nas cavernas. Seria a escapada perfeita, o lugar ideal para se livrar de todas as coisas horríveis que haviam acontecido. Emily esperava que o ar tropical também curasse a dor no estômago da qual ela não conseguira se livrar.

A primeira tarde fora perfeita – a água morna, o almoço de boas-vindas com frutos do mar, o sol calmante. Mas então ela vira a menina nas escadas do deck do telhado naquela primeira noite.

Quando a menina chegou à porta, seu cabelo louro esvoaçava, e seu vestido evasê flutuava, roçando suas pernas. Emily não viu mais nada. A menina era a única coisa que conseguia enxergar. Seu rosto oval, nariz adunco e porte ligeiramente cheinho não eram nada parecidos com os de Ali, mas Emily apenas... *sabia*. No fundo, sabia que ela e Ali se encontrariam de novo, e ali estava ela. Viva. Olhando diretamente para ela.

Ela se voltou para as amigas.

– Aquela é Ali – sussurrou ela.

Elas apenas a encararam.

– Do que você está falando? – perguntou Spencer. – Ali está morta, Em.

– Ela morreu no incêndio, lembra? – insistiu Aria. Ela olhou para Emily, desconfiada, como se tivesse medo de que Emily fizesse um escândalo.

– Morreu mesmo? – Emily se lembrou daquela noite em Poconos, culpa e ansiedade crescendo dentro dela. – E se ela tiver escapado? Ninguém achou o corpo.

Hanna virou-se para a menina de amarelo. Ela havia saído dali e estava indo para o bar.

— Em, aquela garota não se parece em nada com ela. Talvez você esteja com febre.

Mas Emily não iria desistir assim tão fácil. Ela observou enquanto a menina pedia uma bebida, com um sorriso "sou Ali e sou fabulosa". Quantas vezes Emily se encantara com aquele sorriso? *Ansiara* por ele? Seu coração bateu ainda mais rápido.

— Talvez por isso ela esteja completamente diferente. E talvez por isso tenha aquelas marcas nos braços.

— Emily... — Aria segurou nas mãos de Emily. — Você está fazendo tempestade em copo d'água. *Não* é Ali. Você tem que superar isso.

— Eu *superei*! — berrou Emily.

Emily voltou ao presente, enfiando a mão no bolso de sua calça de veludo e sentindo o pingente de cortina laranja de seda. Se alguém perguntasse, se alguém reconhecesse, ela diria que achara no gramado da casa de Poconos dos DiLaurentis depois da explosão, embora não fosse verdade.

De repente, Chloe levantou-se de um salto.

— Mamãe! Papai! O que vocês estão fazendo aqui?

Um jovem casal apareceu no corredor. O pai de Chloe, um homem atlético de cabelos escuros, com pele macia e impecável, usava um terno cinza e sapatos de couro engraxados. A mãe tinha cabelos castanhos curtos e óculos de armação escura e grossa, usava uma saia reta justa, uma blusa rosa brilhante e sapatos de salto alto envernizados de bico fino. Algo destoava neles, como se fossem trabalhar engomadinhos o dia todo, mas gostassem de bandas *indie* e participassem de saraus de poesia à noite. Eles eram uma alternativa agradável aos tipos empolados que andavam por Rosewood.

— Nós moramos aqui, lembra? — brincou o pai de Chloe. Em seguida, ele notou Emily e sorriu. — Olá...?

— Oi, sou Emily Fields. — Emily se adiantou e estendeu a mão.

— A menina que cuidava dos casacos e bolsas, certo? — perguntou a sra. Roland, apertando a mão de Emily em seguida. Ela usava um anel de diamante que Emily reconheceu da festa.

— E nadadora — completou o sr. Roland.

— E babá enquanto faço minha entrevista no Villanova — explicou Chloe a eles. — Ela é ótima com Gracie, juro.

O sr. Roland se debruçou no corrimão.

— Na verdade, Chlo, não acho que vamos precisar de uma babá. Nós dois vamos ficar em casa. — Ele se virou para Emily. — É claro que vamos pagar você por ter vindo.

— Ah, não, está tudo bem — disse Emily rapidamente. — Foi legal vir. — Assim que falou, percebeu que era verdade. Emily passara os últimos outono e inverno enfiada em seu quarto, sem ninguém com quem conversar. Preocupando-se. Entristecendo. Sentia-se como se estivesse acordando de um longo sono.

— Nós insistimos — afirmou a sra. Roland. — Henry, vá pegar sua carteira.

A mãe de Chloe se dirigiu para a suíte do casal, e Chloe e seu pai desceram as escadas. Emily os seguiu.

— Quando é o seu intervalo de almoço? — perguntou Chloe por cima do ombro.

— Primeiro horário às terças e quintas, segundo às segundas, quartas e sextas — respondeu Emily.

— Tenho o segundo às quartas e sextas também! — Chloe pegou seu casaco de dentro do armário. — Quer almoçar comigo? Se você não estiver ocupada, claro.

— Adoraria — Emily soltou a respiração. Ultimamente, ela andava almoçando fora do campus, pois os alunos do último ano podiam deixar a escola na hora do almoço. Mas era tão solitário.

As meninas combinaram de se encontrar em frente ao Steam na quarta-feira. Depois disso, Chloe correu para sua entrevista, e Emily olhou para o sr. Roland de novo. Ele pegou uma carteira de couro brilhante.

— É sério, o senhor não precisa me pagar.

O sr. Roland fez um gesto, como que dispensando a oferta de Emily.

— Ah, Chloe contou sobre a questão da natação. Você está certa de que quer competir na categoria universitária?

— Claro.

Ele a estudou por um momento, olhos fixos em seu rosto.

— Que bom. Tenho muitos conhecidos na UNC. Se me der suas marcações de tempo, posso entrar em contato com o recrutador. Sei que eles ainda estão procurando jovens para montar a equipe.

Emily apertou a mão contra o peito.

— *Muito* obrigada.

— O prazer é todo meu. — O sr. Roland deu a ela uma nota de vinte. Seus olhos azuis penetrantes piscaram. — Isto é suficiente?

Emily não pegou o dinheiro.

— Isso é muito.

— Por favor. — O sr. Roland colocou a nota em sua mão e a fechou.

Então, enquanto ele a acompanhava em direção à porta, a mão dele subiu por seu braço, escorregou para seu ombro e acabou parando em seu quadril.

Emily parou de andar, boquiaberta. Ela queria dizer ao sr. Roland para parar, mas os nervos em volta de seus lábios ficaram paralisados.

O sr. Roland se afastou dela e apanhou seu BlackBerry com indiferença.

– Bem, nos vemos em breve, Emily. Entrarei em contato! – disse ele como se nada inapropriado tivesse acontecido. De repente, Emily não tinha certeza. *Acontecera* algo?

Ela cambaleou para fora da casa, atravessou a entrada e se debruçou em seu carro. A noite estava silenciosa e fria. O vento soprava, balançando os galhos das árvores. Em seguida, algo se mexeu no limiar entre a casa dos Hastings e a antiga casa dos DiLaurentis. Emily se levantou. Seria uma pessoa se esgueirando? Quem?

Bipe. Emily pulou. Era seu celular, enfiado no fundo de sua bolsa. Ela o pegou e olhou para a tela. UMA NOVA MENSAGEM DE TEXTO. Emily piscou, surpresa. O remetente era Spencer Hastings. Ela rapidamente apertou LER.

Me encontre na frente da caixa de correspondência de Ali.
Tenho algo para você.

8

MENSAGEM PARA VOCÊ

Aria estava sentada de pernas cruzadas no chão do escritório de seu pai, ouvindo um podcast chamado *Encontre seu Zen Interior*, que baixara do computador de Ella.

— Visualize seu terceiro olho — sussurrava um homem de voz grave em seus ouvidos. — Deixe seu passado ser soprado pela brisa. Viva no momento, no *agora*.

O passado está sendo soprado pela brisa, repetiu Aria em voz baixa, querendo acreditar que era verdade. Depois da Jamaica, ouvira centenas de gravações de relaxamento, mas nenhuma delas funcionara. Talvez não tivesse o terceiro olho. Ou talvez o passado apenas fosse pesado demais para ser soprado para longe.

— Droga! — disse seu irmão, Mike, ao lado dela, apertando o controle de seu PlayStation. Ele estava jogando Gran Turismo e, cada vez que batia sua Lamborghini Murcielago, xingava com violência e esmurrava o controle no sofá. *Aquilo* certamente não estava ajudando Aria a encontrar seu terceiro olho.

– Espero que você não dirija assim na vida real – murmurou Meredith, a noiva de seu pai, ao passar pelo corredor. Lola, sua filha, estava amarrada por um Baby Björn que passava em volta de seus braços e se unia em suas costas. Parecia um objeto de tortura.

– Parem com isso, vocês duas – respondeu Mike, irritado.

– Aconteceu algo com você, Speed Racer? – perguntou Aria.

– Não – disse Mike, agitado. – Estou bem.

Mas Aria o conhecia bem demais – com certeza tinha alguma coisa acontecendo com ele. Primeiro, Mike pegara carona com ela de manhã em vez de esperar que Hanna viesse buscá-lo. Mais tarde, enquanto ia da aula de biologia para a de fotografia, Aria notou que o sofazinho da entrada onde Mike e Hanna se aconchegavam entre as aulas estava flagrantemente desocupado.

Quando o jogo acabou, Mike soltou o controle.

– Quer dizer que você conheceu a deusa nórdica, certo?

Aria olhou para ele, desconfiada.

– Como é que é?

Mike revirou os olhos.

– *Dã*. Klaudia. Tenho quase certeza que em escandinavo quer dizer *feiticeira do sexo*.

– Escandinavo não é uma língua – rosnou Aria.

Mike estendeu a mão até a mesa de centro e encheu a mão de pipoca Smartfood da vasilha de cerâmica.

– Você tem que me contar tudo sobre ela. Tire uma foto dela no chuveiro do vestiário...

Aria enrolou o fone de ouvido em torno de seu iPod, tentando não reagir exageradamente.

– Não creio que ela fosse gostar disso. Além disso, ninguém toma banho depois da ginástica.

– Não? – Mike pareceu desapontado, e Aria segurou uma risada. Por que todo homem tinha uma fantasia secreta sobre um bando de meninas nuas brincando nos chuveiros comunitários da escola? Como se as meninas fizessem *isso*!

– Bem, que seja – disse Mike sem perder a animação. – Dê um jeito de ser convidada para dormir na casa de Noel e tire fotos lá. Aposto que Klaudia anda pela casa sem roupa o tempo todo. Soube que finlandeses fazem isso. Eles também são grandes viciados em sexo, já que não tem mais nada o que fazer lá.

– Mike, credo. – Aria jogou uma pipoca nele. – E o que Hanna acharia dessa sua nova obsessãozinha?

Mike deu de ombros e não respondeu.

Aha!

– Aconteceu alguma coisa entre você e Hanna? – pressionou Aria.

Mike começou uma nova corrida, desta vez dirigindo uma Ferrari.

– Não consegui acreditar quando vi Klaudia saindo do carro de Noel de manhã – disse ele. – Aquele cara acertou na loteria. Mas ele não me conta nada. Age como se nem soubesse que Klaudia é uma graça, mas qual é?! Você tem que ser cego para não querer uma coisinha daquelas.

Aria fechou as mãos em punhos.

–Você esqueceu que Noel é meu namorado?

Um dos ombros de Mike se levantou.

– Não é crime apreciar a vista. Não significa que alguma coisa vai acontecer entre eles.

Aria caiu de volta no sofá e olhou para a rachadura que aumentava em volta do lustre no teto. Toda essa história em torno de Klaudia a deixara aflita e irrequieta. Klaudia *era* uma deusa nórdica do sexo – tinha cabelo louro quase branco, lábios grossos salientes, olhos azuis acianos e o corpo de uma modelo de biquíni da *Sports Illustrated*. Todo mundo olhara para ela no dia anterior enquanto andavam pelo terminal internacional em direção à esteira de bagagem. Vários homens pareciam prestes a cair de joelho e pedi-la em casamento – ou, no mínimo, uma noite de sexo selvagem.

Enquanto Klaudia esperava pela bagagem, Aria cutucou Noel.

– Você sabia que Klaudia era uma menina? – Talvez fosse por isso que Noel não queria que Aria viesse com ele ao aeroporto. Talvez ele tivesse visto fotos de sua nova estudante de intercâmbio e quisesse alguns minutos com ela a sós.

– Claro que não! – Noel soou sincero. – Estou tão chocado quanto você!

Antes que Aria pudesse dizer qualquer coisa, Klaudia voltou, arrastando suas duas malas de rodinha enormes e carregando duas mochilas no ombro.

– Ufa, eu trouxe tanta coisa! – disse ela, com um sotaque carregado. Aria franziu a testa. Ela conhecera alguns finlandeses nos anos que passara na Islândia, e o inglês deles era um milhão de vezes melhor que o de Klaudia. Com sua voz gutural e sua chegada abobada, a menina soava como se tivesse crescido em uma fábrica da Barbie finlandesa.

Noel e Aria ajudaram Klaudia a levar sua tralha para o carro. Depois de colocar tudo, Klaudia acenou educadamente para

Aria e agradeceu. Em seguida, virou-se para Noel e lhe deu dois beijos nas bochechas, ao estilo europeu, dizendo:

— Eu tão feliz somos colegas de quarto! — Em vez de corrigir Klaudia (só sobre o cadáver de Aria que eles iam ficar no mesmo quarto), Noel só ficou vermelho e riu. Como se tivesse achado engraçado. Como se quisesse que fosse verdade. De repente, Aria sentiu-se muito, muito irritada. Talvez ela devesse ter dormido com ele antes. Muitos *meses* antes. E se Noel se cansasse de Aria dizer *não, não, não* e quisesse alguém que diz *ja, ja, ja*?

Aria sacudiu a cabeça, deixando aquela lembrança do passado ser levada embora pelo vento. Estava permitindo que sua mente ciumenta vagasse sem controle. Achara que Noel sentia algo por Ali — a Ali Verdadeira, a menina que voltara a Rosewood e tentara matá-las —, mas aquilo não era verdade. Também houvera a noite na Jamaica: Aria virara as costas por um minuto durante o jantar, e de repente Noel estava no bar com uma menina loura e sexy que dava em cima dele.

— Jesus — sussurrou ela, sentindo o antigo ciúme apertar seu estômago.

Ela caminhou até o bar para acabar com o flerte, mas, quando a companheira de Noel se virou, Aria se viu encarando o rosto da menina que Emily vira entrando. Aquela que ela pensara ser Ali.

A menina deu um sorriso largo.

— Oi, Aria. Eu sou Tabitha.

Um calafrio subiu pela espinha de Aria.

— Como você sabe meu nome?

— Seu namorado me contou. — Ela bateu no ombro de Noel, brincando. — Não se preocupe, ele é um bom menino. Não como o resto de nós, traidores.

Aria se encolheu. Tabitha piscou com convicção para Aria, quase como se conhecesse sua história de vida. Byron traíra Ella com Meredith. E Aria traíra também – Sean Ackard com Ezra Fitz. Mas como Tabitha poderia saber? Certamente Noel não contara a ela. E embora muita informação tivesse saído na imprensa sobre Aria, nenhuma das histórias mencionava seus pais ou seu caso com Ezra.

Aria olhou com cautela as queimaduras nos braços da menina. Estava claro que Tabitha sofrera algum tipo de desastre. Algo horrível – talvez até mesmo um incêndio. Mas isso não significava que Emily estivesse certa.

Bipe.

Aria olhou para baixo. Era seu celular Droid na mesa de centro. Quando ela o pegou e olhou para a tela, dizia: MENSAGEM DE HANNA MARIN.

Aria franziu a testa. Hanna? Elas não se falavam havia meses. Ela abriu a mensagem.

> Me encontre na frente da antiga caixa de correspondência de Ali. É importante.

Dirigir pela antiga rua da família DiLaurentis ainda deixava Aria com a sensação de que visitava um antigo cemitério. A antiga casa de Mona Vanderwaal ficava no começo da rua, as janelas escuras, as portas bem fechadas, uma placa de VENDE-SE caída no quintal. A casa dos Hastings estava acesa como um bolo de aniversário, mas Aria não conseguia deixar de olhar para o quintal dos fundos e o bosque dizimado, que levaria anos para se recuperar do incêndio que a Ali Verdadeira tinha começado. Nunca se esqueceria de ter corrido freneticamente pela fumaça naquela noite de janeiro e de encontrado alguém preso debaixo de um tronco. Quando tirou a menina dali, percebeu que era Ali.

Mas não a Ali *delas*. Não a Ali que as escolhera para ser suas melhores amigas. Não a Ali que elas idolatravam, amavam e com quem haviam se ressentido. Era a Ali Verdadeira, que havia sido trancafiada no Preserve desde o sexto ano.

Aria espantou a lembrança enquanto seus faróis varriam a antiga entrada de carros dos DiLaurentis. Um vulto estava parado ao lado da antiga caixa de correspondência de Ali, pulando de um pé para o outro a fim de tentar se manter aquecida. Aria parou na sarjeta e saiu. Só que não era Hanna, era Emily.

– O que você está fazendo aqui? – perguntou Aria.

Emily parecia tão surpresa quanto Aria.

– Spencer me mandou uma mensagem. Também mandou para você?

– Não, foi Hanna.

– Eu fiz o quê?

Elas se viraram e viram Hanna saindo de seu Prius, o cabelo castanho preso em um coque. Aria mostrou seu celular.

– Você me mandou uma mensagem, pedindo que eu viesse até aqui.

– Não, não mandei. – Hanna parecia confusa. – Estou aqui porque *Emily* me mandou uma mensagem.

Emily franziu a testa.

– Não mandei mensagem nenhuma para você!

Um barulho veio de trás delas, e todas se viraram. Spencer saiu dos arbustos que separavam sua casa da dos DiLaurentis.

– Você chamou todo mundo, Aria?

Aria deu uma risada desconfortável.

— Não pedi para *ninguém* vir.

— Sim, você pediu. — Spencer enfiou o celular na cara de Aria. *Me encontre na frente da caixa de correspondência de Ali. Tenho algo para você.*

Uma nuvem passou cobrindo a lua, obstruindo a luz. O acúmulo de neve no gramado tinha um brilho estranho, coberto de gelo. Aria trocou olhares preocupados com as outras. Seu estômago revirou com a familiaridade daquilo — era o mesmo olhar que já haviam trocado muitas, muitas vezes antes.

— Eu estava trabalhando de babá numa casa no final da rua. — A voz de Emily tremeu. — Quando recebi a mensagem, olhei para a caixa de correspondência de Ali e vi alguém aqui. Achei que era você, Spencer, já que você havia escrito a mensagem para mim.

— Não era eu — disse Spencer com uma voz rouca.

As meninas se entreolharam por um momento. Aria percebera que todas elas estavam pensando a mesma coisa. A pior coisa possível.

— Certo, há-há. — Spencer se virou e encarou o quintal dos fundos escuro dos DiLaurentis. — Muito engraçado! Você pode sair agora, idiota! Caímos no seu truque!

Ninguém respondeu. Nada se moveu no quintal ou nas árvores mais além. O coração de Aria começou a bater com força. Parecia que algo — ou alguém — estava se esgueirando por ali, observando, esperando, preparando-se para atacar. O vento soprou, e Aria de repente sentiu um cheiro de fumaça e gás. Era o mesmo cheiro horrível que sentira na noite em que Ali incendiara o bosque. O mesmo cheiro da noite em que a casa pegara fogo em Poconos.

— Vou embora. — Aria pegou suas chaves. — Não estou em condições de passar por isso.

— Espere! — gritou Emily. — O que é isso?

Aria se virou. Um pedaço de papel saía da abertura da antiga caixa de correspondência dos DiLaurentis, balançando ao vento.

Emily caminhou até lá e o pegou.

— Isso não é seu! — chiou Hanna. — Provavelmente é só propaganda que eles se esqueceram de recolher!

— Propaganda com os nossos nomes? — Emily balançou um envelope branco na cara delas. Realmente dizia SPENCER, EMILY, ARIA E HANNA em grandes letras maiúsculas.

— Que droga...? — sussurrou Spencer, soando mais incomodada do que com medo.

Hanna pegou o envelope de Emily. Todas se juntaram, o mais próximo que estiveram umas das outras em meses. Aria inalou o perfume Michael Kors adocicado de Hanna. O cabelo louro sedoso de Spencer roçou seu queixo. O hálito de Emily cheirava a chiclete Doublemint.

Spencer ligou a lanterna de seu iPhone e direcionou-a ao conteúdo do envelope. Dentro havia um pedaço de papel brilhante dobrado, que parecia arrancado de uma revista. Quando esticado, mostrou a última foto da Ali Verdadeira, quando voltara do Preserve no ano anterior. A BELA ASSASSINA, lia-se nas linhas do final. ESTE SÁBADO. 8 DA NOITE.

— O filme feito para televisão — grunhiu Aria. — Algum idiota está mexendo conosco.

— Espere. — Emily apontou para o outro item do envelope. — O que é isso?

Hanna o puxou. Era um cartão-postal. Na frente havia um oceano azul-claro cercado por penhascos rochosos. Em cima dos penhascos havia um resort com uma piscina enorme, espreguiçadeiras, quiosques, um deque e um restaurante no telhado.

Hanna engasgou.

– É o...?

– Não pode ser – sussurrou Spencer.

– *É*, sim. – Emily apontou para o mosaico com padrão de abacaxi no fundo da piscina. – The Cliffs.

Aria se afastou do cartão-postal como se ele estivesse em chamas. Ela não via uma imagem do The Cliffs fazia um ano. Apagara cada foto das Férias de Primavera. Bloqueara as postagens do Facebook de Noel e Mike mostrando-os na praia, jantando, no caiaque ou mergulhando nos recifes. Aquelas nas quais fingia estar se divertindo com eles. Nas quais escondia a horrível e obscura verdade.

Só de olhar para a vista aérea, Aria ficou enjoada. Uma lembrança em sua mente, forte e distinta: Tabitha parada no bar, sorrindo com desdém para Aria. Olhando para ela como se soubesse exatamente quem ela era... e quais eram seus segredos.

– Quem poderia ter mandado isto? – sussurrou Hanna.

– É apenas uma coincidência – disse Spencer, com pouca convicção. – Alguém está querendo mexer com a gente. – Olhou em volta de novo, procurando alguém que estivesse se escondendo nos arbustos ou gargalhando na antiga varanda dos DiLaurentis, mas tudo estava em silêncio. Parecia que elas eram as únicas pessoas na rua por quilômetros.

Em seguida, Hanna virou o cartão-postal e estreitou os olhos para ler.

– Ai, meu Deus.

– O quê? – perguntou Spencer. Hanna não respondeu, só balançou sua cabeça freneticamente e lhe entregou o cartão-postal. Uma por uma, as meninas leram a inscrição. Spencer cobriu os olhos. Emily sussurrou um *não*. Na vez de Aria, ela focou nas letras maiúsculas. Seu estômago apertado e sua mente começaram a girar.

Fiquei sabendo que a Jamaica é linda nesta época do ano.

Que pena que vocês quatro NUNCA MAIS poderão voltar lá.

Saudade de vocês! – A

9
PROBLEMAS NO PARAÍSO

Os dizeres no cartão-postal perderam o foco diante dos olhos de Spencer. O vento soprava, e os galhos das árvores arranhavam a lateral da antiga casa da família DiLaurentis. Soava como gritos.

— Isso poderia ser... real? — sussurrou Emily. O ar estava tão frio que seu hálito saiu em sopros brancos fantasmagóricos.

Spencer olhou para o cartão de novo. Ela queria desesperadamente dizer que aquilo não passava de uma piada, assim como as inúmeras mensagens falsas de A que ela recebera desde que Ali morrera. Chegavam à sua caixa de correspondência, endereçadas a Spencer Hastengs ou Spancer Histings ou, ainda mais engraçado, Spencer Montgomery. A maioria das mensagens era inócua, dizendo simplesmente *Eu estou observando você* ou *Eu sei dos seus segredos*. Outras eram mensagens solidárias – embora, de modo um tanto bizarro, fossem assinadas com *A*. Algumas eram mais preocupantes, pedidos de dinheiro com ameaças se suas requisições não fossem atendidas. Spencer levara as mensagens desse tipo para o departamento de polícia de Rosewood, e eles haviam tomado as devidas providências. Estava acabado.

Mas isso era diferente. Referia-se a algo real, a uma coisa sobre a qual Spencer não ousara pensar por um ano inteiro. Se as pessoas erradas descobrissem aquilo, as quatro estariam mais encrencadas do que jamais puderam imaginar. Elas podiam dar adeus aos seus futuros.

– Como é possível? – sussurrou Hanna. – Como alguém poderia saber disso? Ninguém estava por perto. Ninguém testemunhou o que Aria fez.

Os lábios de Aria se abriram. Um olhar culpado tomou conta de seu rosto.

– O que *todas* nós fizemos – consertou Spencer rapidamente. – Todas nós participamos.

Hanna cruzou os braços sobre o peito.

– Tá bem, tá bem. Mas ninguém estava lá. Nós nos certificamos disso.

– Talvez tenha sido uma farsa. – Os olhos de Emily brilhavam sob a luz artificial do iPhone.

– Nem diga isso – advertiu Spencer. – Não pode ser... *ela*. Não pode.

Hanna virou o cartão e olhou para a foto do resort de novo. Ela franziu o cenho.

– Talvez não seja sobre o que achamos que é. Muitas coisas aconteceram na Jamaica. Talvez quem quer que tenha escrito isto possa estar falando sobre outra coisa. Por exemplo, como Noel roubou aquelas garrafinhas de rum do bar e as levou para nosso quarto.

– Sim, como se alguém realmente fosse se importar com isso um ano depois – disse Aria com sarcasmo. – Isso não seria razão suficiente para que jamais pudéssemos voltar para a Jamaica. Nós *sabemos* do que isso está falando.

As meninas ficaram em silêncio de novo. Um cachorro latiu algumas casas adiante. Uma estalactite de gelo escolheu aquele exato momento para quebrar e se soltar da calha da garagem dos DiLaurentis e se espatifar no chão, despedaçando-se em um milhão de pedacinhos. Elas pularam de susto.

– Será que devemos contar à polícia? – sussurrou Emily.

Spencer olhou para Emily como se ela estivesse louca.

– O que é que você acha?

–Talvez eles não perguntem o que aconteceu – disse Emily.

– Talvez a gente não precise falar a respeito daquilo. Se isso for de alguém real, se alguém está atrás de nós, temos que pará-los antes que alguém se machuque.

– A única pessoa que iria querer nos machucar é alguém que sabe o que fizemos – disse Aria em voz baixa. – Isso virá à tona se formos à polícia, Emily. Você sabe disso.

Emily olhou para frente e para trás.

– Mas, quer dizer, nós nem temos *certeza* do que aconteceu naquela noite.

– Pare – interrompeu Spencer, fechando os olhos. Se ela se permitisse pensar sobre isso, o remorso e a paranoia a invadiriam com a força de uma correnteza, puxando-a para baixo, afogando-a. – Alguém está querendo mexer com a gente, certo? – Ela pegou o cartão-postal da mão de Hanna e enfiou-o no bolso de sua jaqueta estilo militar. – Não serei feita de idiota mais uma vez. Já passamos por muita coisa.

– Então o que faremos? – Aria jogou as mãos para cima.

– Ignoramos a mensagem – decidiu Spencer. – Fingimos que nunca recebemos.

— Mas alguém *sabe*, Spencer. — A voz de Emily era de súplica. — E se A for até a polícia?

— Com que provas? — Spencer olhou para elas. — Não há nenhuma, lembram? Não há nenhuma conexão conosco, a não ser o que nós lembramos. *Ninguém* viu. Ninguém nem a *conhecia*. Ninguém procurou por ela. Talvez Hanna esteja certa, talvez isso seja a respeito de outra coisa. Ou talvez alguém tenha percebido que não estamos mais tão próximas e entendido que deve ter alguma coisa a ver com a Jamaica.

Spencer parou e pensou a respeito de como Wilden a observara com curiosidade na festa na noite anterior. Qualquer um perceberia que a amizade entre elas havia se desintegrado.

— Eu não serei intimidada por isso — disse ela. — Quem está comigo?

As outras se agitaram. Emily brincou com a pulseira de prata que comprara para substituir a antiga pulseira que Ali fizera para ela. Aria enfiou as mãos nos bolsos e mastigou o lábio inferior fervorosamente.

Em seguida, Hanna se endireitou.

— Eu estou com você. A última coisa de que eu preciso é outra A. Ser atormentada é *tão* ano passado.

— Bom. — Spencer olhou para as outras. — E vocês, meninas?

Emily chutou uma pilha de neve suja no meio-fio.

— Eu só... não sei.

Aria também tinha um olhar ambíguo no rosto.

— É uma coincidência tão estranha...

Spencer bateu os braços nas laterais do corpo.

— Acreditem no que quiserem, mas não me levem junto, está bem? Quem quer que seja este A idiota, ele não faz parte da minha vida. Se vocês forem espertas, também não deixarão que faça parte da vida de vocês.

Com isso, Spencer girou nos calcanhares e seguiu em direção a sua casa, os ombros alinhados e a cabeça erguida bem alto. Era ridículo pensar que um novo A emergira ou que alguém sabia o que elas tinham feito. O segredo delas estava bem-guardado. Além disso, tudo estava indo tão bem para Spencer agora. Ela não iria deixar A arruinar seu último ano... e *definitivamente* não deixaria A tirar Princeton dela.

Sua resolução permaneceu firme por mais dez passos. Assim que alcançou a luz brilhante de sua varanda, uma lembrança invadiu sua mente, sem ser convidada: depois do jantar, naquela primeira noite na Jamaica, Spencer fora ao banheiro. Quando ela saiu da cabine, uma menina estava sentada na bancada em frente ao espelho, segurando um cantil de metal na mão. A loura que Emily jurava que era Ali.

Num primeiro momento, Spencer sentiu vontade de voltar a uma das cabines, bater a porta e trancá-la bem. *Havia* algo estranho naquela menina – um sorriso de desdém em seu rosto, como se estivesse pregando uma peça.

Mas, antes que Spencer pudesse escapar, a menina sorriu para ela.

– Quer um pouco? – disse, estendendo o cantil em direção a Spencer. O líquido remexeu no fundo. – É um rum caseiro incrível que uma velha me vendeu no caminho para cá. Vai deixar você louca.

A música da banda de tambores de metal que tocava no bar ecoava pelas paredes finas. O cheiro de banana frita fazia cócegas nas narinas de Spencer. Ela parou um momento, algo naquilo lhe parecia perigoso.

— Do que você está com medo? — desafiou a menina, como se lesse a mente de Spencer.

Spencer se endireitou na cadeira. Pegou o frasco e deu um gole. O líquido doce aqueceu seu peito imediatamente.

— É muito bom.

— Falei que era. — A menina pegou o frasco de volta. — Meu nome é Tabitha.

— Spencer — respondeu ela.

— Você está sentada com aquelas pessoas no canto, não é? — perguntou Tabitha. Spencer fez que sim. — Você tem sorte. Meus amigos me largaram. Eles mudaram suas reservas para o The Royal Plantain, na rua de cima, sem me avisar. Quando tentei conseguir um quarto lá, já estavam esgotados. Um saco.

— Que droga — murmurou Spencer. — Vocês brigaram ou algo assim?

Tabitha deu de ombros, culpada.

— Foi por causa de um garoto. *Você* sabe como são essas coisas, não sabe?

Spencer piscou. Imediatamente, lembrou-se da maior briga que já tivera por causa de um garoto. Foi com Ali — a Ali delas — por causa de Ian Thomas, de quem ambas gostavam. Na noite em que Ali desapareceu no sétimo ano, ela havia saído furiosa do celeiro, e Spencer a seguiu. Ali se virou e disse a Spencer que ela e Ian estavam juntos em segredo. A única razão pela qual Ian tinha beijado Spencer, ela acrescentara, fora porque Ali lhe dissera para fazer isso — e ele fazia tudo o que ela queria. Spencer empurrara Ali — com força.

Havia um sorriso no rosto de Tabitha indicando que ela sabia mais do que deveria, como tivesse se referido precisamente àquela história. Mas não havia como ela saber daquilo... certo?

Uma lâmpada acima delas piscou, e de repente Spencer notou que os lábios de Tabitha se curvaram nos cantos, assim como os da Ali delas. Seus pulsos eram tão finos quanto os dela, e ela conseguia imaginar aqueles dedos finos e longos, as mãos quadradas lutando com Spencer no caminho que levava para fora do celeiro.

O celular de Tabitha tocou o coro de Aleluia, assustando as duas. Ela olhou para a tela, depois foi em direção à porta.

– Desculpe, tenho que atender. Vejo você mais tarde?

Antes que Spencer pudesse responder, a porta bateu. Ela ficou no banheiro, olhando para o próprio reflexo.

Ela não tinha certeza do que a fizera pegar seu celular e procurar no Google por hotéis na Jamaica. E disse a si mesma que era apenas o rum caseiro forte que estava acelerando seu coração enquanto examinava os resorts perto do The Cliff. Mas, quando o Google terminou de tabular os resultados, Spencer começou a aceitar a sensação de inquietação no fundo de seu estômago. Algo estava bem estranho.

Não havia um resort chamado Royal Plantain por perto. Na verdade, não havia um hotel chamado Royal Plantain – nem nada parecido – em toda a Jamaica. Quem quer que Tabitha fosse, era uma mentirosa.

Spencer olhou para seu reflexo de novo. Parecia que tinha visto um fantasma.

Talvez tivesse mesmo.

10

NASCE UMA ESTRELA

Na tarde seguinte, depois que o trem SEPTA R5 parou em todas as estações locais possíveis, Hanna finalmente chegou à Filadélfia. Assim que a porta de metal se abriu, ela pendurou sua bolsa a tiracolo e desceu a escada de aço. Duas meninas de blusão da Faculdade Bryn Mawr e jeans de boca larga olharam para ela.

Por um momento, Hanna ficou tensa, pensando no cartão-postal na antiga caixa de correspondência de Ali na noite passada. Depois, caiu a ficha: elas a reconheceram dos noticiários do ano anterior. Olhares rudes eram dirigidos a Hanna com uma frequência muito maior do que ela gostaria.

Ela empinou o nariz, mantendo a melhor pose de celebridade. Afinal de contas, estava indo para sua primeira sessão de fotos — o que *elas* estavam fazendo na cidade? Compras na liquidação da Filene's Basement?

Um vulto alto com uma câmera em volta do pescoço estava parado do lado de fora da estação McDonalds. O coração de Hanna disparou. Patrick até mesmo se *parecia* com um fotógrafo prestes a estourar – usava um casaco verde-exército com um capuz forrado de pele, jeans justos e botas de cano baixo engraxadas.

Patrick se virou e percebeu que Hanna se aproximava. Ele levantou a câmera digital de lentes longas e apontou para ela. Por um segundo, Hanna quis cobrir o rosto com as mãos, mas, em vez disso, empinou o peito e deu um enorme sorriso. Talvez fosse um teste, fotos em movimento de uma modelo na estação de trem imunda, cercada de turistas obesos de pochete.

–Você veio – disse Patrick enquanto Hanna andava até ele.

–Você achou que eu desistiria? – provocou Hanna, tentando controlar seu entusiasmo.

Ele a olhou de cima a baixo.

– Linda roupa. Você parece a Adriana Lima, só que mais gostosa.

– Obrigada. – Hanna colocou as mãos nos quadris e virou a cabeça para a direita e para a esquerda. Claro que era uma linda roupa, ela agonizara por causa do vestido rosa de babados, jaqueta de motocross, botas de pelica e pulseiras e colar com toques dourados a manhã toda, tentando um zilhão de combinações antes de chegar ao visual certo. Suas pernas de fora provavelmente ficariam congeladas, mas valeria a pena.

O alto-falante da estação gritou que um trem para Treton tinha acabado de parar na estação, e um monte de gente despencou pelas escadas. Patrick pegou uma mala de lona cheia de equipamento fotográfico e seguiu em direção à saída da rua Dezesseis.

— Acho que vamos fazer umas fotos ao ar livre pela cidade. Algumas clássicas na Prefeitura e no Liberty Bell. A luz está ótima agora.

— Tudo bem — respondeu Hanna. Patrick até soava überprofissional.

— Aí terminamos com algumas fotos internas em meu estúdio, em Fishtown. Você se importa? Seria ótimo para meu portfólio. E, como disse, posso ajudá-la a escolher fotos para mandar para agentes.

— Parece perfeito.

Ao subirem as escadas, Patrick encostou o braço em Hanna, mostrando um local onde havia gelo.

— Cuidado.

— Obrigada — disse Hanna, contornando o gelo. Patrick tirou a mão assim que ela passou em segurança.

— E você, sempre quis ser fotógrafo? — perguntou Hanna, enquanto seguiam pela Market Street em direção à Prefeitura. Estava congelando ali fora, e todos andavam olhando para baixo e com a cabeça encapuzada. Neve suja meio derretida se amontoava no meio-fio.

— Desde que era pequeno — admitiu Patrick. — Eu era aquela criança que nunca ia a lugar nenhum sem uma câmera descartável. Lembra delas? Ou você é nova demais?

— Claro que eu me lembro delas. — Riu Hanna. — Tenho 18 anos. E você, qual a sua idade?

— Vinte e dois — disse Patrick, como se isso fosse *tão* mais velho. Ele gesticulou para a esquerda, mostrando a outra parte da cidade. — Estudei na Faculdade de Arte Moore. Acabei de me formar.

— Você gostou? Penso em estudar design de moda na FIT ou Pratt. — Ela enviara a papelada para o pedido de inscrição algumas semanas antes.

— Eu adorei. — Patrick se desviou de um carrinho de cachorro-quente bem no meio da calçada. O cheiro das salsichas oleosas pairava no ar. — Você vai amar Nova York também, mas aposto que não vai estudar lá. Uma agência de modelos vai contratar você. Tenho certeza.

Parecia que havia fadas dançando no estômago de Hanna.

— O que o faz ter tanta certeza? — perguntou ela, tentando parecer casual, como se não se importasse se isso acontecesse ou não.

— Enquanto estudava, trabalhei como assistente em muitas sessões de fotos. — Patrick parou por causa do sinal vermelho. — Você tem essa aparência singular que os editores e designers amam.

— Mesmo? — Se ao menos Hanna pudesse gravar o que ele acabara de dizer para colocar no Twitter... Ou, melhor ainda, postar diretamente na página do Facebook de Kate!

— E aí, como você conseguiu o bico no comercial do meu pai? — perguntou Hanna.

Patrick sorriu com ironia.

— Estava fazendo um favor a um amigo. Normalmente, nem chegaria perto de comerciais... especialmente os políticos. Não acompanho política.

— Nem eu — disse Hanna, aliviada. Ela nem sabia ao certo as opiniões de seu pai a respeito de questões importantes. Se ele ganhasse a eleição e alguém quisesse entrevistá-la... bem, é para isso que servem os assessores de mídia.

— Mas ele parece um cara legal! — gritou Patrick, tentando se fazer ouvir apesar do barulho de um ônibus passando. — Mas qual é o lance com sua irmã? Ela parecia muito nervosa.

— Meia-irmã — corrigiu Hanna.

— Ah! — Patrick sorriu, seus olhos quase pretos enrugando-se, como se entendesse. — Eu deveria ter percebido que vocês não são parentes.

Eles chegaram à Prefeitura, e Patrick começou a trabalhar, direcionando Hanna para posar sob a sombra de um grande arco.

— Certo, faça uma pose do tipo "menina que quer tanto alguma coisa que pode até sentir o gosto" — instruiu ele, apontando as lentes para ela. —Você está sedenta de desejo e não vai parar por nada até atingir seu objetivo. Consegue entrar nessa vibe?

Ahh, sim. Ela já estava nessa vibe. Hanna posou apoiada na parede, encarando Patrick com o olhar mais determinado que conseguiu.

— Maravilha — disse Patrick. *Clique. Clique.* — Seus olhos estão incríveis.

Hanna jogou o cabelo castanho-avermelhado de um lado para o outro, colocou o queixo para baixo, e separou os lábios só um pouco. Era uma pose que fazia quando ela, Ali e as outras brincavam de modelo no quarto de Ali. Ali sempre dissera para Hanna que essa pose fazia com que se parecesse uma modelo gorda e usuária de crack, mas Patrick continuou fotografando, gritando:

— Maravilhoso!

Depois de um tempo, Patrick parou para olhar as fotos na janela de pré-visualização.

—Você é incrível.Tem experiência com ensaios fotográficos?

— Ah, um pouco. — A sessão de fotos para a *People* depois do escândalo de Poconos contava, certo?

Patrick semicerrou os olhos atrás da máquina de novo.

– Certo, o queixo mais alto um pouquinho. Mostre sensualidade.

Hanna tentou ao máximo exibir um olhar ardente. *Clique. Clique.*

Um bando de turistas os cercou, sussurrando.

– Você está fotografando para que revista? – perguntou uma mulher de meia idade, com uma voz reverente.

– *Vogue* – respondeu Patrick sem perder o ritmo. A multidão comentava e fazia "oh". Algumas pessoas se aproximaram para tirar fotos de Hanna. Ela se sentiu uma estrela.

Depois de mais algumas fotos no Liberty Bell, Patrick sugeriu que eles fossem para o estúdio. O sol descia no céu enquanto caminhavam de volta a Fishtown. Ele subiu pulando os degraus de uma linda casa de pedra marrom e abriu a porta para ela.

– Espero que você não ligue de subir uma escada.

Quando Patrick abriu a porta pintada de preto no quarto andar, Hanna soltou um "ooh!" em voz alta. O estúdio era uma sala enorme coberta de fotografias de todos os tamanhos e formatos. Três janelas largas davam vista para a rua. Um Mac de tela plana brilhava no canto. Havia uma cozinha pequenina à direita; no balcão havia contêineres de produtos químicos para revelação de fotos. Mas, em vez de cheirar como a sala de aula de fotografia em Rosewood Day, a sala tinha o cheiro da vela Delirium & Co, a favorita de Hanna, de Chá da China.

– Você mora aqui? – perguntou ela.

– Não, só trabalho. – Patrick deixou sua mala no chão. – Divido com alguns outros fotógrafos. Com sorte ninguém vai nos atrapalhar enquanto terminamos.

Ele colocou um CD antigo de bossa nova, arrumou algumas luzes e posicionou Hanna em um banco. Instantaneamente, Hanna começou a dançar para a frente e para trás, hipnotizada pelo som da música.

— Bom — murmurou Patrick. — Mova o corpo. Assim mesmo. — *Clique. Clique.*

Hanna tirou a jaqueta de couro e se moveu conforme a música, seus olhos começaram a doer de tanto que ela os forçava para parecer sexy. As luzes brilhavam quentes em sua pele, e com um movimento impetuoso, ela jogou sua jaqueta de couro para revelar o vestido decotado que havia embaixo.

— Linda! — murmurou Patrick. *Clique. Clique. Clique. Clique.*

— Agora jogue seu cabelo para frente e para trás! Bom!

Hanna obedeceu, fazendo seu cabelo se derramar pelos ombros e cair sedutoramente em seus olhos. Uma alça de seu vestido escorregou de seu ombro, revelando um pedaço de seu sutiã, mas ela não parou para arrumar. As bochechas altas e os lábios rosados e beijáveis de Patrick começavam a enfeitiçá-la. Adorava o jeito com que ele fazia com que se sentisse a menina mais bonita da face da Terra. Queria que todos pudessem ver isso.

Em meio à música voluptuosa, às luzes quentes e às poses glamourosas, uma lembrança indesejada vagou pela mente de Hanna. Quando Ali voltou para Rosewood no ano anterior e confessou que era mesmo a antiga melhor amiga perdida de Hanna, tomara as mãos de Hanna e dissera o quanto ela havia ficado bonita.

— Quer dizer, você está... impressionante, Han — sussurrou Ali, sua voz cheia de admiração.

Fora a coisa mais maravilhosa que Hanna jamais ouvira. Desde que fizera a radical mudança no visual, sonhara que Ali de alguma forma retornaria dos mortos e veria que ela não era mais aquela gordinha feia pendurada no charme dela.

Mas, no final, o comentário não significou nada. Era só uma armadilha para fazer Hanna confiar nela.

Em seguida, igualmente indesejada, uma segunda lembrança apareceu em sua cabeça. Na Jamaica, pouco depois de as meninas jantarem, Hanna foi até o grande telescópio montado no canto do restaurante. Ele apontava para o céu acima do mar; a noite estava clara e fresca, e as estrelas pareciam próximas como se ela pudesse estender a mão e tocá-las.

Uma tosse fez Hanna se virar e ver uma menina loura de vestido amarelo parada atrás dela. Era a mesma menina que Emily tinha mostrado no corredor. Ela não parecia nada com Ali, exceto pela cor de cabelo e pelo brilho perverso no olhar, mas se inclinou para a frente e encarou Hanna como se a conhecesse.

– Fiquei sabendo que esse telescópio é muito bom. – Seu hálito cheirava ligeiramente a rum.

– Ahn, é. – Hanna foi para o lado. – Quer espiar?

A menina olhou pela lente, depois se apresentou como Tabitha Clark, acrescentando que era de Nova Jersey e esta era sua primeira noite no resort.

– A minha também – disse Hanna, rapidamente. – É maravilhoso. Nós fomos mergulhar nos penhascos essa tarde. E amanhã vou fazer uma aula de yoga – continuou, falando sem parar, nervosa. Hanna não conseguia evitar olhar para as queimaduras nos braços da menina. O que teria acontecido com ela?

– Você é linda, sabia? – declarou Tabitha de repente.

Hanna pressionou as mãos contra o peito.

– O-Obrigada!

Tabitha ergueu a cabeça.

– Mas aposto que você nem *sempre* foi linda, foi?

Hanna fez uma careta.

– O que isso quer dizer?

Tabitha lambeu seus lábios rosados.

– Acho que você sabe, não sabe?

O mundo começou a rodar. Era possível que Tabitha a tivesse reconhecido dos noticiários, e muitas coisas a respeito dela saíram na imprensa – como Mona a atingira com o carro, como fora pega roubando em lojas, como todas haviam jurado ter visto o corpo de Ian na floresta. Mas o passado feio e gorducho de Hanna permanecera oculto, como um segredo negro e profundo. Nenhuma foto anterior à de sua transformação circulara em blogs ou revistas de fofocas – Hanna verificava religiosamente. Como Tabitha poderia saber sobre o passado de patinho feio de Hanna?

Quando Hanna olhou para a menina de novo, foi como se as feições dela houvessem se rearranjado. De repente, havia mais que apenas um brilho de Ali em seus olhos. Seus lábios em arco eram iguais aos de Ali. Era como se o fantasma de Ali brilhasse pela pele cheia de cicatrizes de Tabitha.

– Hanna? – A voz de Patrick cortou a lembrança.

Hanna piscou, lutando para se desvencilhar. A voz de Tabitha ainda ecoava em seus ouvidos.

Aposto que você nem sempre foi linda, foi?

Patrick olhou para ela desconfortavelmente.

– Hã, talvez você queira... – Ele gesticulou indicando seus ombros.

Quando Hanna olhou para baixo, seu vestido rosa escorregara para baixo, e metade de seu seio esquerdo estava para fora de seu sutiã.

– Opa. – Ela puxou o vestido para cima.

Patrick baixou a câmera.

–Você se esqueceu da câmera. Está tudo bem?

A imagem de Tabitha queimava no cérebro de Hanna. Mas não iria pensar sobre aquilo. Prometera a si mesma. Não permitiria que a mensagem de A da noite passada abrisse a caixa de Pandora.

Hanna endireitou o corpo.

– Desculpe. Está tudo perfeito agora, garanto.

A mais recente música do Black Eyed Peas começou a tocar em seguida, e ela fez um movimento com os dedos indicando que queria que Patrick aumentasse o som.

–Vamos continuar.

E foi exatamente o que fizeram.

11

O FÃ-CLUBE OFICIAL DE EMILY

– Dez voltas de cem metros em um minuto e meio, saída no sessenta! – gritou Raymond, o treinador da equipe do clube de Emily, na beirada da piscina, na terça-feira. Raymond era o treinador de Emily desde que ela era criança, e ele nunca mudava seu uniforme-padrão de chinelos Adidas e conjuntos de moletom TYR pretos e brilhantes. Ele também tinha pelos nos braços espessos como os de um gorila, já que costumava raspá-los para competições, e os ombros largos de um nadador especializado em nadar de costas.

O relógio estava quase marcando sessenta. Raymond se inclinou para a frente.

– Prepara... vai!

Emily empurrou a parede, seu corpo era uma linha reta como um dardo, as pernas se moviam freneticamente na ondulação do nado borboleta. A água estava fria contra sua pele, e a intervalos ela podia ouvir sons da estação de músicas antigas no rádio do escritório do treinador. Seus músculos relaxavam quando batia os braços na água. Era bom voltar a nadar, depois de uma pausa tão longa.

Ela virou uma cambalhota na outra extremidade e deu impulso para voltar. Os outros jovens em sua raia nadavam atrás dela. Todos eram nadadores sérios como ela, garotos e garotas que esperavam conseguir bolsas de estudo em universidades concorridas. Alguns veteranos do ensino médio já haviam sido recrutados; trouxeram suas cartas de aceitação para mostrar a Raymond, cheios de orgulho, assim que as receberam.

Nadando com força, Emily tentou deixar sua mente esvaziar, o que Raymond dissera que a ajudaria a nadar mais rápido. Mas continuou pensando sobre o cartão-postal na caixa de correspondência de Ali. Quem o enviara? Alguém vira o que elas fizeram? Ninguém poderia ter testemunhado o que haviam feito na Jamaica. Não havia casais se beijando na areia, nenhum rosto espiando nas janelas, nenhum funcionário do hotel limpando o deque dos fundos. A estava jogando verde... ou era a pessoa que Emily mais temia no mundo.

Emily tocou a parede para terminar, respirando forte.

– Bom tempo, Emily! – disse Raymond da beirada da piscina. – É bom vê-la de volta na água.

– Obrigada! – Emily limpou os olhos e olhou em volta da piscina. Aquilo também não mudara desde que começara ali, aos 6 anos de idade. Havia arquibancadas amarelas brilhantes no canto e um grande mural de jogadores de polo. Dizeres motivacionais cobriam as paredes e placas douradas de recordes se enfileiravam no corredor além das portas da piscina. Quando Emily era pequena, admirava os recordes, esperando que um dia pudesse quebrar um deles. Ano passado, ela quebrara *três*. Mas não este ano...

O apito de Raymond produziu um som curto, agudo, e Emily empurrou a parede para encarar mais voltas de cem metros. As voltas voavam, os braços de Emily pareciam fortes, suas voltas firmes e certeiras, seu tempo diminuindo lentamente. Quando os cem metros acabaram, Emily notou que alguém a filmava das arquibancadas. A pessoa baixou a câmera e olhou para ela. Era o sr. Roland.

Ele foi até a raia de Emily.

– Oi, Emily. Tem um segundo?

Um nadador fez o retorno perto de Emily, projetando um jato de água no ar. Emily encolheu os ombros e saiu da piscina. Ela se sentiu nua em seu maiô, com os braços e pernas de fora, especialmente diante do terno cinza de lã e dos mocassins pretos do sr. Roland. E ainda não conseguira se esquecer do que acontecera na outra noite. Ele tocara seu quadril intencionalmente ou fora sem querer?

O sr. Roland se sentou na ponta de um dos bancos. Emily pegou sua toalha e se sentou na outra ponta.

– Mandei seus tempos para o recrutador e treinador da UNC. O nome dele é Marc Lowry. Ele pediu para eu vir assistir seu treino. Espero que não se importe. – Ele ergueu a câmera e sorriu, tímido.

– Hã... tudo bem. – Emily cruzou os braços.

– Você tem um contorno muito bonito. – O sr. Roland olhou para um quadro na pausa da câmera. – Lowry está muito impressionado com seus tempos também. Mas não entendeu por que são os tempos do ano passado e não deste ano.

– Precisei dar uma parada no verão passado e neste outono – disse Emily, constrangida. – Não consegui competir com a equipe da escola.

Uma ruga se formou na testa do sr. Roland.

— E por que isso aconteceu?

Emily virou-se para o outro lado.

— Apenas... coisas pessoais.

— Não quero forçar nada, mas o recrutador vai perguntar — insistiu, com tato, o sr. Roland.

Emily brincava com uma dobra solta de sua toalha. Era da Competição Nacional de alunos do terceiro ano, em que ela competira no ano anterior, antes da viagem para a Jamaica. Mesmo naquela época, sentia que havia algo errado com ela. Ficara um pouco trêmula no vestiário, depois quase desmaiara na cadeira dobrável esperando por sua pontuação. Seus tempos estavam razoáveis, só um ou dois décimos de segundo mais lentos do que suas melhores marcas, mas ela se sentia exausta depois, como se alguém tivesse enchido seus braços e pernas com areia. Naquela noite, fora para casa e dormira por quinze horas seguidas.

Com o passar do tempo, ela se sentiu pior, não melhor. Quando contou à mãe que iria tirar o verão de folga da natação para fazer um estágio na Filadélfia, a sra. Fields a encarou como se houvessem brotado olhos na testa da filha. Mas Emily usou a história de Ali como desculpa — precisava de uma folga de Rosewood, muitas coisas ruins haviam acontecido ali —, e sua mãe cedeu. Ela havia ficado com sua irmã, Carolyn, que participava de um curso de verão em Penn, antes de ir para Stanford no verão. Dividira um segredo com Carolyn também, e, de maneira impressionante, ela o guardara. Mas não com alegria.

Quando Emily voltou à escola no ano seguinte e contou à mãe que não ia nadar na equipe, a sra. Fields ficou lívida. Ela se oferecera para levar Emily a um psicólogo de esporte, mas a filha estava resoluta: não ia nadar naquela temporada.

— Você tem que superar essa coisa com Alison — insistiu a sra. Fields.

— Isso não tem a ver com Alison — respondeu Emily aos prantos.

— Enfim, com o que isso tem a ver? — exigiu a sra. Fields.

Mas Emily não podia contar a ela. Se contasse, a mãe nunca mais falaria com ela.

O sr. Roland dobrou as mãos sobre o colo, ainda esperando pela resposta de Emily.

Emily limpou a garganta.

— Podemos dizer que eu apenas tirei um tempo para assuntos pessoais? Eu... fui perseguida por alguém que eu achava que era minha melhor amiga no ano passado. Talvez você tenha ouvido a respeito? Alison DiLaurentis?

As sobrancelhas do sr. Roland se ergueram.

— Aquela era... *você*?

Emily fez que sim com tristeza.

— Desculpe, não fazia ideia. Sabia que havíamos comprado a casa onde uma das meninas assassinadas morou, mas... — O sr. Roland pressionou as mãos nos olhos. — Acho que é tudo o que você precisa dizer. Lowry entenderá.

Pelo menos a confusão de Ali servia para alguma coisa.

— Estou totalmente comprometida com a natação agora — afirmou Emily com sinceridade.

— Bom. — O sr. Roland se levantou. — Parece que está mesmo. Se você concordar, provavelmente consigo fazer com que ele ou alguém de sua equipe de recrutamento venha aqui no sábado.

Emily verificou mentalmente sua agenda.

— Na verdade, tenho competição neste sábado.

– Mais uma razão para ele vir. – O sr. Roland digitou algo em seu BlackBerry. – Ele a verá em ação. É perfeito.

– Muito obrigada – agradeceu Emily. Ela sentiu vontade de abraçar o sr. Roland, mas resistiu.

– Qualquer amiga de Chloe é amiga minha. – O sr. Roland se virou em direção à saída. – É ótimo vê-la conhecendo outras pessoas tão depressa. Bom ver você, Emily.

Ele colocou a maleta embaixo do braço e caminhou em volta das poças em direção à porta embaçada que dava para os vestiários. De repente, Emily se sentiu milhões de vezes melhor. O que quer que ela tivesse pensado que se passara na casa dos Roland ontem estava apenas em sua cabeça.

Alguém suspirou atrás dela, e Emily se virou. Seu olhar foi direto para a longa fileira de janelas que dava para o lado de fora. O sol havia se posto, manchando o céu de azul-escuro e banhando a paisagem com silhuetas. Em seguida, ela viu algo perto de sua perua Volvo no estacionamento. Era uma *pessoa*? Esgueirando-se, espiando pela janela do passageiro?

O retorno de algum nadador espirrou água em suas pernas, e ela se afastou da beira da piscina. Quando olhou pela janela de novo, o céu estava negro de repente, como se alguém tivesse puxado uma cortina por sobre ele. Emily não conseguiu ver nada.

12

UMA FESTA FINLANDESA COM CERTEZA

Na quinta-feira à noite, Aria tocou a campainha da casa da família Kahn, uma mansão de tijolos vermelhos com colunas brancas, garagem para seis carros, vários pórticos e pequenas torres, além de um quintal de onze acres que havia sido o palco de várias festas da pesada. Esta noite, os Kahn estavam dando outra festa, embora Aria duvidasse de que incluísse copos de shots equilibrados no corpo de alguém ou uns amassos dentro de uma cabine de fotos. Naquela noite, teriam um tradicional *smorgasbord*, um banquete finlandês de boas-vindas aos Estados Unidos para Klaudia, e, julgando pelo número de carros na longa entrada circular, parecia que os Kahn haviam convidado todos em Rosewood e várias cidades em volta.

A sra. Kahn abriu a porta e sorriu.

– *Tervetuloa*, Aria! – disse em tom jovial. – Isso é "bem-vinda" em finlandês!

– Hã, *tervetuloa* – repetiu Aria educadamente, tentando acertar a entonação... e se esforçando para não rir da roupa da sra. Kahn. Normalmente, a mãe de Noel era a garota-propaganda da cultura do hipismo: calças de cavalgada Ralph Lauren, suéteres de *cashmere*, botas Tod's de camurça e, em seus dedos e orelhas, diamantes que provavelmente valiam mais do que as casas do pai e da mãe de Aria juntas. Mas hoje ela usava uma saia longa vermelha que parecia de feltro duro, uma blusa com costuras e mangas bufantes, com bordados elaborados no pescoço e um colete de camponesa muito colorido, que tinha ainda mais bordados e cheirava a naftalina. Havia um gorro meio fálico em sua cabeça e botas de couro de amarrar em seus pés.

E essas *definitivamente* não eram do tipo mostrado na vitrine da Jimmy Choo no shopping center King James.

— A minha roupa não é divina? — gritou a sra. Kahn, girando a saia para exibi-la. — É uma roupa tradicional finlandesa! Você já viu algo tão colorido? Sou metade finlandesa, sabia? Talvez meus ancestrais se vestissem assim!

Aria assentiu e sorriu feito boba, embora duvidasse de que os finlandeses se vestissem daquele jeito a não ser que realmente precisassem. Quem iria querer parecer com um personagem dos contos dos Irmãos Grimm?

Logo depois, Klaudia veio até a entrada.

— Aria! Estamos tão feliz por você vindo! — Noel estava bem atrás dela. Klaudia passou o braço pelo ombro de Noel como se fossem um casal.

— Ah, eu não perderia isto. — Aria encarou Noel, achando que ele iria se desvencilhar de Klaudia e andar pela entrada para se juntar a ela, sua *namorada*. Mas ele se deixou ficar perto de Klaudia, com um sorriso idiota na cara. Klaudia se virou e sussurrou algo no ouvido dele. Noel disse algo em resposta, e depois ambos deram risadinhas.

A pele de Aria pinicava.

— Qual é a graça?

— É... deixa para lá. — Noel fez um gesto, como se afastasse a pergunta de Aria.

Nesta noite, Klaudia usava um vestido tricotado de manga comprida que era pelo menos dois tamanhos menor do que devia. Seu cabelo louro estava espalhado pelas costas, e ela usava um batom de brilho molhado que direcionava o olhar direto para sua boca. Todos os homens na festa olhavam para ela — inclusive o sr. Shay, o professor de biologia idoso de Rosewood Day, que Aria achava que fosse oficialmente cego.

Por fim, Noel se desprendeu do laço que o atava ao grupo de adoradores de Klaudia e passou seu braço em volta de Aria.

— Estou feliz que esteja aqui. — Aquilo fez com que Aria se sentisse um pouco melhor, especialmente porque Klaudia estava olhando.

Todos seguiram em direção à cozinha, onde ressoava uma música estilo polca que Aria só podia presumir que fosse finlandesa. A mesa também havia sido decorada num estilo meio conto de fada: havia caldeirões borbulhantes, cálices enormes, salsichas explodindo dentro de seu invólucro, peixes ainda com as cabeças e biscoitos de gengibre que pareciam saídos da história de *João e Maria*. Um jarro continha leite azedo. Em frente a uma travessa, a sra. Kahn fixara uma etiqueta que dizia ALCE! Os residentes de Rosewood agrupados em volta da mesa pareciam meio perdidos.

— Ah, delicioso! — estrilou Klaudia quando chegou à mesa. Cerca de dez homens disputaram para ajudá-la, como se ela fosse uma criança incapaz de fazer o próprio prato. Mason

Byers se ofereceu para colocar sopa em uma cumbuca para Klaudia. Philip Gregory perguntou se ela queria salsichas – *ah, que sutil*. Preston Wallis e John Dexter, que haviam se formado em Rosewood e iam para Hollis, além de outros amigos mais próximos de Noel, pegaram guardanapos para Klaudia e serviram canecas de cidra a ela.

As meninas eram uma história diferente. Naomi Ziegler e Riley Wolfe lançavam olharem feios para Klaudia da bancada na cozinha. Lanie Iler, que estava parada perto de Aria na fila da comida, inclinou-se para Phi Templeton, que não era nem metade da idiota sem graça que fora quando Aria, Ali e as outras tiravam sarro dela no sétimo ano e sussurrou:

– Sabe, ela nem é tão bonita.

– Ela está na minha turma de inglês – respondeu Phi, rolando os olhos. – Mal sabe ler em inglês. Achei que os europeus fossem, tipo, fluentes.

Aria escondeu uma risadinha sarcástica. Seria de esperar que uma garota fanática por patinetes tivesse um pouco mais de cuidado antes de tirar sarro dos outros.

– Se James continuar olhando para ela, vou chutar o traseiro dele – continuou Lanie por entre os dentes, espetando uma salsicha e colocando-a em seu prato. James Freed era seu novo namorado.

Alguém cutucou Aria no ombro, e ela se virou. Klaudia estava bem atrás dela, olhando Aria com seus olhos azuis enormes.

– Olá, Aria! – disse ela. – Eu como você?

De cara, Aria pensou que ela estava falando sério – era bem o tipo de coisa que uma vilã de contos de fadas diria. Em seguida, Klaudia espiou nervosamente a multidão.

– Tantas pessoas e eu só você conheço!

— Que ótima ideia! — A sra. Kahn apareceu do nada e deu um tapinha no ombro de Aria. — Vocês duas devem certamente comer juntas! Você vai amar Aria, Klaudia.

— Ah. — Aria mexeu na manga-morcego de sua blusa de seda. Klaudia não preferiria comer com sua comitiva masculina? Mas ela não podia dizer não com a sra. Kahn parada ali.

Depois de colocar mais algumas colheradas de goulash vegetariano em seu prato, Aria levou Klaudia ao assento da janela-balcão. Elas ficaram quietas por um momento, observando a festa. As meninas populares de Rosewood Day sentaram-se em torno da longa mesa na saleta de café da manhã, ainda lançando olhares raivosos para Klaudia — e para Aria, por associação. Alguns adultos que estavam por perto, e que Aria não reconhecia, se gabavam a respeito das faculdades em que seus filhos tinham entrado. Pelo arco que dava para a sala de estar, Aria viu Spencer e um menino que ela não reconheceu, mas sabia que não devia acenar.

O cartão-postal a assombrava. Hoje mesmo tivera certeza de que alguém a observava — mesmo nas aulas em que se sentava na última fileira da sala, mesmo quando estava sozinha na cabine do banheiro feminino. Aria se virava para trás o tempo todo, o coração na boca, mas nunca havia ninguém. Durante o período de estudos dirigidos, ela ouvira duas fitas de meditação, uma depois da outra, mas aquilo só a fizera ficar *ainda mais* aborrecida. Mesmo sentada ali na cozinha de Noel, ficava olhando seu celular, com medo de que outra mensagem chegasse.

A poderia mesmo estar de volta? E se A realmente soubesse das coisas horríveis que ela fizera?

Aria se virou para Klaudia, tentando livrar a mente daqueles pensamentos horríveis.

– E aí, está gostando de Rosewood Day?

Klaudia limpou a boca com um guardanapo.

– Tão grande. Fico muito perdida! E pessoas me dão informações, e eu tipo... *uff*! – Ela fingiu limpar o suor de sua testa. – Minha antiga escola em Helsinque? Seis salas! Trinta pessoas em nossa sala! Nada assim!

Os cantos de sua boca viravam para baixo conforme ela falava. Ela terminou sua reclamação sacudindo a cabeça. Klaudia estaria... assustada? Não ocorrera a Aria que uma criatura tão bonita e confiante pudesse se sentir intimidada por algo. Talvez ela fosse mesmo humana.

– Entendo o que quer dizer. – Aria engoliu um bocado de seu purê de nabo. – A escola de ensino médio que eu frequentei em Reykjavík só tinha uns cem alunos. Em duas semanas, eu já conhecia todo mundo.

Klaudia baixou seu garfo.

– Você estudou em Reykjavík?

– Sim. – Noel não contara a Klaudia *tudo* sobre ela? – Vivi lá por quase três anos. Adorava.

– Eu ir lá! – O sorriso de Klaudia se alargou. – Para o festival Iceland Airwaves!

– Eu fui também! – O festival Iceland Airwaves fora o primeiro show ao qual Aria tinha ido. Ela se sentira tão adulta abrindo caminho pela multidão, passando pelas tendas hippies que ofereciam tatuagens temporárias e pegadores de sonhos e inalando os cheiros da culinária vegetariana exótica e dos narguilés.

Durante o show de uma das várias bandas da Islândia, ela conhecera três meninos: Asbjorn, Gunnar e Jonas. Jonas a beijara durante o bis. Naquele momento, Aria percebera que mudar para a Islândia havia sido a melhor coisa que tinha acontecido a ela.

Klaudia fez que sim, animada, seu cabelo louro balançando.

— Tanta música! Minha favorita é Metric.

— Eu os vi em Copenhague! — disse Aria. Ela nunca pensaria que Klaudia pudesse ser uma fã de Metric. Música era uma das coisas que Aria não conseguia discutir com ninguém nos Estados Unidos do jeito que fazia na Islândia. Todas as Garotas Típicas de Rosewood, como ela as chamava, nunca se aventuravam a ouvir nada a não ser a lista das Músicas Mais Baixadas do iTunes.

— Adoro! Tão... *tanssi*! — Ela semicerrou os olhos, tentando pensar na palavra em inglês, depois balançou a cabeça para frente e para trás como se estivesse dançando.

Em seguida, colocando seu prato de papel no batente da janela, Klaudia pegou seu iPhone e mostrou fotos.

— Esta é Tanja. — Ela apontou para uma moça parecida com Sofia Coppola. — Melhores amigas. Irmos para concerto em Reykjavík juntas. Sinto falta dela tanto. Nós mandamos mensagens toda noite.

Klaudia mostrou mais fotos de suas amigas, a maioria loura; sua família, a mãe delgada sem maquiagem, o pai alto e enrugado que ela disse que era um engenheiro e um irmão mais novo que tinha cabelo bagunçado; sua casa, uma estrutura moderna que lembrava Aria de uma casa que eles alugaram em Reykjavík; e seu gato, Mika, que, na foto, ela embalava como um bebê do mesmo modo que Aria embalava seu gato, Polo.

— Eu sinto tanta falta do meu Mimi! — reclamou ela, levando a foto aos lábios e dando um beijo no gato.

Aria deu um risinho. Nessas fotos, Klaudia não parecia vagabunda ou uma criadora de caso – parecia normal. Legal, até. Era possível que Aria a tivesse julgado injustamente. Talvez ela estivesse aos beijinhos e abracinhos com Noel porque se sentia desconfortável em seu novo ambiente. E talvez ela se vestisse como vagabunda porque achasse que todas as americanas o faziam – se você se guiasse pela televisão americana, certamente pensaria que sim. Verdade, Aria e Klaudia tinham mais em comum do que Aria pensava – as Garotas Típicas de Rosewood evitavam Klaudia, assim como faziam com Aria. Elas sempre punham coisas que não entendiam na lista negra.

Klaudia foi para a próxima foto na pilha, uma foto de suas amigas com equipamento de esqui no topo de uma montanha.

– Ah! Esta é Kalle! – Ela pronunciou *Ká-lí*. – Nós esquiar todo final de semana! Com quem eu ir esquiar agora?

– Eu posso esquiar com você – ofereceu Aria, surpreendendo-se.

Os olhos de Klaudia brilhavam.

– Você esquiar?

– Bem, não... – Aria espetou o último pedaço de *goulash* no seu prato. – Na verdade, nunca esquiei na minha vida.

– Eu ensina! – Klaudia balançou no assento. – Nós ir logo! Tão fácil!

– Certo. – Agora que ela falara no assunto, Noel mencionara que sua família estava pensando em fazer uma viagem de esqui no feriado que prolongaria o fim de semana. Com certeza Klaudia seria convidada também. – Mas gostaria de ensinar algo para você em troca.

— Que tal isso? — Klaudia apontou para a echarpe de *mohair* rosa em volta do pescoço de Aria. — Você que... *neuloa*? — Ela girou suas mãos, imitando tricotar.

Aria tocou na echarpe.

— Ah, tricotei isso anos atrás. Não está muito bom.

— Não, é bonita! — exclamou Klaudia. — Ensina! Eu fazer presentes para Tanja e Kalle!

— Você quer aprender a tricotar? — repetiu Aria. Ninguém, nem mesmo Ali ou as outras, jamais pedira que Aria ensinasse. Tricotar sempre fora um lance seu. Mas Klaudia não parecia achar esquisito.

Elas combinaram de se encontrar na quinta-feira em uma loja de artigos para esqui para que Aria pudesse comprar os equipamentos corretos. Quando se levantaram para ver as sobremesas, Aria percebeu que Noel estava olhando para ela do outro lado da sala com um sorriso surpreso no rosto. Aria acenou, e Klaudia também.

— Ele seu namorado, certo? — perguntou Klaudia.

— Sim — respondeu Aria. — Há mais de um ano.

— Oh, sério?! — Os olhos de Klaudia brilhavam. Mas não havia nada invejoso em seu comportamento.

O sr. Kahn apareceu na porta. Aria não o via fazia semanas. Estava sempre viajando por causa de negócios importantes. E agora ele vestia uma tanga que parecia de pele de urso, botas pretas e um enorme chapéu com chifres. Parecia Fred Flintstone.

— Estou pronto para o banquete! — gritou o sr. Kahn, erguendo um tacape na mão esquerda.

Todos aplaudiram. As meninas de Rosewood Day no canto riram. Aria e Klaudia trocaram olhares horrorizados. Aquilo era *sério*?

— Me salva! — sussurrou Klaudia, escondendo-se atrás de Aria.

Aria começou a gargalhar.

— Esses chifres! E qual é a do tacape?

— Eu não sei! — Klaudia segurou o nariz. — E a saia da sra. Kahn tem cheira a *hevonpaskaa*!

Aria não sabia exatamente o que a palavra significava, mas só o som dela a fez rir às gargalhadas. Podia sentir os olhares das meninas malvadas do outro lado da sala, mas não se importava. De repente, sentiu-se grata por Klaudia estar lá. Alguém que realmente a entendia de um jeito que as Garotas Típicas de Rosewood não conseguiam.

Por um momento, isso a fez esquecer-se de A.

13

SEDUÇÃO E SEGREDOS

Spencer estava no final da fila do bufê *smorgasbord* dos Kahn, observando as iguarias. Algumas daquelas porcarias pareciam vômito de gato. E quem em sã consciência bebia leite azedo? Duas mãos seguraram seus ombros.

– Surpresa! – disse Zach Pennythistle, acenando com uma garrafa âmbar sem rolha na frente de seu rosto. Dentro havia um líquido que cheirava a removedor de esmalte.

Spencer ergueu uma sobrancelha.

– O que *é* isso?

– *Schnapps* finlandês tradicional. – Ele serviu algumas doses em dois copos de isopor que estavam na pilha em cima da mesa. – Tirei escondido do carrinho do bar quando ninguém estava olhando.

– Que coisa feia! – Spencer balançou o dedo para ele. – Você é sempre tão depravado?

– É por isso que sou a ovelha negra da família – provocou Zach, fixando seus olhos castanhos nela, o que fez o coração de Spencer dar uma cambalhota.

Ela estava animadíssima porque Zach aceitara seu convite para o *smorgasbord* daquela noite. Desde o jantar no The Goshen Inn no domingo, não conseguia parar de pensar em seu flerte e em seus gracejos. Mesmo depois que se sentaram à mesa com o restante da família, continuaram com as provocações e os sorrisos velados.

Atravessaram a sala e montaram acampamento nas escadas dos Kahn. A festa estava ficando barulhenta, com um bando de jovens de Rosewood dançando sapateado irlandês ao som de polca na enorme sala e alguns dos adultos já falando de forma confusa.

– Normalmente não considero rapazes de Harvard as ovelhas negras das famílias – disse Spencer a Zach, voltando ao assunto anterior.

Zach sentou-se, franzindo a sobrancelha.

– Onde ouviu que eu iria para Harvard?

Spencer piscou.

– Seu pai disse no jantar. Antes de eu encontrá-lo no bar.

– É claro. – Zach deu um longo gole em sua *schnapps*. – Para falar a verdade, não tenho certeza se Harvard e eu somos uma combinação celestial. Estou de olho em Berkeley ou Columbia. Não que *ele* saiba disso, é claro.

Spencer levantou seu copo.

– Bem, um brinde, que você consiga o que quer.

Zach sorriu.

– *Sempre* consigo o que quero – disse ele com convicção, o que fez Spencer ficar arrepiada. Algo iria acontecer entre eles esta noite. Spencer podia sentir.

– Isso é bebida alcoólica? – perguntou uma voz ultrajada. A irmã de Zach, Amelia, saiu do canto da sala com um prato cheio de comida nas mãos.

Spencer suspirou e fechou os olhos. Sua mãe estava animadíssima por ela ter convidado Zach para os *smorgasbord*. Ela achara que seria um bom jeito de os dois se conhecerem. Um milissegundo depois, acrescentou:

— Na verdade, por que Amelia não se junta a você também?

— Antes que Spencer pudesse protestar, a sra. Hastings estava ao telefone com Nicholas, estendendo o convite à irmã emburrada de Zach.

Será que Amelia ao menos *queria* estar ali? Uma carranca horrorosa havia se instalado em suas feições assim que ela passara pela porta da casa da família Kahn. Quando a sra. Kahn colocou uma música finlandesa folclórica tradicional, Amelia gemeu e cobriu as orelhas.

— Quer um pouco? — Zach empurrou seu copo em direção a Amelia. — Tem gosto de bolachinhas de menta, suas favoritas!

Amelia se afastou, fazendo careta.

— Não, obrigada. — Sua ideia de roupa de festa era uma blusa listrada Brooks Brothers enfiada em uma saia justa de brim que ia até os joelhos. Ela estava exatamente igual à sra. Ulster, a professora substituta de cálculo II de Spencer.

Amelia se debruçou no corrimão e olhou fixamente para os residentes de Rosewood.

— E aí, esses são seus amigos? — perguntou ela, pronunciando a palavra *amigos* como se estivesse dizendo *colchão infestado de insetos*.

Spencer inspecionou a multidão. A maior parte da turma dos alunos mais velhos de Rosewood Day fora convidada, bem como alguns amigos da sociedade da família Kahn.

— Bem, eles todos frequentam a mesma escola que eu.

Amelia fez um *argh* de desdém.

— Parecem bem patéticos. Especialmente as meninas.

Spencer se encolheu. A não ser por Kelsey, não saía com meninas do Santa Agnes havia muito tempo. Mas fora a algumas de suas festas quando estava no fim do ensino fundamental; cada grupinho se nomeava como uma princesa ou rainha europeia — havia as rainhas Sofias da Espanha, as princesas Olgas da Grécia e as Charlottes de Mônaco, filhas da princesa Carolina. Oi, quem é sem graça aqui?

Zach tomou o resto de sua bebida e colocou seu copo na escada.

— Ah, essas meninas parecem ter uns segredinhos imundos debaixo das mangas.

— Por que acha isso? — provocou Spencer.

— É só observar as pessoas, notar o que elas fazem. Como quando a conheci no restaurante no domingo: sabia que você estava no bar para escapar de alguém. Tomando um ar.

Spencer deu um tapa brincalhão nele.

—Você é tão mentiroso.

Zach cruzou os braços sobre o peito.

— Quer apostar? Tem esse jogo que às vezes jogo chamado Ela Não é o Que Parece. Aposto que consigo descobrir mais segredos que você.

Spencer se encolheu ao ouvir o nome do jogo. Por alguma razão, ele lhe lembrava do cartão-postal que receberam na noite anterior. Embora Spencer fingisse que não tinha importância, lampejos de ansiedade ameaçavam se inflamar dentro dela. Alguém saberia sobre a Jamaica? Muitas pessoas estavam hospedadas no resort — Noel, Mike, aquele grupo de jovens da Califórnia com os quais elas haviam ido surfar, uns meninos doidos da Inglaterra loucos pra farrear e, claro, os funcionários –, mas Spencer e as outras vasculharam pela praia escura depois que tudo acabara e não viram uma alma viva. Era como se fossem as últimas pessoas na terra. A não ser que...

Ela fechou os olhos e espantou aqueles pensamentos. Não havia *a não ser que*. E não havia um novo A. O cartão-postal era apenas uma grande coincidência, um palpite que, por sorte, estava certo.

Um bando de meninas que fazia parte do jornal de Rosewood Day esvoaçaram para a sala com pratos de almôndegas, batatas e sardinhas. Spencer voltou sua atenção novamente para Zach.

– Vou jogar seu joguinho de segredos. Mas você sabe que conheço essas pessoas, certo? Tenho certa vantagem, este é meu território.

– Nesse caso, temos que escolher pessoas que realmente não conhecemos. – Zach se inclinou para a frente e olhou em volta da sala. Ele apontou para a sra. Byers, mãe de Mason, que usava Kate Spade dos pés à cabeça. – Sabe alguma coisa sobre ela?

Amelia, que estava olhando os dois, grunhiu.

– *Ela?* É tão genérica quanto pode ser! Mãe de jogador de futebol, dirige um Lexus. Sono.

Zach estalou a língua.

– Aí é que você está errada. Ela *parece* uma dona de casa normal de do subúrbio e classe média alta, mas gosta de namorados jovens.

– Por que você acha isso? – perguntou Spencer, incrédula.

– Olhe! – Zach apontou para como a sra. Byers estava desconfortavelmente animada ao encher o copo de Ryan Zeiss, um do rapazes do time de lacrosse. Sua mão passeou nos ombros de Ryan por um bom tempo. Tempo *demais*.

— Uou! — sussurrou Spencer. Não era para menos que a sra. Byers sempre se voluntariava para viajar com o time.

Em seguida, foi a vez de Spencer. Ela olhou em volta da sala, tentando localizar uma vítima. A sra. Ziegler, a mãe empolada de Riley, deslizava pelo alegre chão xadrez preto e branco. *Bingo*.

— Ela faz tratamento com botox em segredo... — disse Spencer, apontando.

— Ai, por favor! — Amelia revirou os olhos. — *Todas* essas mulheres colocam botox. Algumas das mais jovens provavelmente também.

— ... debaixo dos braços. — adicionou Spencer, lembrando como, alguns anos atrás, a sra. Ziegler mostrava manchas de suor visíveis em suas camisetas sempre que erguia os braços para aplaudir um gol do jogo de hóquei. Nesta temporada, entretanto, aquelas manchas de suor haviam desaparecido magicamente.

— Boa! — impressionou-se Zach.

Eles perscrutaram a sala procurando por mais segredos. Zach apontou para Liam Olsen e disse que ele estava traindo a namorada, Devon Arliss. Spencer focou uma moça do bufê com jeito gótico e disse que ela era louca por Justin Bieber e beijava o pôster dele toda noite. Zach disse que Imogen Smith parecia o tipo que teria uma doença sexualmente transmissível secreta, e Spencer levantou a hipótese de que Beau Baxter, sua colega gostosa na peça *Macbeth*, tinha casos com mulheres mais velhas. Em seguida, Amelia apontou timidamente para alguém na multidão.

— Bem, *ela* parece o tipo que sai com professores.

Spencer apertou os olhos para ver de quem ela falava e quase engasgou. Depois que as meninas tinham começado a sair juntas de novo, Aria contara a Spencer e às outras tudo sobre seu caso com Ezra Fitz, seu professor de inglês. Como Amelia podia saber *daquilo*?

Em seguida, Amelia virou seus olhinhos de jabuticaba para Spencer.

— E aí, qual é o *seu* segredo?

— Hã... – Um arrepio subiu pela espinha de Spencer. De repente, Amelia parecia estranhamente intuitiva, como se ela já soubesse. *Jamaica. Como entrei em Princeton. O que eu fiz a Kelsey.* Definitivamente havia algumas coisas que Spencer não se orgulhava de ter feito.

Zach revirou os olhos.

— Não responda. Todos nós temos alguns segredos que não queremos compartilhar. Eu inclusive.

Pouco depois daquilo, Amelia misturou-se à multidão para conversar com algumas meninas que reconheceu de seu trabalho voluntário no hospital. A festa evoluiu para um gigantesco e hiperalcoolizado baile finlandês, com a polca tocando alto e Aria e a nova estudante de intercâmbio dançando loucamente no centro do salão.

Uma taça e meia de schnapps depois, Spencer e Zach ainda estavam brincando de Ela Não é o que Parece.

— Sean Ackard é um masturbador compulsivo – apostou Spencer, apontando.

— Aquela mulher vestindo Gucci compra todas as suas roupas de grife na rua do Canal em Nova York, onde só tem muamba – sugeriu Zach.

— Celeste Richards ama o cheiro de seus próprios puns. — Spencer riu.

— Aquela menina finlandesa na verdade é uma *drag queen* — lamentou Zach.

— Lori, Kendra e Madison participam de orgias! — gritou Spencer, referindo-se às três solistas do coral com expressões indiferentes, paradas num canto.

Ela estava rindo tanto que lágrimas escorriam por suas bochechas, provavelmente manchando seu rímel. Zach e ela haviam se aproximado no degrau, suas pernas se tocando, suas mãos esbarrando com frequência, suas cabeças encostando-se no ombro um do outro.

Finalmente, a festa começou a esvaziar, e os convidados começaram a ir para casa. Os dois chamaram Amelia e entraram no carro de Zach. Spencer tomou conta do iPod de Zach e colocou St. Vincent, cantando junto a música "Actor Out of Work". Amelia sentou-se no banco de trás de cara fechada.

Zach estacionou na calçada da casa dos Hastings e puxou o freio de mão. Spencer se virou para ele, ambos tristes porque a noite estava terminando, mas Spencer estava ansiosa, pois este era o momento pelo qual tinha esperado a noite toda — o beijo de boa-noite. Com certeza, Zach sairia do carro e a acompanharia até a porta — e para longe da irmã.

— Você sabe, nós nunca pensamos em uma aposta para seu joguinho de Segredos — disse Spencer, com voz macia. — E acho que ganhei. Definitivamente, descobri mais segredos que você.

Zach ergueu uma sobrancelha.

— *Au contraire*. Acho que eu mereço o prêmio. — Ele se inclinou para perto dela, e o coração de Spencer disparou.

Amelia grunhiu alto e enfiou a cabeça entre eles.

— Vocês podem parar de flertar? Percebem que estamos perto de nos tornarmos meios-irmãos, não é? Se você dois se pegarem, isso seria praticamente incesto.

Zach ficou tenso e se distanciou de Spencer.

— Quem disse alguma coisa sobre se pegar?

Ai. Spencer lançou para Amelia o pior olhar que conseguiu. Que jeito de estragar o clima.

Quando ela se virou para Zach, ele deu um beijinho educado em sua bochecha.

— Ligue para mim. Nós deveríamos tomar brunch no Country Club de Rosewood. Muitas pessoas têm segredos lá.

— Hum, claro — disse Spencer, tentando não soar desapontada.

Ela andou até a porta da frente, evitando as partes com neve e gelo na calçada. Enquanto procurava suas chaves, o celular tocou. Ela o pegou, esperando que fosse uma mensagem de Zach. *Mal posso esperar para vê-la, sem minha irmã ao lado da próxima vez*, talvez. Ou, ainda melhor: Na verdade, *eu queria beijar você. Espero poder beijá-la logo.*

Mas, em vez disso, era uma mensagem de um remetente anônimo. O efeito dos schnapps se dissipou da cabeça de Spencer, e ela se sentiu imediatamente sóbria. Olhou em volta, procurando por dois olhos observando-a dos arbustos ou um vulto se esgueirando atrás das árvores. Mas não havia ninguém por ali.

Ela respirou fundo e apertou ABRIR.

Ei, Spence. Todos têm segredos, de fato. E adivinha só? Eu sei o seu. — A

14

MELHORES AMIGAS PARA SEMPRE

Na quarta-feira à tarde, Emily estava parada na frente da Steam, a cafeteria de Rosewood Day. Como sempre, todos os bancos estavam tomados. Naomi Ziegler, Riley Wolfe e Kate Randall estavam reunidas embaixo do pôster italiano de *La Dolce Vita*. Kirsten Cullen e Amanda Williamson estavam no balcão e discutiam a respeito de que cupcake iriam dividir.

Estudantes passavam pela entrada, indo almoçar ou dirigindo-se para a aula seguinte. Primeiro, Emily viu Hanna na multidão. Tinha um sorriso longínquo no rosto, parecendo inconsciente das pessoas ao redor. Quase um segundo depois, Spencer apareceu no corredor, conversando em voz alta com Scott Chin, um dos coeditores do Livro do Ano.

— Eu me diverti muito na *smorgasbord* dos Kahn ontem à noite, e você? – perguntou ela.

Em seguida, possivelmente por Emily estar pensando nela, Aria apareceu no fim do corredor, de braços dados com a estudante de intercâmbio da Finlândia que estava morando com Noel Kahn.

Nenhuma delas olhou para Emily. A mensagem horrível de A na caixa de correspondência de Ali parecia a zilhões de quilômetros dos pensamentos delas. Por que Emily não conseguia esquecer também?

— Oi, Emily!

Chloe se materializou do amontoado de estudantes. Emily acenou de volta.

— Oi!

Quando Chloe correu na direção dela, Emily sentiu uma onda de felicidade. Era o primeiro almoço delas juntas, mas, desde que Emily visitara Chloe na segunda-feira, haviam ficado amigas no Facebook, tinham comentado nas postagens uma da outra e passado bastante tempo conversando via *messenger* na noite anterior, fofocando sobre as pessoas de suas turmas, professores a ser evitados e o rumor antigo sobre o depósito de materiais onde os casais apaixonados iam transar.

Chloe olhou Emily de cima a baixo, um sorriso sarcástico no rosto.

— Agora, onde eu já vi essa roupa? — Ela fez um gesto na direção da saia plissada e blusa branca do uniforme de Rosewood Day de Emily, depois apontou para o seu blazer azul idêntico.

— É tão bizarro frequentar uma escola que obriga os alunos a usar uniforme. Nós parecemos membros de uma seita.

— Sofro com isso há doze anos — grunhiu Emily. Depois, virou-se em direção à cafeteria. — Está pronta?

Chloe assentiu, e Emily seguiu o fluxo da multidão de jovens que lotava o corredor com rapidez. Ao seguirem devagar pela fila da comida, Emily fez um resumo.

— O sushi é bom, mas não pegue o teriaki de frango: é enlatado.

— Entendi.

Emily escolheu salada Caesar e um pacote de pretzels e os colocou em sua bandeja.

— O bufê de macarrão é normal, mas por alguma razão só o pessoal da banda e da orquestra come macarrão. Ninguém mais.

— E aqueles pretzels? — Chloe apontou para uma bandeja.

— Pretzels são bons — disse Emily sentindo-se um pouco estranha. Na verdade, os pretzels grandes e macios eram a assinatura do almoço de Ali no sétimo ano. Uma vez que elas se tornaram parte da turminha de Ali, Emily, Aria e Spencer também comiam pretzels, e muitas meninas de sua classe as imitavam.

Um cheiro de queimado veio da cozinha naquele instante, lembrando Emily do incêndio em Poconos. Mesmo as chamas tendo alcançado o topo das árvores, mesmo a polícia tendo jurado várias vezes que não havia jeito de Ali ter sobrevivido à explosão, Emily ainda tinha uma sensação horrível de que Ali escapara. Naquela mesma noite, depois de tudo o que aconteceu, Emily tivera um sonho em que achava Ali na floresta perto da cabana de seus pais, coberta de queimaduras. Ali abrira os olhos e olhara diretamente para ela.

—Você acabou de cavar seu próprio túmulo, Emily — dissera Ali, rindo e esticando a mão para arranhar Emily com garras felinas.

— Você vem? — chamou Chloe, olhando para Emily com curiosidade.

Emily olhou para baixo. Ela estava parada, não andara com o resto da fila.

— Claro! — disse ela, passando pelo caixa.

Elas acharam um lugar perto das janelas. Neve bem branquinha cobria os campos de treino.

Chloe pegou seu celular e o empurrou na mesa em direção a Emily.

— Olhe esta foto de Grace. Minha mãe mandou para mim hoje de manhã.

Na tela havia uma foto de Grace com o rosto todo sujo de cereal.

— Que fofa — arrulhou Emily. — Você deve querer apertá-la todos os dias.

— Sim. — Sorriu Chloe. — Ela é tão gordinha e fofa. É tão legal ter uma irmãzinha.

— Ela foi... planejada? — perguntou Emily, surpreendendo a si mesma. Ela fechou os olhos. — Desculpe. Estou sendo enxerida.

— Não, todo mundo pergunta isso! — Chloe mordeu o pretzel. — Foi e não foi. Meus pais sempre quiseram que eu tivesse um irmão, mas foi difícil para eles engravidarem de novo. Quando Grace veio, ficaram impressionados. Ela salvou meus pais: eles estavam com problemas. Agora tudo está ótimo.

— Ah. — Emily fingiu fascinação com um pedaço de frango em sua salada, não querendo encontrar os olhos de Chloe. — Como estavam as coisas com seus pais antes de Grace?

— Ah, aquela droga de sempre. — Chloe colocou um canudo em sua lata de refrigerante. — Brigas, rumores de traição. Minha mãe adora contar aos outros sobre a vida dela, assim eu ouvi muito mais do que devia.

— Mas está tudo bem agora? — As poucas garfadas de salada que Emily comera pareciam chumbo em seu estômago.

O toque do sr. Roland em seu quadril voltou a ocupar seus pensamentos.

Chloe deu de ombros.

— Parece que sim.

Um vulto surgiu acima delas, e Emily olhou para cima. Ben, seu antigo namorado da equipe de natação, as olhava de soslaio.

— Oi, Emily. Quem é sua amiga?

Chloe sorriu com inocência.

— Chloe Roland. Sou da Carolina do Norte.

Ela estendeu a mão, e Ben a apertou, solene. Seu melhor amigo, Seth Cardiff, aproximou-se por trás dele e começou a rir.

— Vocês parecem bem íntimas — provocou Ben.

— Vou votar em vocês para o Casal Mais Bonito da Escola — brincou Seth.

— Muito engraçado — reagiu Emily. — Deixe a gente em paz!

Ben olhou para Chloe.

— Você sabe sobre ela, certo? Você sabe do que ela gosta? — Ele fez um movimento para frente e para trás com o quadril.

— Vá embora! — falou Emily por entre os dentes.

Os dois caíram na gargalhada e foram embora. Emily olhou pela janela, seu coração disparado.

— O que foi aquilo? — perguntou Chloe.

— Ele é meu ex — disse Emily sem emoção. — Nunca vai me perdoar por algo que fiz.

— O que foi?

Emily se virou e viu Ben e Seth empurrando-se até a lanchonete, um jogando o outro contra a parede. Ela não queria contar a Chloe sobre seu passado tão cedo, mas não havia como escapar.

— Eu terminei com ele ano passado para sair com uma menina.

Um olhar surpreso passou pelo rosto de Chloe, mas desapareceu rápido.

— Deus. Acho que foi um golpe enorme na masculinidade dele, hein?

— Hã, *sim*, foi. Ele me atormentou por meses. — Emily apertou os olhos em direção a Chloe, surpresa com a reação comedida. Era tão bom que alguém não enlouquecesse pelo menos uma vez. — Você não acha estranho que eu tenha saído com uma menina?

— Ei, se é bom, vai fundo. — Chloe colocou o resto do pretzel na boca. — É assim que eu sou. Essa menina era especial?

Emily pensou em Maya St. Germain, sua paixonite no ano anterior, e sorriu.

— Naquela época era. Ela realmente me ajudou a descobrir o que eu queria e o que não queria. Mas nós não nos falamos muito. E ela está com outra pessoa, uma menina do segundo ano. Não era o amor da minha vida, nem nada.

Seu amor, é claro, era Ali — *sua* Ali. Seria estranho ainda estar apaixonada por uma menina morta? Sua Ali ainda estava tão presente. E, quando "Courtney" voltou, confessou a Emily que ela era sua amiga verdadeira e beijou-a na boca com paixão, Emily foi aos céus. Agora, mesmo que Emily soubesse, logicamente, que sua Ali morrera na noite da festa do pijama no final do sétimo ano, ainda queria que aquela menina voltasse mais uma vez.

Isso a fez pensar na primeira noite fatídica na Jamaica. Quando Emily estava voltando do banheiro, depois de outra sessão de vômitos, aquela mão segurou seu braço.

— Oi! — disse uma menina com uma voz alegre e familiar.

Emily olhou para ela. Era a menina que vira, aquela que pensara ser Ali.

– O-Oi?

– Eu sou Tabitha. – A menina estendeu a mão coberta de cicatrizes. – Vi você me olhando do outro lado da sala. Você é da mesma escola que eu?

– E-Eu acho que não – gaguejou Emily. Mas ela não conseguia parar de olhar. Tabitha *parecia* com Ali ou não?

Tabitha ergueu a cabeça.

– Quer tirar uma foto? Vai durar mais.

Emily virou os olhos.

– Desculpe. É que parece que eu a conheço de algum lugar.

– Talvez conheça! – Tabitha piscou. – Talvez você tenha me conhecido em uma vida passada. – Uma música de Ke$ha tocava no aparelho de som. Os olhos de Tabitha se iluminaram.

– Adoro Ke$ha! – exclamou ela, pegando a mão de Emily com força. – Dance comigo!

Dançar com ela? Uma coisa era essa menina lembrá-la de Ali, mas agora ela estava agindo como Ali também. Ainda assim, Emily não conseguia resistir. Sentindo-se hipnotizada, permitiu que Tabitha a levasse para a pista de dança e rodopiou com ela.

No meio da música, Tabitha esticou o braço e tirou uma foto das duas com seu celular. Ela prometeu mandá-la para Emily mais tarde, mas nunca mandou.

A embalagem de um canudo quicou no nariz de Emily. Chloe gargalhou do outro lado da mesa.

– Peguei você, garota!

Foi o suficiente para tirar Emily de seu estupor.

– Ah, é? – Ela pegou seu próprio canudo e tirou a embalagem. – Você vai ver só.

Emily soprou a embalagem, que foi parar na orelha de Chloe. Chloe retaliou jogando um guardanapo no ombro de Emily. Emily atirou um *crouton* em Chloe, que por sua vez acertou-a com um M&M. Ele ricocheteou na testa de Emily e desapareceu na camisa de Imogen Smith.

Imogen se virou e olhou fixamente. James Freed parou em uma mesa próxima e riu.

— Eu vou procurar, Imogen, deixa comigo! — Imogen tinha os maiores seios da classe.

A monitora da lanchonete, uma mulher idosa chamada Mary veio correndo até Emily e Chloe.

— Nada de guerra de comida! Vou ter que separar vocês duas? — Seus óculos balançavam em uma corrente em seu pescoço. Ela usava um blusão com gatinhos na frente.

— Desculpe — sussurrou Emily. Em seguida, ela e Chloe olharam uma para outra e caíram na gargalhada. Isso lembrava Emily de uma sensação que tivera muito tempo atrás, quando ela, Ali, e as outras costumavam gargalhar daquela mesma maneira, naquela mesma lanchonete.

De repente, percebeu qual era a sensação: felicidade.

15

HANNA MARIN, GAROTA-MODELO

— Certo pessoal, todo mundo sentando, por favor! — Jeremiah andava para lá e para cá pelo escritório de campanha do sr. Marin, uma sala grande em um prédio de luxo que também abrigava um consultório de cirurgia plástica, uma empresa de design de interiores de alto padrão e diversos consultórios de psiquiatras. Seus óculos estavam tortos, e havia bolsas embaixo de seus olhos. O que Jeremiah precisava, Hanna achava, era de um longo dia no spa.

Hanna tentou não esbarrar nos membros da equipe, consultores e membros da empresa de marketing que lotavam a sala. Era quarta-feira à noite, e eles se reuniram ali para assistir à versão final do comercial do pai dela.

O elevador fez um barulhinho, e Isabel e Kate saíram de dentro, com grandes sorrisos e cabelos brilhantes. Isabel estava laranja e ridícula como sempre, mas Kate estava bonita e natural, com um vestido coral de jersey de Rachel Pally e saltos plataforma Kate Spade. Assim que viu Hanna, deu um sorrisinho satisfeito.

— Oi, Hanna! Animada para ver o resultado final?

Hanna revirou os olhos para Kate, pelo entusiasmo falso de quem quer esfregar na sua cara. *Sim, sim, sim*, Kate estava prestes a ser a estrela de um comercial político. Alguns dias atrás, isso poderia ter doído, mas não mais.

— Claro. — Hanna passou a echarpe de seda Love Quotes que havia comprado à tarde na Otter, sua butique favorita, em volta dos ombros. Todas as modelos do *Full Frontal Fashion* usavam echarpes diáfanas por trás das câmeras.

— Qualquer exposição é boa para minha carreira de modelo.

O sorriso gelado de Kate se desfez.

— *Que* carreira de modelo?

— Ah, você não sabia? Um fotógrafo me descobriu na gravação de papai — disse Hanna, como quem não quer nada, como se aquilo fosse algo comum. — Fizemos uma sessão de fotos na Filadélfia. Foi muito *fashion*. Ele vai mandar o portfólio para alguns agentes em Nova York. É um profissional muito bem-relacionado.

Os olhos de Kate iam para lá e para cá, e suas bochechas ficaram vermelhas. Parecia que ela ia entrar em combustão espontânea.

— Ah! — disse ela finalmente, a palavra soando como um arroto. — Bem, boa sorte. — Kate se afastou de Hanna, os ombros rígidos, as bandas de seu traseiro apertadas. *Ponto para mim.*

O pai de Hanna apareceu na porta, e todos aplaudiram. Ele foi até a frente da sala e acenou, pedindo silêncio.

— Obrigado a todos por virem! Mal posso esperar para ver o comercial. Mas, primeiro, deixe-me apresentar o pessoal que ajudou a fazê-lo acontecer...

Em seguida, agradeceu um bilhão de pessoas, da pessoa que fez o vídeo ao seu estilista até a moça que limpa o escritório. Hanna olhou em volta, esperando que Patrick estivesse ali, mas Sergio era o único representante da sessão de fotos. Sua paixão por Patrick havia desabrochado durante as últimas vinte e quatro horas: mandara várias mensagens durante a aula, e ele respondera imediatamente, dizendo que suas fotos estavam tão bonitas quanto ela mesma. Ela já imaginara os dois arrasando em Nova York, o fotógrafo de primeira e sua namorada *top model*.

O pai de Hanna em seguida fez um agradecimento especial a Jeremiah, que se curvou humildemente. Ele fez praticamente uma serenata para Isabel, no estilo "obrigado por ficar do meu lado não importa o que aconteça". Que nojo. Isabel ficou em pé e sorriu como uma beata, seus olhos úmidos de lágrimas. Hanna conseguia ver a marca da calcinha dela através de sua saia.

As luzes diminuíram, e a televisão foi ligada. O sr. Marin estava parado em frente ao fórum, parecendo elegante em seu terno azul, gravata listrada de azul e vermelho e um prendedor de gravata da bandeira americana em miniatura. Havia tomadas dele falando com os cidadãos de seu Estado, acenando as mãos de maneira honesta e cheia de energia, inspecionando uma obra e falando a uma turma de crianças sobre os perigos do álcool. Uma trilha sonora orquestrada inspiradora tocava ao fundo, e um narrador insistia com confiança que Tom Marin era a escolha certa para a Pensilvânia. *Rá, rá, rá.*

A seguir, veio a cena da família na frente da bandeira que tremulava ao vento. Hanna deslizou um pouco para a frente em sua cadeira, surpresa ao ver sua própria imagem na tela.

A câmera até ficou parada nela por um instante. Alguém teria cometido um erro? Seria esta a versão final?

A câmera se moveu para Kate, que disse sua fala muito alto e diretamente, como se estivesse fazendo um juramento à bandeira. O rosto de Hanna apareceu na tela de novo, surpreendendo-a novamente.

— Todos nós merecemos uma vida melhor! — disse a Hanna da tela, olhando diretamente para as lentes, seus olhos parecendo singelos, a covinha em sua bochecha esquerda bem aparente. Ela parecia natural e elegante. Não tinha queixo duplo. Seus dentes não estavam esquisitos. Seu cabelo tinha uma cor acobreada bonita, não marrom-cocô. Diversas pessoas na plateia se viraram e sorriram para ela.

O comercial terminou com um logotipo da campanha de Tom Marin tomando a tela toda. Quando a televisão ficou escura, todos aplaudiram, muitas pessoas se levantaram em um salto e deram tapinhas nas costas do pai de Hanna. Uma rolha de champanhe pulou, e um assistente do pai de Hanna serviu a bebida nas taças. Os outros assistentes voltaram a digitar em seus BlackBerries.

— Surpresa, Hanna?

Hanna sobressaltou-se e virou-se. Jeremiah tinha vindo pelo lado e a estava encarando.

— Sim, mas de uma maneira boa — admitiu ela.

— Bem, não foi *minha* decisão — disse Jeremiah, convencido. — Digamos que fui vencido na votação.

Duas mulheres que Hanna não reconheceu surgiram em volta dele e seguraram nos braços de Hanna. Ambas estavam de terninhos e salto preto.

—Aí está você! — gritou uma delas alegremente para Hanna, seu hálito cheirava a Tic Tac de canela. — Eu sou Pauline Weiss, da Weiss Consultoria.

— E eu sou Tricia McLean, do Grupo Wright Focus. É *tão* bom conhecer você! — A outra mulher empurrou um cartão na mão de Hanna.

— O-Oi? — Hanna olhou para as duas, sentindo-se afogada.

— Nós cuidamos da empresa de marketing que fez o comercial — explicou Pauline. Tinha dentes brancos e uma verruga arredondada na bochecha. — E nossos voluntários amaram você! Você foi tão bem nos testes com os potenciais eleitores de Tom!

—Você foi natural e pareceu verdadeira — continuou Tricia. Ela era pelo menos vinte centímetros mais baixa que Pauline e tinha o formato de uma bola de boliche. — Já trabalhou na televisão?

Hanna piscou várias vezes.

— Hã, um pouquinho. — Microfones jogados em sua cara durante o julgamento do assassinato de Ian contavam? E os repórteres que acampavam nos degraus da porta da casa dela quando a imprensa chamou Hanna e suas amigas de Belas Mentirosas?

— O público reconheceu você da revista *People* — disse Tricia. —Você chamou a atenção deles imediatamente, o que é *ótimo* para um candidato.

—Todo mundo se solidariza com o que você passou no último ano, Hanna! — disse Pauline. —Você trará o voto emocional.

Hanna olhou para as consultoras.

— Mas e os meus... erros? — perguntou ela, olhando Jeremiah, que andava em volta delas, escutando disfarçadamente.

— Seus erros ajudam os eleitores a se identificarem com você. — Tricia fez uma pausa e consultou os papéis em sua prancheta. — Em seguida, leu: — Todos nós temos incidentes em nossos passados dos quais não temos muito orgulho, e o objetivo é aprender com eles para nos tornarmos pessoas melhores.

— O público acha que você se arrependeu e que é humilde — completou Pauline. — Funciona especialmente bem com a campanha de seu pai contra o consumo de bebida alcoólica por menores de idade: você é o exemplo do que *não* se deve fazer. Nós inclusive achamos que você poderia dar palestras para ajudar na campanha!

— Nossa! — Hanna afundou em sua cadeira. Um exemplo? Palestras? Será que elas estão falando sério?

O pai de Hanna apareceu atrás delas.

— Acho que elas contaram as novidades. — Ele passou o braço em volta dos ombros dela, e vários flashes dispararam. — É maravilhoso, não é? Parece que você é um membro valioso da minha equipe!

Ele deu outro aperto nos ombros de Hanna. Ela sorria feito uma maluca, sentindo que estava tendo uma experiência extracorpórea. Ele estaria mesmo dizendo essas coisas para ela? Estaria mesmo *agradecido* por ela ser sua filha?

— Hã, papai?

Kate estava parada timidamente atrás das senhoras do grupo de marketing.

— E as minhas falas? Falaram alguma coisa a meu respeito?

Os sorrisos de Pauline e Tricia desapareceram.

— Ah. Sim.

Elas olharam nervosamente uma para a outra. No final, Tricia falou:

— Bem, parece que as pessoas acharam você um pouco... rígida. Não foi tão fácil para eles se identificarem com você, querida.

— Com um bom treinador de mídia você pode aprender a ficar mais confortável diante da câmera — acrescentou Pauline.

— Mas eu *fico* confortável com as câmeras! — protestou Kate.

— Não *fico*, papai? Todos morderam os lábios e desviaram os olhares, inclusive o pai de Hanna.

— Por que alguém iria gostar *dela*? — Kate enfiou um dedo na cara de Hanna. — Ela roubou o carro de alguém! Ela foi acusada de matar sua melhor amiga!

— Sim, mas ela *não matou* sua melhor amiga — disse o pai de Hanna com uma voz de bronca que Hanna nunca vira ser usada com Kate. — Não tem nada de errado em precisar de treinamento de mídia, querida. Tenho certeza de que depois de um pouco de treino você ficará ótima.

Era delicioso ouvir o pai dizendo aquilo. Kate fechou a boca e saiu furiosa, seu cabelo castanho esvoaçando. Hanna estava prestes a gritar de alegria — como poderia resistir? — quando seu celular fez um bipe. Ela sorriu para as mulheres do grupo de controle, desculpando-se.

— Com licença.

Hanna saiu da sala de reuniões e foi para o escritório do pai, onde havia uma mesa maciça de carvalho, um cofre cinza e um quadro de avisos cheio de mensagens coladas, adesivos de campanha e folhetos. Talvez a mensagem fosse de Patrick, dizendo que seu portfólio estava pronto. Ou talvez do público que a adorava, já dizendo o quanto a amava.

Mas, em vez disso, a mensagem era de um remetente anônimo. O sangue de Hanna congelou. Não. Isso não poderia estar acontecendo de novo. Não agora.

O que acontece na Jamaica fica na Jamaica? Acho que não. O que papai vai achar? – A

16

AH! QUE GRACINHA DE *PEIKKO* ARIA É!

— Bem-vindas a Rocky Mountain High! — Aria e Klaudia foram saudadas por um homem alto e magricela, vestindo pulôver de pele azul e jeans largo, assim que passaram pela porta dupla decorada com neve falsa da loja de material para esqui.

— Posso ajudar as moças?

— Só vamos dar uma olhada — disse Aria, passando por araras e mais araras de casacos acolchoados. Era quinta-feira, as aulas do dia haviam acabado, e Aria e Klaudia faziam compras para a viagem de esqui com a família Kahn para Nova York no fim daquela semana. Mas agora que estava dentro da loja, toda decorada com pôsteres de esquiadores e pessoas praticando *snowboard*, jogando jatos de neve e fazendo acrobacias no ar, Aria se perguntava se era realmente uma boa ideia. Na verdade, ela sempre achara que esquiar era uma coisa meio... sem sentido. Você vai de teleférico até uma montanha alta, desce a uma velocidade que poderia matá-lo e depois volta e faz tudo de novo. E, ah, sim, vai estar abaixo de zero lá fora.

— Têm *certeza* de que não precisam de ajuda? — perguntou o vendedor, com os olhos fixos em Klaudia. Ela estava usando um minivestido rosa, legging cinza e botas de pele de carneiro Ugg, que de alguma forma faziam suas pernas parecerem bem torneadas e longas. Esse tipo de bota sempre fez as pernas de Aria parecerem tocos de árvore.

Klaudia tirou os olhos de seu iPhone e bateu as pestanas várias vezes.

— Ah! Sei como poder ajudar. Tem uma jaqueta reservada para Klaudia Huusko. Você pega?

— Klaudia Huusko? — repetiu o vendedor. — É você? De onde você é?

Klaudia sorriu para ele.

— Se pegar jaqueta, eu conto.

O rapaz pediu licença, virou-se e ziguezagueou para os fundos. Aria olhou para Klaudia.

—Você pediu mesmo uma jaqueta?

— Não! — gargalhou Klaudia. — Mas agora ele nos deixa em paz! Ele ficar lá nos fundos por horas!

— Boa! — Aria cumprimentou a outra com um *high-five*.

— Certo. — Klaudia ajeitou os ombros e levou Aria para o fundo da loja. Imediatamente escolheu um casaco acolchoado roxo, calça de esqui preta modelo legging, luva de esqui roxa e preta, um pacote de meias grossas Wigwan e máscara laranja com um elástico grosso. Rindo, colocou a máscara no rosto de Aria, depois colocou uma azul no próprio rosto.

— Sexy, *ja*?

Aria olhou para seu reflexo no espelho. Ela parecia um inseto.

— *Ja* — concordou ela. Em seguida, viu um suporte repleto de chapéus de bobo da corte usados pelos nerds de bandas mais idiotas ou o pessoal do teatro de Rosewood Day. — Esses são mais sexy.

— Oh, *ja* — disse Klaudia. Elas examinaram todo o suporte de chapéus, experimentando cada um deles e fazendo poses sensuais na frente do espelho. Chapéus engraçados, coroas de feltro, casquetes gigantes... Cada um mais ridículo que o outro.

— Sorria! — gritou Klaudia, usando seu iPhone para tirar uma foto de Aria com um boné de pele pontudo e uma máscara de esqui que fazia com que parecesse um assaltante.

— Diga xis! — Aria tirou uma foto com seu celular enquanto Klaudia colocava um chapéu de lã com orelhas de urso. Era inacreditável, mas até usando *aquilo* ela ficava bonita.

Elas pegaram ainda mais chapéus das araras, tirando fotos com meias nas mãos, usando botas longas de amarrar que pareciam deixá-las preparadas para um combate na tundra e com chapéus de caçador que caíam sobre seus olhos. Até que Klaudia apontou para algo em um cabide.

— Tenta esse. Noel vai gostar.

Era uma roupa de neve amarelo-clara com o traseiro acolchoado. Aria franziu a sobrancelha.

— *Noel* iria gostar disso? Isso vai me parecer uma enorme banana!

— Vai achar você a maior gatinha do esqui! — insistiu Klaudia.

— Mas, é... amarelo — murmurou Aria.

— Vai fortalecer o namoro de vocês! — Klaudia franziu a testa. — O que vocês têm em comum? O que vocês fazer que é igual?

Os pelos da nuca de Aria se eriçaram.

— *Noel* falou isso para você? — A imagem dos dois sentados no sofá dos Kahn, trocando histórias de relacionamentos surgiu em sua mente. Talvez Noel houvesse confessado que ele e Aria estavam um pouco dessincronizados. Talvez até tivesse dito que Aria é meio *maluquinha*, a palavra que Ali usava quando dizia que Noel não ficaria com Aria nem em um milhão de anos.

E se Noel tivesse contado a Klaudia que Aria ainda não havia dormido com ele? Ele *contaria* algo assim a ela?

— Ele disse nada — Klaudia colocou seu cabelo louro branco atrás da orelha. — Só estou tentando ajudar o que vejo! Como o dr. Phil!

Aria olhou para um par de sapatos de neve velho pendurado na parede. Klaudia sorria com sinceridade, como se estivesse dando um bom conselho. Talvez estivesse. Aria e Noel eram mesmo muito diferentes. Ela ia aos seus jogos de lacrosse, mas se desligava do que estava acontecendo no meio da partida. Ela nunca queria ver o último filme de Jason Statham com ele, e às vezes achava tediosas suas intermináveis festas estilo "meus pais viajaram *de novo*". Noel ia ainda mais longe por ela: frequentava leituras de poesia, mesmo achando aquilo intolerável. Ia aos restaurantes étnicos dela, embora normalmente pedisse os itens do menu que mais se parecessem com hambúrguer e *nuggets* de frango. Ele até apoiou o pedido de inscrição de Aria na Escola de Arte de Rhode Island de Design em vez da universidade de Duke, onde ele já conseguira bolsa de estudos por causa do lacrosse.

Talvez Aria não estivesse se empenhando o suficiente no relacionamento, talvez não fosse uma boa namorada. O incidente na Islândia passou por sua mente de novo, e ela fechou os olhos.

– Certo – concordou Aria, pegando a roupa de esquiar. – Vou experimentar. Mas, se ela fizer meu traseiro parecer enorme, não vou comprar.

– Maravilha! – gritou Klaudia.

Em seguida, os olhos de Klaudia se arregalaram por causa de algo do outro lado da loja.

– Já volto – murmurou ela, correndo na direção de um casaco preto longo com um capuz de pele que parecia quase idêntico ao que ela estava usando. Aria foi ao provador, e então notou um iPhone equilibrado no raque de chapéus. Tinha uma grande bandeira finlandesa na capa de proteção.

– Klaudia? – chamou Aria. O celular tinha que ser dela.

Mas Klaudia estava ocupada demais procurando um casaco do seu tamanho. Aria pegou o celular. Ele fez um barulho de sininhos que a surpreendeu. Ela tocou na tela para que o barulho parasse. Um balão com uma mensagem de Tanja, amiga de Klaudia, apareceu. A mensagem estava em finlandês, mas Aria notou seu nome na mensagem anterior enviada por Klaudia. Ué...

Ela espiou pela loja de novo. Klaudia provara um casaco e estava se olhando no espelho. Aria olhou mais uma vez para o celular de Klaudia. Parecia pesado em suas mãos. Devia apenas desligá-lo. Amigas não deveriam ler as mensagens umas das outras.

Mas, quando entrou no provador, seu nome na tela ainda a assombrava. O que estariam Klaudia e sua amiga falando sobre ela? Seria bom ou ruim? Só *uma olhadinha*, decidiu. Ela moveu os dedos pelo celular para destravá-lo. A mensagem entre Klaudia e Tanja apareceu, blocos e mais blocos de palavras com tremas e letras "o" cortadas por traços. Aria deu uma olhada no texto, achando o nome de Noel. Depois Noel de novo. E *mais uma vez*. Mas talvez aquilo fosse natural – eles estavam morando sob o mesmo teto. Talvez Aria também escrevesse sobre seu anfitrião de intercâmbio.

Finalmente, achou seu nome no final. *Aria on peikko*, Klaudia escreveu.

Peikko? Aria sentiu a pronúncia em sua boca – *PII-ko*. Parecia tão bonitinho, como uma personagem da Disney. O que poderia significar? Vivaz? Delgada? A melhor amiga de todos os tempos?

Animada, rascunhou a palavra em um bloquinho que mantinha na bolsa. Depois de um instante, decidiu copiar as frases de Klaudia e de Tanja sobre Noel também. Talvez Klaudia tivesse escrito sobre os hábitos bonitinhos e um pouco vergonhosos sobre os quais Aria já sabia. Poderia ser algo sobre o que ela e Klaudia iriam rir a respeito juntas: "*Oi, acidentalmente li sua mensagem sobre Noel. Não é bizarro ele assistir iCarly toda tarde?*"

– Aria?

Era Klaudia. Aria espiou pelo vão da porta do provador e viu que ela estava parada a pouco mais de um metro.

– Hã, oi – disse Aria. O iPhone parecia uma granada em suas mãos. Ela rapidamente apertou o botão home na tela, abriu a porta do provador e o mostrou. – Eu achei isto no chão. Não queria que alguém pisasse em cima.

– Ah! – Confusa, Klaudia olhou para Aria, mas em seguida só deu de ombros e o colocou em seu bolso. – Provou a roupa de esqui?

– Quase lá. – Aria fechou a porta de novo. Olhou para seu reflexo, esperando que a culpa estivesse escrita na sua cara, mas parecia a mesma Aria de sempre: cabelos pretos ondulados, olhos azuis glaciais e queixo pontudo. A necessidade de descobrir o que *peikko* queria dizer pulsava dentro dela. Talvez Klaudia pudesse lhe ensinar finlandês, e as duas poderiam usar o idioma como um código secreto contra os Garotos e Garotas Típicos de Rosewood.

Ela procurou o próprio celular na bolsa e copiou as mensagens em finlandês no Babel Fish. A pequena rodinha girou lentamente, processando os resultados. Quando uma nova página apareceu, Aria ficou boquiaberta.

Noel merece coisa melhor, dizia a tradução da mensagem de Klaudia. *Ele é aquele tipo americano gostoso e sensual, e precisa de uma garota de verdade.*

Como você?, Tanja escreveu de volta. Klaudia respondeu com um *emoticon* de um sorriso com uma piscadinha.

O estômago de Aria se revirou. Ela não tinha acabado de ler uma coisa daquelas. Babel Fish cometera um erro. Engolindo em seco, digitou *Aria on peikko*. A página demorou ainda mais tempo para carregar desta vez.

– Aria? – A voz de Klaudia soou pelo outro lado do provador. – Ficou bom? Gatinha do esqui?

– Hã... – Aria olhava freneticamente para a roupa de esqui que estava pendurada no canto. Era tão amarela que quase a cegava. Por que Klaudia *escolhera* aquela para ela? Porque Noel apreciaria o esforço... ou porque ela iria parecer um pé-grande amarelo fosforescente? Porque ele era um garoto americano supergostoso e precisava de uma namorada apropriada, não alguém que odiasse esqui, uma artista maluquete?

Não pense assim, disse a si mesma. Klaudia fora legal. Deveria haver outra explicação.

Mas aí, a última página traduzida apareceu. Aria leu a frase devagar, sua boca repentinamente seca. *Aria é um... troll.*

As mãos de Aria apertaram com força o telefone. *Aria on peikko* significava *Aria é um troll.*

— Ficar bom? — chamou Klaudia do lado de fora, e Aria olhou para seu celular de novo. De repente, ele fez um som de trompetes bem alto, quase fazendo com que o derrubasse. NOVA MENSAGEM DE ANÔNIMO, dizia.

Ela se sentiu tonta. *Por favor, não,* pensou Aria. Mas, quando abriu a mensagem, viu que era exatamente o que temia.

Cuidado, Aria. Acho que você tem competição. Nós duas sabemos que Noel tem uma queda por louras. Chuac! – A

17

DANCE COMO SE NINGUÉM ESTIVESSE OLHANDO

— Tem uma vaga ali! — gritou Spencer, apontando para um espaço vazio no meio-fio da rua Walnut, no centro da Filadélfia. Zach assentiu, virou o volante de sua Mercedes para a direita e estacionou muito bem atrás de um Ford Explorer amassado.

— Sou um gênio da baliza ou o quê?

— O melhor — disse Spencer.

Ela olhou de soslaio para Zach. Esta noite ele estava usando jeans escuros justos, uma camisa listrada Paul Smith, sapatos de amarrar bem-engraxados e óculos de sol estilo aviador na cabeça. Usava um perfume picante e amadeirado e havia penteado o cabelo para trás, assim ela podia ver todos os ângulos de seu rosto bem-feito. A cada momento que Spencer passava com Zach, ele ficava mais e mais bonito.

E esta noite, era só dela.

Era quinta-feira, dia de semana, mas Zach ia dar uma escapadela para o Club Shampoo, na Filadélfia, a fim de ver seu DJ favorito em ação e convidara Spencer para ir com ele. Quando ele a buscou em casa um pouco antes, Spencer ficou animadíssima ao ver que Amelia não estava olhando para ela do banco da frente.

— Amelia tinha ensaio de flauta — disse Zach, assim que Spencer abriu a porta, como que lendo sua mente. — Estamos *livres*!

Um som grave e pulsante invadiu os ouvidos de Spencer assim que ela desceu do carro. Ela ajustou o vestido preto colante, ajeitou os pés nos sapatos de salto alto Elizabeth and James que roubara do closet de Melissa milênios atrás, e seguiu Zach em direção ao grupo de pessoas que esperava atrás das cordas de veludo perto da porta. Assim que atravessou a rua escorregadia por causa da chuva para entrar na fila, seu celular tocou. Ela o pegou de dentro de sua bolsa de lantejoulas e olhou para a tela.

Aria: Acabei de receber mensagem de A. Você também?

As palavras foram uma facada no peito de Spencer. Será que ela deveria ter contado às outras sobre sua mensagem de A? Digitou sua resposta.

Não estou dando atenção a A. E vocês também não deveriam.

Aria respondeu imediatamente.

E se A souber?

Um carro buzinou, quase atingindo Spencer. Ela saltou para longe, ainda olhando para seu celular. Deveria responder? Deveria se preocupar? Ou era exatamente isso que A queria?

— Spencer?

Quando ergueu os olhos, Spencer viu Zach parado na frente da fila. O segurança soltara a corda para deixá-los passar.

— Já estou indo! — Spencer colocou o celular de volta no bolso. Ela não podia lidar com A agora.

A música vibrava nos ouvidos de Spencer quando ela se abaixou para entrar no espaço escuro e industrial. Vultos sombreados estavam em pé no bar e giravam na pista de dança, realçados por neons piscantes e luzes redondas giratórias. Zach estava certo sobre quinta-feira ser a noite ideal para sair — a boate estava lotada, e o ar estava úmido e abafado. Quatro barmen trabalhavam eficientemente, servindo bebidas tão rapidamente que mal olhavam para o que estavam fazendo. Meninas bonitas de vestido minúsculo se viraram para sorrir para Zach, mas ele nem as notou. Só tinha olhos para ela. *Ah. Meu. Deus.*

— Dois mojitos — pediu Zach ao barman, usando a pronúncia espanhola correta. Suas bebidas vieram rápido, e eles encontraram uma mesa no canto. A música estava tão alta que quase não dava para falar, assim, por algum tempo Spencer e Zach apenas ficaram sentados, observando a multidão. Mais meninas olharam para Zach ao passar, mas ele agiu como se não existissem. Spencer se perguntou se todos estavam presumindo que eles eram namorados. Talvez *se tornassem* depois desta noite.

Finalmente, Zach inclinou-se para tão perto de Spencer que seus lábios quase tocaram a testa dela.

— Obrigada por vir hoje. Eu precisava espairecer... meu pai tem sido muito severo ultimamente.

Spencer deu um gole em seu mojito, que tinha gosto de verão.

— Ele é *tão* difícil assim?

Zach deu de ombros. Luzes piscaram em seu rosto.

— Meu pai quer que sejamos clonezinhos dele, fazendo exatamente o que ele quer o tempo todo. O lance é o seguinte, eu nunca serei como ele. Por muitas razões. — Esta última parte ele disse mais para si mesmo do que para ela.

— Seu pai realmente parece intenso — concordou Spencer, pensando em como o sr. Pennythistle ficou bravo com ela no restaurante por causa de suas notas.

— Intenso não chega nem perto. Se eu não for para Harvard como ele quer, provavelmente serei deserdado. Devo falar com um cara chamado Douglas quando formos para Nova York neste final de semana. Ele é do conselho de admissão de Harvard. Mas estou pensando em furar.

Spencer fez que sim, percebendo sua menção sobre viajar para Nova York no final de semana prolongado. Ela e sua mãe também viajariam para a cidade de Nova York — a sra. Hastings e o sr. Pennythistle iriam a um baile de gala oferecido pelos amigos do ramo imobiliário do sr. Pennythistle. A ideia de vinte e quatro horas em Nova York com Zach parecia deliciosa.

— E sua irmã? — Spencer se encolheu quando uma turma de uma festa de despedida de solteira passou pelo espaço estreito. A noiva usava um longo véu e suas amigas carregavam bexigas em formato de pênis. — Ela também tem que ir para Harvard?

Zach fez uma careta.

— Meu pai pega bem mais leve com ela. Ela é quieta, recatada, sempre se comporta de forma apropriada, pelo menos perto dele. Por isso, ele a adora. Mas eu... tudo o que faço está errado.

Spencer olhou para seu copo. Ela conhecia a sensação.

— As coisas eram assim com a minha família também.

— Mesmo? Como?

Spencer encolheu os ombros.

— Nada do que eu fizesse nunca era bom o suficiente. Eu era escolhida para o elenco de uma peça de teatro, mas Melissa era escolhida como extra para um filme sendo rodado aqui por perto. Eu tirava A em uma prova, Melissa acertava todas as questões no vestibular.

Zach semicerrou os olhos na luz baixa.

—Vocês pareciam bem no jantar.

— Estamos bem melhores agora, embora provavelmente as coisas entre nós nunca fiquem perfeitas. Somos muito diferentes. E tivemos que passar por todo o lance de Alison DiLaurentis juntas para realmente mudarmos as coisas. Alison quase matou Melissa também.

Era estranho dizer essas palavras tão diretamente e sem esforço em um local público. A admissão pareceu assustar Zach também, pois ele deu um grande gole de sua bebida e ficou um tempo olhando para ela com muita atenção.

— Não quero me intrometer nesse negócio de Alison, mas você está bem?

A porta da boate se abriu, e uma brisa de ar gelado os alcançou. Os braços nus de Spencer ficaram arrepiados, mas não era só por causa do frio. As mensagens de Aria cruzaram sua mente.

— Estou bem — disse ela baixinho. Mas, ao olhar em volta da boate, foi tomada por uma onda de desespero. Fora num lugar como aquele que a menina que Spencer pensara ser Courtney dissera que na verdade era a melhor amiga dela, desaparecida havia muito tempo. Em seguida, a Ali Verdadeira admitiu que sabia havia muito que ela e Spencer eram na verdade meias-irmãs, mas que nunca soubera como contar a Spencer no tempo em que eram amigas.

Ali fizera tantas promessas. *Vamos começar do zero. Serei a irmã que você sempre quis.* Claro que Spencer acreditara naquilo. Havia muito tempo desejava uma irmã que realmente se preocupasse com ela, mais tempo do que conseguia se lembrar. Alguém com quem tivesse algo em comum, alguém com quem pudesse compartilhar segredos e se divertir. Com Ali, no ano anterior, ela se sentiu como se tivesse acertado na loto – quer dizer, isso até a Ali Verdadeira revelar sua verdadeira identidade e tentar matá-la.

Abandonar esse sonho fora difícil; sua nuvem escura a seguia por todos os lados. Ela sofria um pouco quando via meninas que obviamente eram irmãs rindo com cumplicidade ou alugando um caiaque para duas pessoas. Depois de ter dividido uma bebida com Tabitha no banheiro, ela voltou a sua mesa. Suas amigas tinham se espalhado – Aria estava discutindo com Noel no bar, Hanna estava parada perto do telescópio do outro lado do restaurante, e Emily não estava em lugar nenhum por ali. Depois de um tempo, alguém cutucou seu braço e ela se virou. Era Tabitha de novo.

– Desculpe incomodá-la, mas tenho que perguntar. – Tabitha se acomodou na beirada da mesa. – Você não acha que somos parecidas?

Spencer olhou para ela, tomada por uma onda de nervosismo.

– Acho que não.

– Bem, *eu* acho que sim – sorriu Tabitha. – Acho que parecemos irmãs perdidas há muito tempo.

Spencer se levantou tão rapidamente que a cadeira tombou para trás. Tabitha ficou onde estava, um sorriso como o do gato da Alice no rosto. Por que ela diria isso? Ela *sabia de alguma coisa*? A história do caso amoroso da sra. DiLaurentis com o sr. Hastings era algo que não tinha sido divulgado ao público. Spencer não sabia nem mesmo se a polícia conhecia a história. O som de uma coqueteleira de martíni sendo sacudida desviou sua mente da lembrança. Ela olhou em volta.

— Jesus — sussurrou Spencer para si mesma. Ela não tinha prometido *não* pensar sobre a Jamaica esta noite?

O DJ colocou uma música eletrônica, e Spencer se levantou e pegou a mão de Zach.

—Vamos dançar.

Zach ergueu as sobrancelhas, parecendo entretido.

— Sim, senhora.

A pista de dança estava cheia de corpos suados, mas Spencer não se importou. Ela levou Zach para o centro e começou a se mexer. Zach girou, fechando os olhos e sentindo a música com seu corpo. Diferentemente de muitos meninos que numa pista de dança só faziam movimentos para frente e para trás como monstros Frankenstein, Zach dançava como um profissional. Nem ligava quando outros caras esbarravam nele, só dava de ombros e continuava. Zach abriu seus olhos azul-claros, viu que Spencer o encarava e piscou.

Spencer jogou a cabeça para trás e riu. Ele era o menino mais sexy que ela jamais conhecera. A carga elétrica entre eles não poderia ficar mais forte que isto.

Ela chegou perto de seu ouvido.

— Isto é fantástico.

— Eu sei — respondeu Zach. —Você dança superbem.

—Você também.

A batida diminuiu, e Zach e Spencer ficaram mais próximos um do outro, até que seus quadris se tocaram. O coração de Spencer bateu forte em seu peito, como o badalo em um sino. Quando ela abriu os olhos, tudo o que pôde ver foram os lindos lábios de Zach. Ele abriu os olhos e olhou para ela também. Ela chegou um pouquinho mais perto. Zach também se aproximou. *Aí vai...*

Tomando fôlego, Spencer agarrou a nuca de Zach e pressionou seus lábios contra os dele. Ele tinha um cheiro pungente de creme para o rosto e gosto de limão e açúcar. Seus lábios ficaram retesados por um momento, mas em seguida se abriram e deixaram o beijo rolar. Parecia que o coração de Spencer ia explodir. Uma descarga elétrica a percorreu. Ela passou as mãos pelo cabelo macio de Zach, querendo ir para a cama com ele.

Mas pouco depois Zach se afastou. A luz estroboscópica dançou em seu rosto. Ele parecia confuso. Chateado. Spencer deu uns passos para trás também, e seu rosto ficou quente imediatamente. Parecia que todo mundo estava olhando para ela, rindo dela.

Zach pegou a mão de Spencer e a puxou para a área das mesas perto da pista de dança. Eles se acomodaram no sofá de veludo debaixo do toldo ondulado. Aquele era o tipo de lugar aonde os casais iam para dar uns amassos, mas o clima entre eles estava pesado, e não do jeito bom.

— Acho que você me interpretou mal — disse Zach. — Talvez eu tenha dado a impressão errada.

— Tudo bem — respondeu Spencer, olhando diretamente para a bola de espelhos brilhando no centro da pista de dança. — E aí, o que é? Você tem namorada ou algo assim? Você está preocupado porque nossos pais estão namorando?

— Não é nada disso. — Zach fechou os olhos. — Na verdade, Spencer... Acho que sou gay.

O queixo de Spencer caiu. Ela encarou as sobrancelhas grossas e os ombros largos de Zach, sem acreditar. Ele não *parecia* gay. Ele gostava de baseball. E de cerveja. E parecera gostar *dela*.

— Não quis dar a ideia errada. — Zach tomou as mãos de Spencer e as apertou com força. — Tenho me divertido com você e não quero que nada que haja entre nós acabe. É só que... ninguém sabe. Especialmente meu pai.

A música se transformou em alguma coisa cantada pelo elenco de *Glee*, e um bando de meninas gritou. Spencer olhou para as mãos delgadas e macias de Zach envolvendo as suas. Algo dentro dela virou do avesso.

— Seu segredo está seguro comigo — disse ela, apertando com força as mãos dele. A menina orgulhosa e que sempre conseguia o que queria sentiu-se desapontada e constrangida, mas também envaidecida e tocada por Zach achá-la tão divertida quanto ela o achava. Se seus pais continuassem saindo, talvez Zach acabasse sendo o irmão perfeito que Spencer sempre quisera. Talvez ela devesse estar procurando por um irmão em vez de uma irmã esse tempo todo.

Zach ficou em pé de um pulo, e Spencer também.

— Fico feliz que esclarecemos *isso*. Bem, onde estávamos?

Spencer jogou seu cabelo louro por sobre o ombro. Ela se sentia leve e livre enquanto passeava pela multidão, mas uma presença atrás dela a fez parar e virar-se. Debaixo da placa iluminada que dizia SAÍDA, estava parado um vulto escuro e encapuzado, que olhava em sua direção.

Spencer deu um passo para trás, seu coração quase na garganta. Uma fração de segundo depois, o vulto havia se virado e desaparecido na multidão — anônimo, indetectável, mas ainda perigosamente perto.

18

CONFISSÕES ENTRE AMIGAS

O SUV dos Roland já tinha saído quando Emily parou na entrada de carros da casa deles naquela mesma noite de quinta-feira. Quando foi tocar a campainha, notou que a porta da frente não estava completamente fechada.

— Olá? — Emily empurrou a porta e entrou na sala de estar. Na televisão passava um desenho animado. Grace estava em sua cadeirinha no canto, a cabeça caída para o lado e os olhos fechados. Os pais tinham inventado uma saída de última hora e jogado a responsabilidade de cuidar da irmãzinha para Chloe. Emily se oferecera para ajudar com Grace.

— Emily? — chamou Chloe da cozinha. — É você?

— Oi, Chloe! — Emily foi em direção a ela. — Desculpe, estou atrasada!

— Sem problemas! Estou fazendo *nachos*!

Emily atravessou a sala para chegar à grande e brilhante cozinha. Caixas de cereal, mamadeiras secando, pilhas de Pampers fechadas e uma embalagem de lenços umedecidos enchiam a mesa. Um pacote de Tostitos e um pote de molho de queijo estavam apoiados na bancada junto com uma garrafa de champanhe aberta. Chloe notou que Emily reparara nela.

– Quer uma taça? – Emily olhou para o bebê dormindo na sala.

– Mas e Grace? – Tudo o que ela conseguia pensar era nos programas de TV que mostravam policiais levando babás bêbadas para a cadeia.

– Uma taça não fará mal. – Chloe parecia calma e relaxada, como se já tivesse tomado uma ou duas antes de Emily chegar. Ela serviu o champanhe em duas taças de cristal. – E, de qualquer forma, temos que brindar.

– A quê?

– A nossa amizade. – Chloe tentou um sorriso. – É incrível vir para uma nova escola e ficar amiga de alguém imediatamente.

Emily sorriu. Ela sempre fora péssima com rituais de amizade bobocas – colares de melhores amigas, linguagens secretas, piadas internas complicadas –, e fazia tanto, tanto tempo desde a última vez que alguém quisera compartilhar qualquer coisa com ela...

– Uma taça – cedeu ela, pegando a sua.

As meninas brindaram e deram um gole. O micro-ondas apitou, e Chloe pegou o prato de *nachos*, e elas levaram pratos, taças e a garrafa de champanhe para a sala a fim de poderem ficar de olho em Grace.

– E aí, onde estão seus pais? – perguntou Emily depois de ter se ajeitado no sofá.

– Em um jantar romântico. – Chloe mordeu uma batata frita. – Minha mãe diz que eles precisam reacender a relação.

Emily franziu a testa.

— Achei que você tivesse dito que as coisas estavam ótimas entre eles.

— Estavam... mas tudo está diferente desde que nos mudamos para cá. — Um olhar distante tomou conta do rosto de Chloe. — Juro que é por causa desta casa. Tem uma energia ruim.

Emily ficou com o olhar perdido na capa de um livro grande chamado *Roma em Fotografias* na mesa de centro, seu coração disparado.

— Quando você mencionou que um dos seus pais traíra, foi seu pai ou sua mãe?

Chloe limpou um pedaço de queijo do queixo.

— Meu pai. Mas não tive certeza se era ou não verdade. — Ela olhou de um jeito engraçado para Emily. — Por que você se importa tanto com meus pais, por falar nisso?

— Não me importo! — Um calor subiu pelo rosto de Emily. — Quero dizer, me *importo*, mas... — disse ela e se interrompeu.

— Nós deveríamos estar falando de *nossos* relacionamentos, não do deles — disse Chloe, com a voz um pouco grogue. — Vou contar um segredo meu se você me contar um dos seus.

— *Já contei o meu* — disse Emily. — Namorar a menina? Lembra?

— Sim, mas você não me deu os detalhes. — Chloe cruzou os braços, esperando.

Emily traçou uma longa linha na mesa de madeira com o dedo.

— Que tal você falar primeiro?

— Certo. — Chloe deu batidinhas nos lábios, pensando. — Saí com alguém que não devia. Meu treinador de futebol.

– *Sério?* – Emily quase derrubou o *nacho* gosmento que estava segurando.

– Sim. Seu nome era Maurizio. Ele era brasileiro. Todas as jogadoras eram apaixonadas por ele, mas uma noite nós estávamos sozinhos na sala de treinamento, e... – Chloe fechou os olhos. – Estava muito quente.

– Nossa. – Emily respirou fundo. – Vocês ainda estão juntos?

– De jeito nenhum. – Os brincos estilo pingente de Chloe batiam contra seu rosto quando ela balançava a cabeça. – Descobri que ele tinha uma namorada no Rio. Aparentemente, ela queria acabar comigo. Honestamente, essa foi a principal razão de eu ter abandonado o futebol. Não conseguia ficar perto dele.

Emily mastigou em silêncio por um instante. Grace, ainda no balanço de bebê perto do sofá, abriu os olhos e chupou gentilmente sua chupeta, nada impressionada com a história.

– E aí? – Chloe cruzou as pernas. – Você já teve um namorado sem ser aquele perdedor da natação? Ou ele estragou você para os meninos para sempre?

O champanhe queimou no estômago de Emily.

– Hum, tive um namorado depois dele, Isaac. Mas não deu certo. – Emily sentiu uma pontada de tristeza e baixou os olhos.

Chloe mudou a perna de apoio.

– Você gostaria que tivesse dado certo?

Grace começou a resmungar, e Emily tocou sua cabeça macia e aveludada. Essa era um pergunta difícil.

– Sim e não, eu acho. – As palavras seguintes a surpreenderam. – Ele não era o amor da minha vida. Ali era. Bem, a menina que eu achava que era Ali no sétimo ano era.

Chloe ficou boquiaberta.

— Você e Ali ficaram... juntas?

Emily tomou fôlego.

— Não exatamente. Eu tinha uma enorme queda por ela. Fiquei arrasada quando ela desapareceu. Eu fantasiava que ela estava muito bem em algum lugar e sonhava com ela voltando o tempo todo. E aí... ela *voltou*.

Emily contou a história toda para Chloe, até o ponto em que a Ali Verdadeira a beijou.

— Mas foi tudo encenação — sussurrou Emily, seus olhos cheios de lágrimas.

— Ah, meu Deus. — Havia lágrimas nos olhos de Chloe também. — Sinto muito, muito mesmo.

Por alguma razão, a simpatia de Chloe abriu uma correnteza de lágrimas dentro de Emily. E quanto mais os ombros de Emily sacudiam, menos certeza ela tinha de estar chorando *apenas* por causa de Ali. Talvez fosse por causa da Jamaica também. Quando Tabitha e Emily dançaram, tudo parecera certo de repente, como parecera, aliás, quando a Ali Verdadeira a beijara. Mas no meio da dança algo no pulso de Tabitha chamou a atenção de Emily. Era uma pulseira de fios azuis desbotados.

Emily ficou imobilizada na pista de dança, encarando o objeto. Parecia igual à pulseira que Ali fizera para Emily, Spencer e as outras garotas no verão depois de terem cegado Jenna Cavanaugh por acidente. Ali distribuíra as pulseiras cerimoniosamente, fazendo as meninas prometerem usá-las — e manter a Coisa com Jenna em segredo — até o dia em que morressem.

Alarmes soaram em sua cabeça. Ela se afastou de Tabitha. Não havia como a menina ter conseguido a pulseira. A não ser...

Tabitha parou também.

– O que aconteceu? – Ela olhou para baixo e percebeu o que Emily estava olhando. Um sorriso pensativo surgiu em seu rosto, como se ela soubesse o que deixava Emily com tanto medo.

De repente, Grace começou a chorar. Emily gentilmente tirou-a da cadeirinha e a acomodou em seus braços.

– Está tudo bem – disse ela suavemente, sua voz rouca com as lágrimas. Os gritos de Grace se tornaram gemidos abafados.

– Você é tão boa com ela – elogiou Chloe. – É incrível.

Aquelas poucas palavras gentis tocaram Emily profundamente. Ela ergueu os olhos, sem conseguir esconder seu segredo por mais um segundo que fosse.

– Tenho que contar uma coisa a você – sussurrou ela. – Tive um bebê neste verão.

A mão de Chloe ficou paralisada a meio caminho de sua boca.

– *O quê?*

– Eu fiquei grávida do meu último namorado, Isaac. E... tive uma menininha – repetiu Emily, olhando para Grace. As palavras pareciam tão surreais vindas de sua boca. Ela não planejara contar a ninguém, jamais. – É por isso que eu não nadei neste outono. Não estava disposta depois daquilo. É por isso que agora eu estou desesperada por uma bolsa de estudos.

Chloe passou a mão pelo cabelo.

– *Nossa!* – sussurrou. – O bebê está bem? *Você* está bem?

– O bebê está bem. Quanto a mim... – Emily deu de ombros. – Eu não sei.

Os olhos de Chloe se moviam para um lado e para o outro.

– O que seus pais pensaram?

– Meus pais não sabem. Passei o verão na Filadélfia, me escondendo. Minha irmã mais velha sabia, mas ela me odiou por isso.

—Você teve alguém com quem contar? – perguntou Chloe, com a mão no ombro de Emily. – Um psicólogo, um médico, alguém com quem você pudesse conversar?
– Na verdade, não. – Emily fechou os olhos, seu peito apertado. – Eu não quero mais falar nisso, na verdade. Desculpe incomodá-la com essa história.
Chloe puxou Emily para si, com cuidado para não apertar Grace.
– Estou tão feliz que você tenha me contado. E não vou contar nada, juro. Você pode me dizer qualquer coisa, está bem? Prometo.
– Obrigada. – Os olhos de Emily se encheram de lágrimas outra vez. Ela enfiou a cabeça no cabelo macio de Chloe, que cheirava a spray de cabelo Nexxus e vários tipos de gel capilar. Grace se aconchegou entre elas, silenciosa e feliz. Era tão bom abraçar alguém. *Contar* a alguém. Era bem melhor que um colar de melhores amigas ou um brinde com champanhe. Aquele parecia ser o ritual de amizade mais significativo de todos.

Bam.

Emily abriu os olhos com um sobressalto. Sua boca estava pegajosa e inchada.

Ela estava em um sofá desconhecido. Do lado de fora das janelas, viu os pinheiros enormes e peculiares que ladeavam a ilha central da rua onde Ali e Spencer moravam. A sala recendia a sabonete de baunilha. Ela se sentou, desorientada.

O som de passos ressoava da cozinha. Um armário abrindo e fechando. O piso de madeira estalou, e um vulto entrou na sala de estar e sentou-se ao lado de Emily. O cheiro de baunilha ficou mais forte. Era Ali. *Sua* Ali. Emily tinha certeza.

Silenciosamente, Ali se inclinou sobre Emily, quase como se fosse fazer cócegas nela do jeito que fizera algumas vezes, no meio da madrugada. Meio segundo depois, lábios tocaram os dela. Emily os beijou de volta, fogos de artifício explodindo em seu peito.

Mas o queixo de Ali parecia áspero, não suave. Emily abriu os olhos, acordando de verdade. Era um rosto de homem apertado contra o dela e não o de Ali. Ele cheirava a álcool, cigarros e, principalmente, a pudim de baunilha. Pesava mais que o dobro de Ali, esmagando sua barriga e achatando seus seios.

Emily se afastou e deu um grito. O vulto recuou e depois acendeu a luz. A lâmpada dourada iluminou os cabelos grisalhos do sr. Roland. É claro que não estava nos DiLaurentis. Ainda estava na casa de Chloe, onde ajudara a cuidar da bebê.

– Acorda, dorminhoca – disse o sr. Roland. Seu sorriso era como o de uma lanterna de abóbora, malicioso e travesso.

Emily se encolheu atrás do sofá.

– O que está *fazendo*?

– Só estou acordando você. – E lançou-se sobre ela novamente.

Emily pulou para trás.

– Pare!

O sr. Roland franziu as sobrancelhas e olhou para as escadas.

– Shhhh! Minha esposa está lá em cima.

Emily olhou pela sala. Não apenas a sra. Roland estava lá em cima, mas Chloe também. Ela pegou seu casaco pendurado na cadeira e saiu correndo pelos fundos da casa sem nem amarrar os sapatos.

– Emily, espere! – sussurrou o sr. Roland atrás dela. – Seu pagamento! – Mas ela não voltou.

Estava tudo mortalmente silencioso do lado de fora, o ar estalando de tão gelado. Emily correu até seu carro e caiu no banco do motorista, a respiração pesada. *É só um sonho*, repetia para si mesma. Ela olhou para a rua. *Se passar um carro nos próximos dez segundos, é só um sonho.* Mas já era mais de meia-noite, e nenhum carro passou.

Bipe.

O celular de Emily acendeu dentro do bolso do casaco. O fecho do cinto de segurança parecia um peso morto em suas mãos. E se fosse Chloe? E se ela tivesse visto? Pegou o celular. Era algo pior: uma mensagem de texto anônima.

Tremendo, ela abriu a mensagem.

> Que safadinha! Você adora ser má, não é, Delegada? Bjs
> – A

– "*Delegada?*" – sussurrou Emily, suas mãos tremendo incontrolavelmente. Ela olhou para a rua vazia e o breu ao redor. Aquele era o apelido secreto que Ali usava para chamá-la. Um nome que pouquíssima gente conhecia.

19
UMA FOTO VALE POR MIL PALAVRAS

Na manhã de sexta-feira, depois de se enfiar num trem apinhado, Hanna percorreu, cheia de ansiedade, o caminho até o estúdio fotográfico de Patrick no quarto andar. Ele havia lhe enviado um recado na noite passada dizendo que queria vê-la o mais rápido possível. Por sorte, Hanna tinha o dia de folga da escola por causa do final de semana prolongado, o que significava que ela nem precisava arrumar uma desculpa para sua falta junto à secretaria de Rosewood Day.

À luz do dia, o prédio de Patrick não parecia nem de longe tão charmoso quanto na outra noite. A escada cheirava a ovos podres. Alguém largara um par de tênis sujos de barro na porta. Dentro de outro apartamento, um casal discutia aos berros. A porta bateu no saguão, seguida de uma sonora e estridente gargalhada. Hanna olhou ao redor, o coração disparado. Mas não havia ninguém ali.

Ela ouviu a voz de Tabitha novamente, alta e clara: *Aposto que você nem sempre foi linda, não é?*

Hanna colocou as mãos sobre os ouvidos e disparou para o andar de Patrick. Uma música suave vinha de dentro do estúdio. Ela tocou a campainha, e Patrick abriu a porta imediatamente, quase como se estivesse esperando a chegada dela pelo olho mágico.

— Srta. Hanna! — Sorriu, o cabelo castanho-escuro caindo sobre seus olhos.

— Oi! — Hanna entrou, a respiração profunda e devagar. A misteriosa risada ainda ecoava em seus ouvidos... assim como a mensagem de A que chegara depois da exibição do comercial de seu pai.

—Você está linda hoje — disse Patrick, aproximando-se dela. Hanna estremeceu.

— Obrigada — respondeu ela com um sussurro.

Ficaram parados ali por um momento, o coração de Hanna batendo cada vez mais forte. Ela estava louca para beijá-lo, mas não queria parecer uma colegial superansiosa.

— E aí, onde estão minhas fotos? — perguntou Hanna no tom de voz mais casual que conseguia sustentar.

— Oi? — Patrick a observou, confuso.

—Você sabe, aquelas coisas que você tirou com a sua câmera outro dia? — brincou Hanna, imitando o gesto de bater uma foto. Ela estava ansiosa para enviá-las para as agências. Sua primeira escolha seria a IMG e depois talvez a Next ou a Ford.

—Ah! — Patrick passou a mão pelo cabelo espesso. — Sim, é claro. Vou buscá-las.

Ele foi andando para a sala ao lado. *Artistas*, pensou Hanna com um sorriso de admiração. Sempre tão distraídos e perdidos em seu próprio mundo.

O celular de Hanna começou a vibrar. Uma ligação de Emily. Suspirando, ela apertou seu ouvido contra o fone.

— O que é?

— Estou recebendo mais recados de A — disse Emily numa voz estridente. — E você?

Uma buzina tocou alto do lado de fora. Patrick tropeçou em algo na sala ao lado e deixou escapar um sonoro "merda".

— Hã, talvez — respondeu Hanna.

— Eles são a respeito... — Emily limpou a garganta.

Hanna sabia exatamente o que ela ia dizer.

— São.

— O que vamos fazer, Hanna? Alguém sabe do que aconteceu!

Hanna fez um careta. Se A soubesse, realmente soubesse... Só então Patrick saiu da sala nos fundos. Hanna apertou o celular entre as mãos.

— Tenho que ir.

Ela apertou a tecla de desligar como se estivesse matando uma aranha.

— Está tudo bem? — perguntou Patrick da porta.

Hanna se encolheu.

— Claro. — Ela deixou o celular cair de volta na bolsa de couro e se virou para encará-lo. Estranhamente, Patrick não estava segurando coisa alguma em seus braços. Sem fotos, nem câmera digital, nem pasta de couro, nada.

Patrick caminhou até o sofá de couro no canto e se sentou. Deu um tapinha no assento a seu lado.

— Sente-se aqui ao meu lado, Hanna.

O assoalho rangeu conforme Hanna atravessava a sala. Ela deslizou no sofá, e Patrick debruçou-se sobre ela.

—Você é deslumbrante, sabia?

Hanna sentiu seu coração acelerar de novo. Baixou a cabeça timidamente.

— Aposto que você diz isso para todas as suas modelos.

— Não, não digo. — Ele virou o queixo de Hanna em sua direção e olhou dentro dos olhos dela. — Para falar a verdade, não sou assim tão bom com garotas. Mesmo quando estava na escola. Eu era um fracassado. E você... bem, você é como aquela garota popular que eu desejava, mas não podia ter.

Hanna se derreteu.

— Eu também era uma fracassada — sussurrou. — Era tão feia que não conseguia me olhar no espelho.

Patrick tomou o rosto dela entre as mãos.

— Duvido que você tenha sido feia *algum dia* na sua vida.

Ele se inclinou e a beijou. Hanna se inclinou também, atordoada de expectativa. Mas, assim que seus lábios se encontraram, alguma coisa pareceu... errada. O beijo foi viscoso e desesperado. Patrick tinha gosto de gérmen de trigo e suas mãos pareciam pesadas garras sobre o corpo dela, não eram gentis e suaves como as de Mike. Enquanto ele a acomodava no sofá, Hanna se lembrou de Mike e sentiu uma pontada de saudade.

Ela empurrou o peito de Patrick.

— Hum, podemos ver as fotos agora? Estou louca para ver o seu trabalho.

Patrick riu.

—Vamos nos preocupar com isso depois — disse ele, enterrando seu rosto no pescoço de Hanna.

Um sentimento amargo brotou dentro de Hanna. O peso de Patrick a prendia contra o sofá.

— Mas podemos fazer *isto* mais tarde também, certo? — sugeriu ela, ainda tentando soar leve e despreocupada. — Por favor, posso ver as fotos? *Por favor?*

Patrick continuou a tateá-la, e de repente Hanna reparou em como seus lábios faziam ruído ao beijar. Seu cabelo parecia oleoso, e havia um pouco de caspa em seus ombros. Um pensamento terrível a tomou: e se Mike estivesse certo a respeito dele?

Ela pulou do sofá.

— Patrick, quero ver minhas fotos. Agora.

Patrick se inclinou para trás e cruzou os braços. Com um sorriso cruel nos lábios, ele deixou de ser um fotógrafo apaixonado e se transformou instantaneamente em algo muito mais sinistro.

— Quer dizer que você não passa de uma provocadora, hein?

Hanna apertou os olhos.

— Só acho que devemos ser profissionais. Você me pediu para vir até aqui para ver minhas fotos. Pensei que você fosse enviá-las hoje.

— Qual é, Hanna. — Patrick revirou os olhos. —Você é mesmo *tão* ingênua?

Com um movimento rápido, ele se inclinou e puxou um enorme envelope pardo debaixo do sofá. Ele o abriu rapidamente e revelou seis fotos de Hanna em papel brilhante. No entanto, não eram as fotos dela no Sino da Liberdade ou na Câmara Municipal. Eram seis fotos quase idênticas dela no estúdio. Cabelos ao vento, uma expressão vulgar em seu rosto e o vestido caído abaixo do peito revelando quase todo o sutiã sem alças rendado.

Também não eram como as provocativas fotos de seminus de Annie Leibovitz para a *Vanity Fair*. A iluminação era chamativa. Certas partes de Hanna estavam fora de foco e a composição não era nem um pouco artística. Parecia pornô ruim.

Hanna se encolheu, subitamente tonta.

— O que é isso? Onde estão as outras? As boas?

— As outras não interessam. — O sorriso de Patrick ficava cada vez mais largo. — Essas é que valem ouro. Pelo menos, para mim.

Hanna recuou, seu coração afundando.

— O... o que você quer dizer?

— Qual é, Hanna? Preciso desenhar? O que o *papai* faria se visse isso? Se o seu concorrente visse? Tenho amigos influentes. Isso daria uma boa história para o TMZ. E aí... puf! — Patrick estalou os dedos. — Adeus campanha para o Senado!

Hanna sentiu seu corpo arder de calor e depois ficar frio como gelo.

— Você não faria isso!

— Não faria? Você nem mesmo me *conhece*, Hanna.

Hanna se apoiou na bancada, suas esperanças e sonhos escapando dela como o ar de um balão furado. Tudo o que ele dissera, todos os elogios, era tudo uma armadilha.

— Por favor, não as mostre a ninguém. Faço qualquer coisa.

Patrick colocou o dedo no queixo e olhou para o teto, como se estivesse fingindo pensar.

— Não mostro, se você aparecer com dez mil dólares antes de o final de semana acabar. Que tal?

O queixo de Hanna caiu.

— Não tenho todo esse dinheiro!

— Claro que tem, menininha rica. — Os olhos de Patrick brilharam. — Você só precisa ser criativa quanto a onde procurar. Quero em dinheiro num envelope de papel pardo. Entregue para um cara chamado Pete, que trabalha na banca de flores na estação da rua Trinta. Se não me pagar, você será o assunto da semana. A assistentezinha do papai precisará dar duro para tirar isso da internet. E eu duvido que o público vá confiar em um homem com uma filha adolescente que mostra os peitos para estranhos.

Hanna o encarou e depois olhou para as fotos mais uma vez. De repente toda a situação ficou ridiculamente clara para ela.

– Vo... você nem mesmo é um fotógrafo de verdade, é? Você não tem contatos em Nova York. Só disse isso para me enganar! Você *mentiu*!

Patrick gargalhou e pôs as mãos para o alto.

–Você me pegou. – Então ele baixou o rosto para observar Hanna. – Acho que você não é a única que é boa em mentir, srta. Marin.

Hanna não quis esperar para ouvir mais nem uma palavra. Ela se afastou e saiu correndo pela porta, batendo-a com força. A construção parecia ainda mais abandonada que vinte minutos antes. O casal ainda discutia lá embaixo. O forro da cobertura parecia prestes a cair. Quatro andares abaixo, Hanna pensou ouvir uma gargalhada ao longe, como se alguém tivesse ouvido tudo.

– Já *chega*! – gritou Hanna. Quem quer que fosse esse A, esse calhorda, homem ou mulher, Hanna o jogaria no chão e mandaria que se calasse de uma vez por todas. Ela correu até o fim da escadaria, os braços rígidos, os dedos mal tocando o corrimão em ruínas.

Mas, assim que chegou ao final da escada, viu que o saguão do prédio estava vazio. A porta da frente ainda balançando nas dobradiças era a única indicação de que alguém havia acabado de sair dali – A conseguira escapar novamente.

20

NADA COMO O AR FRESCO DA MONTANHA

O Range Rover da família Kahn, equipado com correntes para neve e um suporte reforçado para esqui, deslizou na entrada circular do Hotel Whippoorwill, na Montanha Lenape. Porteiros e manobristas usando pesados casacos acolchoados correram até o carro e começaram a remover a bagagem do porta-malas. Noel e seus dois irmãos mais velhos, Eric e Christopher, saltaram e esticaram as pernas. Aria seguiu-os, quase caindo no asfalto escorregadio devido ao gelo. Puxa, o pessoal do hotel nunca ouvira falar em *sal*?

Por último, mas não menos importante, saindo do carro como uma princesa e usando peles, estava Klaudia. A pontinha de seu nariz estava adoravelmente cor-de-rosa por causa do frio, e seu traseiro estava perfeitamente redondo nos jeans de cor escura. Todos os porteiros, boquiabertos, se viraram para olhá-la.

– Precisa de ajuda? – perguntaram eles em uníssono. – Há algo que possamos carregar para você?

—Vocês tão gentis! — cantarolou Klaudia, disparando a cada um deles sorrisos que fizeram Aria ter vontade de vomitar.

Aria virou-se para Noel.

— Podemos entrar? Está congelando aqui fora. — O painel luminoso digital de um banco pelo qual tinham passado mostrava dezesseis graus negativos.

Noel deu uma risadinha.

— Isso não é nada, espere até estar no topo da montanha!

—Você não vai ter frio quando *hiihto*! — disse Klaudia a Aria numa voz animada. Agora, Aria sabia que *hiihto* era "esquiar" em finlandês. Por que Klaudia não podia apenas dizê-lo em inglês? Não era tão difícil assim, convenhamos.

Aria deu um sorriso forçado para Klaudia e se virou, sentindo-se tão rígida e afiada quanto os pingentes de gelo que pendiam precariamente do telhado. A montanha era o último lugar onde ela queria estar neste momento, mas estava apavorada pelo que podia acontecer se deixasse Noel fora de sua vista. Klaudia poderia colocar suas garras nele — e como ele resistiria? Afinal de contas, sua namorada atual nada mais era do que uma *peikko*.

— Aria?

Aria piscou e ergueu os olhos. Noel a chamava da porta do hotel. Os irmãos Kahn e Klaudia já tinham entrado.

Ela os seguiu para dentro do grande saguão. Cada superfície ali era revestida com painéis de carvalho, o que fazia o cômodo parecer uma enorme sauna. O ar cheirava a canela e chocolate quente, e pessoas usando chapéus de lã, luvas do tamanho de luvas de forno e botas pesadas de esqui faziam um ruído seco no chão de madeira. Havia hóspedes em sofás de couro cor de tabaco, matando o tempo e se aquecendo pela lareira que crepitava num canto do saguão. Um labrador amarelo, com um lenço vermelho amarrado ao pescoço, cochilava numa cama de cachorro ao lado da grande janela que dava para as encostas.

— Uau! — murmurou Christopher, caminhando em direção à janela. Christopher era três anos mais velho que Aria e Noel e viera da Universidade Columbia para passar o feriado com a família. Ele tinha os mesmo traços marcantes de Noel, mas havia nele algo mais duro, menos cativante.

— Neve perfeita — murmurou Eric. Ele era dois anos mais velho que Noel e estudou em Hollis, mas só por formalidade. Seu verdadeiro objetivo na vida era tornar-se um instrutor de esqui em Montana ou de surfe em Barbados.

— *Mahtava!* — gritou Klaudia com a voz esganiçada, também olhando para fora pela janela. Sabe-se lá o que *aquilo* significava.

Aria apreciou a vista. A montanha parecia elevar-se num ângulo de noventa graus. Esquiadores hábeis vinham em ziguezague encosta abaixo. Quando um menino caiu, uma nuvem de neve elevou-se em todas as direções. Aria sentiu-se cansada só de observá-los. Ela deu uma olhada novamente para o cachorro dormindo no canto. *Sortudo.*

Os Kahns fizeram o *check-in*, e o recepcionista distribuiu as chaves dos cinco quartos, uma para cada um deles — graças a Deus, Aria e Klaudia não tinham que compartilhar um quarto. Assim que entrou em seu quarto — que tinha uma cama king-size com muitos travesseiros, uma minúscula copa-cozinha e de novo outra vista da assustadora montanha de esqui — Aria jogou-se na cama e fechou os olhos.

Cuidado, Aria. Acho que você tem competição. Nós duas sabemos que Noel tem uma queda por louras.

O texto de A era como uma música ruim que tocava sem parar em sua cabeça. Na certa A vira Aria lendo as mensagens no iPhone de Klaudia. Mas *como?* Será que A se escondera atrás das araras com roupas de esqui? Teria A espionado Aria através da câmera de segurança interna da loja?

Aria tinha a dolorosa impressão de que A estava certo – Noel tinha mesmo uma queda por louras. Fora apaixonado por Ali – e tinha, definitivamente, notado Tabitha. Mesmo depois de voltarem da Jamaica, Noel ainda mencionava Tabitha, coisas como *Ei, aquela garota loura não lembrava alguém? Havia algo nela que não sei bem explicar.*

Mas, embora fizesse um monte de perguntas, ele não suspeitava. *Ninguém* suspeitava.

Até agora.

Houve uma batida na porta. Aria pulou da cama, os nervos a mil.

– S-Sim?

– Sou eu – disse Noel no corredor. – Posso entrar?

Aria destrancou a porta. Noel empurrou uma grande cesta de lírios, café e lanchinhos diante dela.

– Para você!

– Obrigada! – exclamou Aria. Havia até mesmo um porquinho de pelúcia na cesta, lembrando Pigtunia, seu bichinho de pelúcia favorito. Mas em seguida ela ficou petrificada. Não é verdade que os rapazes só dão flores a suas namoradas quando se sentem culpados?

– Qual o motivo do presente? – perguntou ela.

– Vi na loja de presentes e pensei em você. – Noel colocou a cesta sobre o móvel da televisão e abraçou a namorada. Ele cheirava ao óleo de limpeza facial a base de chá que Aria lhe dera no Dia dos Namorados. – Olhe, sei que esquiar não é realmente do que você gosta, mas estou tão feliz por ter você aqui... A viagem não seria a mesma se você não tivesse vindo.

Ele pareceu tão franco e sincero que as suspeitas de Aria se dissolveram.

– Eu também estou feliz por ter vindo – admitiu ela. – Este lugar é deslumbrante.

– *Você* é deslumbrante. – Noel a colocou na cama. Eles começaram a se beijar, primeiro timidamente, em seguida com mais e mais paixão. Noel tirou a camisa de Aria por sobre a cabeça dela, e Aria fez o mesmo com ele. Eles pressionaram seus peitos nus, sentindo um o calor do outro. – Hum... – murmurou Noel.

Eles hesitaram por um momento, e em seguida Aria tocou o cós da calça de Noel e soltou a fivela do cinto. Noel prendeu o fôlego, obviamente surpreso. Em seguida, Aria soltou o botão e tirou os jeans dele. Ela olhou para as pernas musculosas dele, sorrindo. Noel usava a samba-canção com estampa de *golden retriever* que ela escolhera para ele na J.Crew.

Depois de um momento, Aria estendeu a mão para o botão de seu próprio jeans. Noel agarrou a mão dela, os olhos arregalados.

– Você tem certeza?

Aria olhou ao redor do pequeno quarto, da televisão de tela plana para o balde de champanhe no canto, passando pela cadeira de aspecto genérico e pelo banco otomano que ficava sob as amplas janelas. Em um ambiente pouco familiar, ela se sentia menos inibida do que o habitual. Ou talvez apenas se sentisse compelida a provar a Noel exatamente o que ele significava para ela. Poderia ser a única maneira de garantir que ele continuasse a ser seu namorado.

— Tenho — sussurrou ela.

Noel terminou de tirar os jeans de Aria. Eles se agarraram por um tempo, quase totalmente despidos, seus lábios presos num beijo. O coração de Aria batia sem controle. Ela realmente ia fazer isso. Era a hora. Quando Noel deslizou para cima dela, ela o beijou com mais intensidade.

Toc, toc, toc.

Ambos congelaram, encarando um ao outro com olhos arregalados. Houve um breve silêncio, e, em seguida, outra batida.

— Olá? — disse Klaudia num trinado. — Aria? Noel? Ei, vocês estão aí?

Aria estremeceu.

— Isso só pode ser brincadeira...

— Noel? — A voz de Klaudia estava abafada. — Vamos lá! Hora de *hiihto*!

— Talvez se nós ficarmos quietos ela vá embora — sussurrou Noel, passando o dedo pela clavícula nua de Aria.

Mas as batidas persistiram.

— Noel! — chamou Klaudia, com insistência. — Eu sei que você está aí dentro! Temos que *hiihto*!

Finalmente, Noel gemeu, agarrou seu jeans do chão e os vestiu novamente.

— Tudo bem! — respondeu ele. — Estamos indo.

— Ah, legal! — disse Klaudia do outro lado.

Aria o encarou de queixo caído.

— O quê? — perguntou Noel, parando com uma perna da calça a meio caminho acima de seu joelho.

Aria estava tão irritada que por um momento nem pôde responder.

— Nós estamos, tipo, no meio de algo. Você realmente vai deixar tudo para lá por ela?

Noel estava calmo.

— Teremos muito tempo sozinhos hoje à noite, e ninguém irá nos perturbar. E Klaudia está certa, os teleféricos deixam de funcionar em poucas horas. Temos que ir para o nosso *hiihto*. Você não está pronta para sua primeira aula de esqui com ela?

— Na verdade, não. — Aria virou-se e apertou um travesseiro contra o peito. A fúria pulsava dentro dela como um segundo coração. — Não quero que Klaudia me ensine nada.

As molas da cama rangeram quando Noel se sentou.

— Eu pensei que vocês fossem amigas. Klaudia adora você!

Aria deu um riso amargo.

— Duvido muito.

— O que isso quer dizer?

Noel a encarava com uma expressão confusa em seu rosto. Aria pensou nos textos que Klaudia escrevera sobre ambos. Ela deveria contar a Noel... ou aquilo a faria parecer uma psicopata?

— Não confio nela perto de você — disse Aria. — Vejo como ela te olha.

O rosto de Noel se fechou.

— Pare com isso, Aria. Já disse um milhão de vezes que você não tem razão para sentir ciúmes.

— Não é ciúme — argumentou Aria. — É a verdade.

Noel vestiu seu suéter por cima da cabeça e enfiou os pés em suas botas Timberland.

— Vamos lá. — Ele estendeu a mão para ela, seu tom de voz mais distante do que estivera apenas alguns minutos antes.

Relutantemente, Aria vestiu-se e seguiu-o para fora do quarto. Que outra opção tinha? Klaudia estava esperando por eles numa cadeira em frente ao saguão, já vestida em calça de esqui apertada, uma jaqueta de esqui branca com forro cor-de-rosa e chapéu e luvas rosa combinando. Ela deu um pulo quando viu Noel e agarrou a mão dele.

— Pronto para *hiihto?*

— Se estou! — disse Noel, animado. Ele cutucou Aria. — Nós dois estamos.

O olhar de Klaudia tremulou brevemente em direção a Aria. Sua íris se transformou de azul-escuro para um preto venenoso.

— Bom! — disse ela numa voz de arrepiar. Uma expressão que Aria não pôde decifrar imediatamente percorreu seu rosto.

Mas, quando Klaudia virou-se, caminhou para fora do saguão e prontamente pulou numa cadeirinha do teleférico sem convidar Aria para ir com ela, Aria recebeu a mensagem de forma alta e clara. Klaudia tinha ouvido tudo o que Aria dissera a Noel no quarto do hotel. A expressão em seu rosto significava *Agora é guerra.*

21

TENTAÇÃO NA GRANDE MAÇÃ

— Tudo bem, crianças – disse o sr. Pennythistle. – Os carregadores levarão suas coisas para os quartos. Nós nos encontraremos na Smith and Wollensky às oito em ponto para jantar.

Era sexta-feira à tarde, e Spencer, a mãe dela, Zach, Amelia e o sr. Pennythistle tinham acabado de chegar ao saguão do Hotel Hudson na rua Cinquenta e Oito, em Nova York. O lugar tinha a iluminação melancólica de uma boate. O ar ali cheirava a valises de couro caras. Mulheres magras como modelos se exibiam e bebericavam coquetéis no bar. Um turista confuso verificava um guia da cidade sob a luz fraca. Vários idiomas ecoavam nas paredes cavernosas do lugar.

A única razão para terem se hospedado ali no Hudson e não em algum lugar requintado como o Waldorf ou o Four Seasons era que o sr. Pennythistle tinha negócios com o hoteleiro e conseguira hospedagem gratuita para todos. Aparentemente esse tal Donald Trump de Main Line era um pão-duro de marca maior.

A sra. Hastings deu a Spencer, Zach e Amelia um breve aceno e em seguida escapou para a rua — talvez ela também não tivesse adorado o hotel estilo boate. O sr. Pennythistle a seguiu. Depois que eles saíram, Zach mexeu em seu iPhone.

— E aí? O que vocês duas querem fazer?

Spencer balançou para frente e para trás em seus calcanhares. Estava tentada a perguntar a Zach se ele queria visitar Chelsea, o centro gay de Nova York. Ou talvez Meatpacking District — havia algumas lojas masculinas incríveis lá. Aceitar que Zach gostava de garotos tinha sido mais fácil do que Spencer imaginara. Agora eles podiam ser melhores amigos e contar tudo um para o outro, assistir aos episódios de *The Real Housewives of Beverly Hills*, e discutir sobre se Robert Pattinson é sexy. E agora que não havia qualquer tensão sexual entre eles Spencer se sentira confortável dormindo no ombro de Zach no trem até Nova York, tomando um gole da coca-cola dele e dando uma palmada em seu traseiro para lhe dizer que seus jeans eram incríveis.

Infelizmente, hoje eles estavam presos a Amelia — o sr. Pennythistle tinha sido muito específico sobre não deixar Amelia sair sozinha —, e Spencer não poderia sugerir um passeio em Chelsea na frente dela. Amelia parecia infeliz por estar ali — e particularmente antiquada hoje. Enquanto Spencer tinha escolhido uma roupa muito alinhada, jeans *fuseau* preto, jaqueta de pele falsa Juicy e botas de cano curto de salto fino e bem alto da Pour la Victoire, e Zach vestia uma jaqueta à prova d'água justa com capuz, jeans escuro meio desbotado e All Stars preto de cano alto, Amelia parecia uma combinação de uma garota do quinto ano com uma mulher de meia-idade puritana indo para a igreja. Ela usava blusa branca enrugada, saia escocesa xadrez que descia abaixo dos joelhos, meia-calça de lã e – *argh* – sapatos estilo boneca. Só ficar parada perto dela já baixava a pontuação de estilo da roupa de Spencer.

– Nós deveríamos ir a Barneys – sugeriu Spencer. – Amelia precisa de uma repaginada.

Amelia fez uma careta.

– Como é?

– Ah, meu Deus! – Os olhos de Zach brilharam. – Essa é uma ideia fantástica.

– Não preciso de uma repaginada. – Amelia cruzou os braços. – Gosto das minhas roupas!

– Sinto muito, mas suas roupas são horríveis – disse Spencer.

Com os olhos fixos nos sapatos de salto de Spencer, Amelia perguntou:

– Quem fez de *você* uma perita em moda?

– Christian Louboutin – disse Spencer com autoridade.

– Spencer está certa. – Zach foi para o lado a fim de deixar passar um casal sueco de louros puxando duas malas Vuitton em direção ao elevador. – Você parece que vai para o convento.

– Dois a um, você está em desvantagem! – Spencer agarrou a mão de Amelia. – Você precisa de tudo novo, e a Quinta Avenida está bem ali na esquina. Vamos lá.

Ela arrastou Amelia escadas rolantes abaixo. Zach olhou para Spencer e sorriu.

Na rua, táxis aceleravam e buzinavam. Um homem empurrava ruidosamente um carrinho de cachorro-quente. As torres prateadas e polidas da Time Warner elevavam-se acima das cabeças deles. Spencer adorava Nova York, embora sua última visita tivesse sido desastrosa. Ela encontrara sua suposta mãe biológica, a mulher que servira como barriga de aluguel para seus pais, que acabou roubando todo o dinheiro de sua poupança para a faculdade, para grande deleite de A.

Enquanto caminhavam pela rua Cinquenta e Oito, um cartaz na vitrine de uma agência de viagens chamou sua atenção. *Venha para a Jamaica – every little thing is gonna be all right!* Spencer pensou que fosse desmaiar. Bem na sua frente, em fotografias enormes, cartazes mostravam o resort onde elas haviam se hospedado, o The Cliffs: a piscina com a imagem de um abacaxi no fundo. As falésias num tom quase roxo, o mar azul-turquesa. O deque no telhado e o restaurante onde elas conheceram Tabitha. O mirante e a praia, longa e deserta. Se Spencer forçasse os olhos, quase poderia achar o lugar onde estavam quando tudo aconteceu...

– Spencer? Está tudo bem?

Zach e Amelia a encaravam alguns passos adiante. Pedestres ocupados e contrariados se desviavam deles. Spencer olhou para o cartaz novamente. A lembrança das mensagens de A passou pela cabeça dela como um trem-bala. Alguém sabia. Alguém as vira. Alguém poderia contar.

– Spence?

O cheiro forte de pretzel de um carrinho de comida alcançou o nariz de Spencer. Endireitando-se, ela se afastou da vitrine da agência de viagens.

– Estou bem – murmurou ela baixinho, ajeitando o casaco e correndo na direção deles.

Se ao menos ela própria pudesse acreditar que estava...

A Barneys vibrava, cheia de mulheres ricas comparando luvas de couro, garotas vaporizando Chanel Nº 5 em seus pulsos, e homens sedutores comendo com os olhos a demonstradora de creme para a pele Kiehl's.

— Este lugar é divino — disse Spencer quando passou pelas portas giratórias, inalando o cheiro inebriante de luxo.

— É só uma *loja* — disse Amelia, irritada.

Eles praticamente tiveram que arrastar Amelia até a Co-op que transbordava com milhares de opções de guarda-roupa. Amelia olhava para tudo com aversão.

—Você vai experimentar algumas coisas — disse Spencer. E ergueu um vestido Diane Von Furstenberg. — O vestido transpassado é um estilo essencial — explicou ela em sua melhor voz de assessora de compras. — Especialmente porque você não tem curvas. Este vestido criará a ilusão de que tem uma cintura.

Amelia fez uma careta.

— Não *quero* uma cintura!

— Acho que você também não vai querer transar. Nunca — retrucou Spencer sem se alterar.

Zach riu e a ajudou a tirar outros vestidos do suporte. Amelia olhou para ele com desconfiança.

— Por que *você* está ajudando com isto? Eu achei que você odiava fazer compras.

Spencer quase abriu a boca para protestar — que tipo de rapaz gay odiaria fazer compras? —, mas se conteve. Zach deu de ombros e bateu em Spencer com o quadril.

— O que mais tenho para fazer?

Depois de escolher vários jeans, saias e blusas e toda uma série de vestidos, Spencer e Zach levaram Amelia para a área de provadores e a empurraram para dentro de uma das cabines minúsculas.

—Você vai mudar radicalmente — disse Spencer para Amelia.

— Prometo.

Amelia gemeu, mas trancou a porta atrás dela.

Spencer e Zach se sentaram no pequeno sofá ao lado do espelho de três faces como pais ansiosos. A porta abriu-se lentamente, e Amelia saiu vestindo um jeans skinny Rag & Bone, uma blusa de manga solta VPL e um par de botinhas marrons elegantes com cinco centímetros de salto. Havia uma expressão assustada em seu rosto, e ela deu passinhos cambaleantes em seus saltos em direção ao espelho.

— Amelia! — ofegou Zach.

Spencer deu um salto.

—Você está incrível!

Amelia abriu a boca para protestar, mas a fechou novamente quando viu seu reflexo. Não havia como ela dizer que não estava bem: suas pernas pareciam longas e finas, seu traseiro — quem diria que Amelia *tinha* um? — estava redondo e empinado, e a blusa combinava perfeitamente com sua pele.

— Ficou... legal — disse ela de forma afetada.

— É mais do que só legal! — completou Zach.

Amelia deu uma olhada na etiqueta com o preço no jeans.

— Isto aqui é *muito* caro.

Spencer arqueou a sobrancelha.

— Eu acho que seu pai vai sobreviver.

— Experimente mais! — gritou Zach, empurrando-a de volta para a cabine.

Uma a uma, Amelia experimentou roupas novas, e seu rosto severo foi lentamente se derretendo. Ela até mesmo deu uma pequena rodopiada com um dos vestidos Diane von Furstenberg. Lá pela sexta roupa, ela nem mesmo cambaleava nos saltos. E, na altura da décima segunda, Spencer teve tanta certeza de que Amelia não iria fugir gritando que se permitiu experimentar um vestido justo Alexander Wang.

Deslizando-o por sobre sua cabeça, ela se esticou contorcendo-se para fechá-lo, mas não conseguia alcançar o zíper.

— Zach? — Ela colocou a cabeça para fora do provador. — Você pode me ajudar?

Zach abriu mais a porta e ficou atrás dela. As costas de Spencer, incluindo a borda de sua tanga vermelha, estavam completamente à vista. Os olhos deles se encontraram no espelho.

— Obrigado por dar atenção à minha irmã — disse Zach.

— Sei que ela é meio chatinha. Mas acho que você conseguiu tirá-la da concha.

— Estou feliz em ajudar. — Sorriu Spencer. — Roupas novas sempre fazem maravilhas.

O olhar de Zach permaneceu fixo ao dela no espelho. Ele ainda não tinha puxado o zíper. Lentamente, ele tocou a parte de baixo das costas de Spencer. Sua mão quente e macia fazia a pele dela se arrepiar. Ela se virou para encará-lo. Ele passou os braços pela cintura dela. Eles permaneceram distantes apenas alguns centímetros um do outro, tão perto que Spencer podia sentir o hálito mentolado de Zach. Em segundos, seus lábios se tocariam. Milhares de perguntas invadiram a cabeça de Spencer. *Mas você disse que você era... Você é...? O que é isso...?*

— Pessoal?

Eles se separaram rapidamente. Dava para ver um par de sapatos de salto alto de pele de cobra sob a cortina.

— O que vocês estão fazendo aí? — perguntou Amelia.

— Ah, nada. — Spencer, meio sem jeito, se afastou de Zach, batendo em algumas roupas penduradas na parede. Ela vestiu o jeans de volta por baixo do vestido.

Ao mesmo tempo, Zach alisou sua camisa e saiu da cabine.

— Eu só estava ajudando Spencer a fechar o zíper — murmurou ele para a irmã.

Os sapatos de pele de cobra nos pés de Amelia pareciam inquietos.

— Isso era *tudo* o que vocês estavam fazendo?

Seguiu-se uma longa pausa. Zach foi salvo pelo toque do celular e correu para longe da área dos provadores para atender.

Spencer deixou-se cair pesadamente no banquinho dentro do provador e encarou seu rosto perturbado no espelho.

Se ao menos Zach tivesse respondido à irmã... Spencer também teria adorado saber o que diabos eles estavam fazendo.

22

AS PONTES DE ROSEWOOD

Algumas horas mais tarde, naquela mesma sexta-feira, logo após o sol ter desaparecido além da linha das árvores, Emily entrou no estacionamento da ponte coberta de Rosewood. A ponte, feita de pedra, ficava a aproximadamente um quilômetro de Rosewood Day, datava da época da Guerra da Independência e se estendia sobre um pequeno riacho cheio de peixinhos – pelo menos no verão. Agora, naquele fevereiro melancólico, o riacho congelado estava silencioso e imóvel. Os pinheiros sussurravam ao vento, soando como fantasmas fofocando. De vez em quando, Emily ouvia um estalar ou um barulho de algo quebrando. Não era exatamente onde ela queria estar neste momento. Só viera porque Chloe queria encontrá-la para conversar.

Ela saiu do carro e caminhou para baixo da ponte, inalando o cheiro de madeira molhada. Assim como tudo o mais em Rosewood, a ponte trazia uma lembrança triste. Emily e Ali haviam ido ali uma vez no final da primavera do sétimo ano, sentando-se sob a cobertura sombreada da ponte e ouvindo o riacho correr abaixo delas.

– Sabe aquele cara sobre quem eu contei a você, Em? – cantarolou Ali alegremente. Ela com frequência provocava Emily, falando de um cara mais velho pelo qual estava apaixonada. Mais tarde, Emily descobrira que era de Ian Thomas que Ali falava. – Acho que vou trazê-lo aqui hoje à noite para dar uns amassos. – Ali, usando a pulseira de fios que fizera como um símbolo de amizade para todas as meninas, deu a Emily um sorriso malicioso, que parecia querer dizer "eu sei o quanto estou partindo seu coração".

Emily então se lembrou da pulseira no pulso de Tabitha. Assim que vira que a menina usava uma pulseira igual à sua e das outras, afastou-se rapidamente dela. Algo estava muito, muito errado.

A multidão na pista de dança e no bar estava compacta, tornando quase impossível para Emily encontrar suas amigas. Ela finalmente localizou Spencer sentada em cima de uma mesa no pátio, parecendo confusa, com os olhos fixos no oceano escuro.

– Eu sei que você vai me dizer que estou louca – disse Emily –, mas tem que acreditar em mim.

Spencer virou-se e a encarou, seus olhos azuis enormes.

– Ela é Ali – insistiu Emily. – Ela é. Sei que não se parece com ela, mas está usando a antiga pulseira de Ali... Aquela que ela fez para nós depois da Coisa com Jenna. É exatamente igual.

Spencer fechou seus olhos por uns bons dez segundos. Em seguida, contou a Emily como Tabitha insinuara que elas pareciam irmãs havia muito tempo separadas.

– Foi como se ela me conhecesse – sussurrou Spencer. – Foi como... se ela fosse Ali.

Emily sentiu um calor aflitivo de medo. Só de ouvir Spencer dizê-lo em voz alta fazia com que tudo parecesse ainda mais real e perigoso. Ela olhou em volta para se certificar de que ninguém estava escutando.

— O que nós vamos fazer? Chamar a polícia?
— Como podemos provar? — Spencer mordeu seu lábio inferior. — Ela não *fez* nada com a gente.
— *Ainda* — disse Emily.
— Além disso, todos pensam que Ali está morta — continuou Spencer. — Se nós dissermos que uma garota morta voltou à vida, vão nos internar.
— Temos que fazer *algo*. — A ideia de Ali perambulando pelo mesmo *resort* onde elas estavam hospedadas gelava Emily até os ossos.

Uma porta de carro bateu, e passos soaram atrás dela, afastando Emily de suas lembranças. Chloe apareceu no arco da ponte.

— Oi! — chamou Emily.
— Oi! — respondeu Chloe. A voz dela soava desanimada e morosa, e o peito de Emily se apertou. Chloe não tinha explicado por que queria encontrá-la, dissera apenas que elas precisavam conversar. E se ela tivesse visto seu pai beijar Emily? E se A tivesse contado a ela? A mensagem de A martelou em sua cabeça: *Que safadinha! Você simplesmente não adora ser má, Delegada?*

Chloe foi até Emily, e as duas caminharam juntas pela ponte coberta. Por um tempo, os únicos sons eram de suas botas triturando a fina camada de gelo esmagado. Chloe puxou uma lanterna de seu bolso e iluminou as vigas de madeira, as partes feitas de pedra e as pichações.

Brad + Gina. Kennedy é uma vaca. Vai, Rosewood Sharks.

Chloe ainda não dissera uma palavra. O silêncio dela começou a enervar Emily, e ela suspirou profundamente.

— Chloe, sinto muito, muito.

— Você sente muito? — Chloe virou-se. — Eu sinto muito. Emily estreitou os olhos para ela.

— Mas eu...

— Bebi demais a noite passada — interrompeu Chloe. — Alguns copos antes de você chegar, mais alguns enquanto você estava lá... a noite toda é uma névoa. Mal consigo me lembrar de ter ido para cama. Deixei a responsabilidade por Grace toda nas suas costas.

O frio estava começando a fazer os pés de Emily ficarem dormentes.

— Ah — disse ela finalmente, às pressas —, não tem problema, está tudo bem. Grace foi ótima. — Deu um passo para frente. Tinha que contar sobre o pai de Chloe. Isso não era um modo de começar uma amizade, e a última coisa que Emily queria era ocultar *outro* segredo. — Escute, há algo que preciso contar.

— Espere, deixe-me terminar. — Chloe levantou suas mãos num gesto para fazer parar. — Escondi algo de você noite passada. Eu não devia estar bebendo. Tive um problema com isso lá na Carolina do Norte. Eu tinha uns amigos que bebiam o tempo todo, e eu me juntava a eles por causa dos problemas com meus pais. Deixei a coisa chegar longe demais. Uma vez fui até hospitalizada por intoxicação alcoólica.

— Oh, Chloe! — Emily cobriu a boca com as mãos. — Isso é terrível!

Chloe respirou fundo.

— Eu sei. Estava fora de controle. E ontem eu, tipo... tive uma recaída. Meus pais me matariam se soubessem... eles me colocaram em um programa de reabilitação, mas jurei que estava melhor e não precisava mais ir às reuniões. É por isso que fui para cama ontem sem falar nada. Não queria que eles me vissem naquele estado. Você não mencionou a champanhe para eles, não é?

— Não! — afirmou Emily. Tinha corrido para fora da casa antes de poder dizer qualquer coisa.

Chloe parecia aliviada.

— Você sabe se eles viram a garrafa na lata de lixo da cozinha? Eu a levei para fora esta manhã, mas estava tão apavorada.

Seu pai estava ocupado demais para caçar garrafas de champanhe pela casa, pensou Emily, azeda. E ela não vira a sra. Rolland lá embaixo em nenhum momento.

— Acho que não.

Um monte de neve despencou do telhado da ponte, e o barulho fez com que ambas se virassem. Chloe continuou avançando pela ponte, e Emily a seguiu.

— E por que você estava bebendo ontem? — perguntou.

As botas de Chloe faziam um ruído alto no chão. Ela deu de ombros.

— É difícil se mudar para um lugar diferente, acho. Não é fácil começar de novo. E as coisas parecem tão estranhas aqui, não vão muito bem. A única coisa realmente boa que descobri aqui foi você.

Emily corou.

— Obrigada. E, você sabe, se você precisar de alguém para conversar sobre isso, estou aqui.

— Eu também estou aqui para você. — Chloe se virou. — Eu não esqueci o que me contou à noite passada, sobre o bebê. Nós podemos ajudar uma à outra.

As meninas se abraçaram com força. Quando se separaram, um silêncio confortável caiu sobre elas. Carros zuniam na rodovia. Mais galhos estalavam no bosque. Por um décimo de segundo, Emily teve certeza de que vira uma forma humana escura correndo entre as árvores, mas, quando sua visão se acostumou à luz, havia apenas a escuridão.

– E aí, o que você ia me falar? – perguntou Chloe de repente.

Emily estancou.

– Quando?

– Agora há pouco, boba. – A voz de Chloe era brincalhona.

Emily encolheu os dedos dos pés adormecidos em suas botas. Mais uma vez, o pêndulo balançou na direção oposta. Não havia como contar a Chloe sobre o que o pai dela fizera – não no estado em que ela estava. A última coisa que queria era chatear sua amiga e lançá-la numa espiral descendente de bebedeira destrutiva.

– Ah, não importa. Acho que só estou preocupada hoje.

– Sobre a natação?

Emily ergueu os olhos em dúvida, e Chloe sorriu.

– Você tem um dia importante amanhã, certo? Meu pai mencionou que o recrutador vai estar lá.

A simples menção ao sr. Roland varreu Emily com uma onda de nervosismo.

– Ah, sim. É verdade.

– Você não deve se preocupar – disse Chloe. – Vai se sair muito bem! Vai conseguir aquela bolsa de estudos. Posso sentir isso.

– Obrigada. – Emily empurrou-a com o quadril. – Por que você não vem também? Adoraria o apoio moral.

A expressão de Chloe se retraiu.

— Amanhã tenho que bancar a babá.

Em seguida, um som agudo perfurou o ar. Chloe puxou seu celular e olhou para tela.

— Tenho que ir. Minha mãe vai chegar em casa a tempo para o jantar hoje, por incrível que pareça.

Elas caminharam de volta aos seus carros. Os faróis do carro de Chloe piscaram quando ela destravou as portas. Após ligar o motor, Chloe abaixou o vidro e observou Emily atentamente.

— Quer dar uma passada lá em casa depois da natação? Adoraria saber como foi.

— Claro! — disse Emily.

Chloe saiu da vaga. Emily permaneceu ali por um momento, as mãos enterradas no fundo do bolso. No momento em que ia destravar a porta do carro, notou algo enfiado sob o limpador de parabrisa. Suas botas escorregaram no chão gelado quando ela se apressou para puxar o papelzinho.

Era uma foto, impressa em papel comum, provavelmente tirada com uma câmera de celular. Duas garotas dançavam juntas, uma delas com o braço estendido para tirar a foto. Depois de observar a foto por um instante, Emily percebeu que estava encarando sua própria imagem. Ela usava uma camiseta com os dizeres MERCI BEAUCOUP, e sua pele parecia pálida e abatida. Atrás dela, havia tochas *tiki* flamejantes, palmeiras ondulantes e um bar de madeira familiar com uma parede de azulejos cerúleos.

Jamaica.

Em seguida, Emily olhou para a outra garota, a que tirara a foto. O ar abandonou seus pulmões. Era Tabitha. Esta era a foto que ela havia tirado durante o breve momento em que haviam dançado juntas.

Crack. Outro galho estalou no bosque. Emily examinou a ponte, seu coração martelando. Em seguida, virou a foto. Havia algo rabiscado ali. A letra era a mesma do cartão-postal que elas tinham encontrado na caixa de correio da antiga casa de Ali.

O queixo de Emily caiu conforme lia as palavras.

Isso é o suficiente como prova? – A

23

FAZENDO O QUE FOR PRECISO

— Aí está ela! — O sr. Marin abriu os braços quando Hanna entrou no saguão no nível inferior do prédio de escritórios onde dava uma festa de arrecadação de fundos de campanha. — Minha inspiração! A nova queridinha do público!

Vários convidados se viraram e sorriram quando o sr. Marin abraçou Hanna, apertando o rosto dela contra seu terno de lã.

— Minha filha passou por muita coisa, mas ela é um exemplo de como as pessoas podem mudar. Como a Pensilvânia pode mudar. E como *nós* podemos fazer isso acontecer.

Finalmente, ele a soltou, dando a Hanna um sorriso animado. O sorriso de Hanna era, na melhor das hipóteses, hesitante. Em quarenta e oito horas seu pai poderia saber a verdade sobre ela — mais uma verdade.

Como ela poderia conseguir dez mil dólares? E, mesmo que descobrisse um modo de pagar Patrick, como poderia fazer A parar?

Hanna puxou seu celular e começou a digitar um texto para Mike.

Você estava certo sobre Patrick. Sinto sua falta. Por favor, me ligue.

Quando apertou ENVIAR, percebeu que alguém vinha rapidamente em sua direção. Hanna apertou seus olhos para ver o casaco azul brilhante de equipe de natação de Rosewood Day. Era Emily?

— Voltarei num segundo — disse a seu pai, que se virara para falar com um homem vestindo um terno preto. Hanna saiu repentinamente do saguão e foi para o lado externo, que estava gelado. O cabelo louro-avermelhado de Emily estava desarrumado, e seus olhos verde-claros pareciam vermelhos.

— Eu tinha que falar com você — disse Emily ao ver Hanna.
— E você desliga quando chamo, então imaginei que esta era a única maneira.
— Como sabia que eu estaria aqui? — perguntou Hanna com as mãos nos quadris.

Emily revirou os olhos.
— Você postou tudo no Facebook. Com A correndo solta por aí, você não acha que deveria ser um pouco mais reservada sobre o seu paradeiro, Hanna? Ou ainda não acredita que tudo isso é real?

Hanna se afastou.
— Não sei o que pensar.
— Então você também recebeu mensagens?

Um casal de idosos passou por elas e empurrou as portas do saguão. No meio do grande salão, o pai de Hanna apertava mãos e distribuía tapinhas nas costas. Aquele era um lugar público demais para falar sobre A. Ela empurrou Emily para um ponto mais afastado do pátio e baixou o tom de voz. – Já disse que tenho recebido mensagens.

– Alguém sabe, Hanna. – A voz de Emily falhou. – A me enviou uma foto minha com... *ela*.

– O que você quer dizer com isso?

Emily puxou a foto e a empurrou para o rosto de Hanna. Sem dúvida era da Jamaica.

– Quem pode ter conseguido isso? Quem sabe?

– É ela, Hanna. Tabitha. *Ali*.

– Mas isso é impossível! – gritou Hanna. – Nós...

Emily interrompeu-a.

– Todas as minhas mensagens até agora soavam exatamente como algo que Ali poderia ter escrito. Em uma delas, ela até me chamou de *Delegada*.

Hanna olhou para o nada. Claro que suas mensagens lembravam Ali.

– Não é possível.

– Sim, é! – insistiu Emily, parecendo muito nervosa. – E você sabe disso. Pense sobre o que aconteceu. O que nós fizemos. O que nós vimos ... *ou não* vimos.

Hanna abriu a boca e em seguida a fechou novamente. Se ela se permitisse falar ou pensar sobre a Jamaica, a voz horrível de Tabitha invadiria sua cabeça novamente.

Mas já era tarde demais. Visões invadiram a mente de Hanna como formigas num piquenique. Aquela noite terrível, depois que Tabitha dera a entender que sabia que Hanna tinha sido uma gordinha feia e perdedora, Spencer e Emily correram em sua direção, a preocupação estampada nos seus rostos.

— Precisamos conversar! — disse Spencer. — Aquela garota que Emily viu no desembarcadouro? Há algo estranho sobre ela.

— Eu sei — confirmou Hanna.

Elas encontraram Aria sozinha no bar. Ela dissera que também encontrara Tabitha, mas que ainda não acreditava que ela era Ali.

— Tem que ser uma coincidência — disse ela.

— Não é — insistiu Emily.

As três arrastaram Aria até o quarto que ela e Emily dividiam e trancaram a porta três vezes. Em seguida, uma por uma, elas compartilharam as conversas estranhas que haviam tido com a garota parecida com Ali, Tabitha. A cada história, o coração de Hanna batia mais e mais rápido.

Aria franziu a testa, ainda cética.

— Tem que haver uma explicação lógica. Como ela pode saber coisas que apenas Ali sabe, dizer coisas que apenas Ali diz?

— Porque ela é Ali — insistiu Emily. — Ela está de volta. Apenas... está diferente. Você viu as cicatrizes.

Aria piscou.

— Quer dizer, você está dizendo que ela *não morreu* no incêndio?

— Acho que não. — Emily fechou os olhos, a culpa tomando conta dela novamente. Depois engoliu em seco. — Acho que ela conseguiu escapar.

O quarto ficou em silêncio. Houve um baque alto em um dos andares superiores; como se crianças estivessem brincando de luta em seus quartos.

Aria limpou a garganta.

— Mas e a família dela? Quem a está sustentando? Como ela *chegou* aqui?

—Talvez eles não saibam que ela está viva — sussurrou Emily.
—Talvez ela tenha se tornado uma delinquente.
— Mas se aquela *é mesmo* Ali, passou por uma grande cirurgia reconstrutora — afirmou Aria.
—Você mesma disse isso, Em. E você realmente acredita que ela passou por tudo aquilo sozinha? Como teria pago pela cirurgia?
— É de Ali que estamos falando. — Hanna abraçou um travesseiro. — Eu não duvidaria do que ela é capaz de fazer.

Perguntas não formuladas flutuavam quase palpáveis pelo ar: e se Ali as tivesse seguido deliberadamente até a Jamaica? E se estivesse planejando acabar o que começara em Poconos? O que elas deveriam fazer?

Um som abafado e arranhado fez as meninas se virarem. No tapete bem perto da porta, havia um papel de carta do resort dobrado. Alguém, claramente, acabara de empurrá-lo para dentro do quarto.

Spencer levantou-se de um pulo e o agarrou. As garotas se juntaram e leram a mensagem.

Oi, garotas! Encontrem-me no mirante em dez minutos.
Quero mostrar algo a vocês. Tabitha.

Um trem atravessou a Rota 30, tirando Hanna de suas lembranças. Ela apertou o ossinho do nariz e encarou Emily.
— Será que Wilden acreditaria em nós?
— Ouvi dizer que ele não é mais um policial. — Emily esfregou as mãos para cima e para baixo em seus braços, tremendo. — E você poderia imaginar a cara dele se contássemos que estamos sendo torturadas por uma garota morta? E, de qualquer forma, se contarmos a alguém, A nos delataria tam-

bém. E nós não podemos deixar isso acontecer, Hanna. Não podemos.

— Eu sei — disse Hanna baixinho, seu coração batendo forte.

A porta do saguão se abriu com força, trazendo uma onda de ruído da festa. Jeremiah saiu, parecendo fulo da vida.

— O que você está fazendo aqui fora? E quem é essa? — Ele olhou para Emily como se ela fosse uma espiã.

— Uma amiga — vociferou Hanna.

— A amiga que escreveu *isto*? — Jeremiah enfiou seu iPad na cara de Hanna. Na tela havia uma mensagem de e-mail.

Hanna tem se metido em todo tipo de problema ultimamente. Melhor perguntar a ela sobre isso antes que os repórteres o façam.

O endereço do remetente era um amontoado sem sentido de letras e números.

— Ah, meu Deus — sussurrou Emily, lendo a mensagem sobre o ombro de Hanna.

Jeremiah olhou para ela.

— Você sabe do que se trata?

— Não — gaguejaram juntas Emily e Hanna. Isso era a verdade, pelo menos para Hanna. Ela não sabia *sobre qual* confusão em que ela estava metida a mensagem se referia: se o que acontecera na Jamaica ou o que acontecera com Patrick.

As narinas de Jeremiah se dilataram. Ele enfiou o iPad em sua maleta. A aba ficou entreaberta, dando a Hanna um vislumbre de um pacote de Marlboro Lights e da bolsa cinza que continha o dinheiro da campanha.

— Comece a falar, Hanna. Você tem alguma coisa para me contar?

— Já disse que não! — respondeu Hanna rapidamente.

— Tem certeza? É melhor eu saber antes que outra pessoa saiba.

— Pela última vez, *não*.

Uma gargalhada elevou-se do saguão. Jeremiah deu a Hanna e Emily outro olhar fulminante.

— O que quer que isso seja, é melhor que você esclareça antes que a imprensa fique sabendo. Eu *sabia* que você não deveria ter posto o pé em nenhum lugar perto desta campanha. Se fosse por mim, você não faria parte disto, Hanna.

Ele se afastou fumegando e atravessou o saguão em direção ao elevador nos fundos do salão.

Hanna cobriu o rosto com as mãos.

Emily tocou o ombro dela.

— Hanna, isso está ficando cada vez pior. Se não fizermos nada, A vai arruinar a campanha do seu pai! Sem falar de nossas *vidas*! Nós iremos para a cadeia!

— Não temos como saber se aquela mensagem é de A — resmungou Hanna.

— De quem mais seria?

Hanna observou Jeremiah entrar no elevador. A luz do mostrador sobre a cabine parou no terceiro andar, onde ficava o escritório de campanha do sr. Marin. A imagem da bolsa cinzenta dentro da maleta de repente surgiu na mente de Hanna. Ela espiou seu celular. Mike não tinha escrito de volta. Ela ergueu o queixo, séria. Talvez não fosse capaz de controlar A, mas talvez tivesse acabado de encontrar uma solução para Patrick.

Arrumou o cabelo e olhou para Emily.

—Você deveria ir para casa. Vou cuidar disso.
Emily torceu o nariz.
— *Como*?
— Apenas vá, certo? — Hanna empurrou Emily na direção do estacionamento. — Ligo para você mais tarde. Vá direitinho para casa, está bem?
— Mas...
Hanna voltou para o saguão — não queria ouvir mais os protestos de Emily. De cabeça baixa, deslizou discretamente pelos cantos do salão. As pessoas faziam fila no bufê, servindo-se de hambúrgueres de avestruz e salada *caprese*. Kate paquerava Joseph, um dos assistentes mais jovens do sr. Marin. Isabel e o pai de Hanna riam de algo que um grande doador — que prometera apoiá-lo na eleição — dizia. Ninguém notou quando Hanna, silenciosamente, abriu a pesada porta que dava para a escada e entrou.

Ela subiu três lances, seus saltos pontiagudos ressoando nos degraus de concreto. No andar do escritório de seu pai, empurrou a porta que dava para o corredor e reconheceu a cabeça careca de Jeremiah do lado de fora do escritório da campanha. Ele conversava, animado, em seu Droid. *Vamos lá, vamos lá*, instigou Hanna em silêncio. Finalmente, Jeremiah desligou, empurrou a porta dupla e apertou DESCER no botão do elevador.

Hanna achatou-se contra a parede e prendeu a respiração, rezando para que ele não a visse. Enquanto Jeremiah esperava, vasculhou os bolsos do terno dele, puxando para fora recibos e outros papeizinhos. Um objeto caiu no carpete, mas ele não notou.

Ding. As portas do elevador se abriram, e Jeremiah entrou. Assim que as portas se fecharam, Hanna caminhou para a frente, vendo o objeto brilhante que ele deixara cair. Era um prendedor de notas de prata com as iniciais *JPO*. Tudo estava se encaixando até melhor do que ela havia imaginado.

Ela o pegou com o punho de seu casaco puxado sobre os dedos e o empurrou para dentro do escritório de seu pai.

A sala cheirava ao pungente perfume de Jeremiah. Cartazes em vermelho, branco e azul dizendo TOM MARIN PARA SENADOR cobriam as paredes. Alguém largara um sanduíche tipo italiano comido até a metade em um dos cubículos, e uma cópia do *Philadelphia Sentinel* com a manchete virada para baixo estava jogada sobre um dos sofás de couro preto no canto.

Hanna, na ponta dos pés, foi até a sala de seu pai, que ficava separada. O abajur verde ainda estava ligado. Ao lado de um telefone, estava a foto do casamento do sr. Marin e Isabel num porta-retratos da Tiffany. Kate estava na frente dos recém-casados, e Hanna se escondia levemente para o lado, como se eles não quisessem que ela aparecesse na foto. Hanna nem mesmo olhava para a câmera.

Olhando em volta freneticamente, viu um pequeno cofre cinzento no canto ao lado da janela. Ela sabia que o tinha visto na noite da exibição do comercial; tinha que ser onde Jeremiah depositava os fundos de campanha.

Ela correu em direção ao cofre e se agachou. Ele era do tipo usado em quartos de hotel, para abri-lo, era preciso digitar um código de quatro dígitos num teclado.

Olhando em torno, agarrou um lenço de papel de uma caixa sobre a mesa de seu pai, assim não deixaria impressões digitais. Primeiro, tentou 4 de novembro, a data da eleição no ano seguinte, mas duas luzes vermelhas zangadas piscaram diante de seu rosto. E 1-2-3-4? Mais luzes vermelhas zangadas.

1-7-7-6, a data da assinatura da Declaração da Independência norte-americana, para ser patriótico e criativo?
Nada.
Nheec.
Hanna saltou, encarando a porta apavorada. Seria Jeremiah de volta, procurando seu prendedor de notas? Não havia sombras visíveis através do vidro fosco. Outro *nheec* soou na direção oposta. Ela se moveu rapidamente e encarou seu reflexo na janela escurecida. Seus olhos estavam escancarados e enormes, seu rosto estava pálido.

– Olá? – chamou Hanna. – Tem alguém aí?

A neve caía levemente na calçada do lado de fora da janela. Do outro lado da rua, um carro estava estacionado com os faróis acesos. Havia um vulto sentado na sombra, no banco do motorista. Hanna estava louca ou a cabeça da pessoa estava curvada em direção ao escritório do seu pai, olhando diretamente para ela?

Inspirando profundamente, ela se agachou e examinou o cofre mais uma vez. A combinação tinha que ser algo que ela conhecia. A foto do casamento de seu pai chamou sua atenção novamente. Com mãos trêmulas ela digitou o aniversário de Isabel. Luzes vermelhas. Engolindo em seco ela digitou o próprio aniversário, 23 de dezembro. Luzes vermelhas. Olhou novamente para Kate sorrindo na foto, em seguida digitou 1-9-0-6, 19 de junho, aniversário de Kate.

Click.

As luzes ficaram verdes. A trava se soltou, e a porta girou lentamente, abrindo o cofre.

Hanna encheu-se de um sentimento de dor horrível – *claro* que ele tinha configurado a combinação com o aniversário de Kate –, mas esqueceu aquilo quando viu as pilhas altas e bem-arrumadas de cédulas. Ela puxou um maço de dinheiro e o contou. Três maços mais e somaria exatamente dez mil. Havia muito mais dinheiro no cofre; ela se perguntava se seu pai daria falta daquele.

Hanna enfiou o dinheiro em sua bolsa e empurrou a porta do cofre, fechando-a. Em seguida, como um toque final, jogou o prendedor de notas de Jeremiah alguns centímetros adiante.

Sua cabeça girava quando se levantou. O dinheiro parecia pesar mil quilos em sua bolsa. Espiou pela janela novamente. O carro ainda estava parado lá, o motorista imóvel no banco da frente. Teria sido vista? Seria A?

Um momento depois, o motor foi ligado.

Em seguida, sem fazer barulho, o carro se afastou, as faixas dos pneus deixando marcas enrugadas no chão que até aí estivera coberto de neve imaculada.

24

A FANTASIA DE QUALQUER GAROTO

A garçonete colocou uma caneca de chocolate quente em frente a Aria e estalou a língua.
— Uau. Você parece estar com *frio*.
— Você acha? — resmungou Aria com ironia, pressionando suas mãos contra a caneca quente e desejando que a garçonete desaparecesse. Frio era exatamente o motivo de Aria estar sentada o mais perto possível do fogo no chalé de esqui. Na verdade, *entraria* no fogo se pudesse. Lá fora, a neve rodopiava em torno das enormes luzes suspensas, e toneladas de esquiadores zuniam descendo as encostas e não pareciam sentir nem um pingo de frio. Rapazes sem gorros desciam pela montanha fazendo ziguezague. Garotas despencavam de lá de cima em seus *snowboards* usando apenas suéteres Fair Isle e jeans. Eles provavelmente não tinham passado horas sentados, a neve fria encharcando seus equipamentos supostamente de alta tecnologia, deslizando diretamente para sua pele de não esquiadores. Aria tinha certeza de que até suas pálpebras estavam congeladas.

A noite fora miserável.

Depois que Klaudia pegou o teleférico sem Aria, Noel deu de ombros.

—Talvez seja melhor, de qualquer forma, você ter aulas com um instrutor de verdade.

Em seguida, largou Aria na Escola de Esqui e desapareceu no teleférico da encosta Diamante Negro.

Honestamente, Aria não estava certa de por que não desistira bem naquele momento, mas por alguma razão tinha pensado que esquiar poderia ser fácil; talvez ela pudesse aprender rapidamente e se juntar a Noel na encosta. *Tá bem*.

A aula para iniciantes estava cheia de crianças de sete e oito anos. O instrutor, um rapaz australiano de boa índole chamado Connor, presumiu que Aria fosse babá de uma das crianças, levou-os para a encosta para iniciantes, com um declive quase imperceptível, e ensinou-lhes como parar os esquis com uma manobra chamada *snowplow*. Desnecessário dizer que cada uma das crianças dominou a técnica antes de Aria. A única vez que conseguiu descer a encosta para iniciantes foi quando deslizou sobre o traseiro. De vez em quando, ela via Noel e Klaudia descendo rapidamente, levantando montes de neve quando paravam no pé da colina. Nenhum deles olhou na direção da encosta para iniciantes. Por que fariam isso? Por que iriam querer saber como a *peikko* estava indo?

— Aí está você!

Aria ergueu os olhos assim que Noel entrou ruidosamente no chalé. Neve e gelo se acumulavam em sua jaqueta e esqui. Klaudia o seguia, as bochechas rosadas e o cabelo louro ainda perfeitamente arrumado. Os dois pareciam sem fôlego e alegremente exaustos, como se tivessem passado horas fazendo sexo. Aria rapidamente mordeu a parte interna da bochecha e se virou.

Os dois irmãos de Noel, Eric e Christopher, cambalearam atrás deles.

– Você foi incrível lá fora, Klaudia! – gritou Eric quando a viu. – Há quanto tempo você esquia?

– Ah, eu *hiihto* antes de andar! – Klaudia abriu o zíper do casaco.

– Vocês a viram nos *moguls*? – Noel tirou o chapéu e os óculos. – Ela foi sensacional. As pessoas nas cadeirinhas do teleférico torciam e aplaudiam como se estivéssemos nos jogos Olímpicos.

– Era boa montanha – admitiu Klaudia. – Um pouco fácil, mas ainda assim divertida.

Aria deixou escapar um ruído sarcástico, o que fez todo mundo parar e encarar.

Noel se aproximou e se sentou na cadeira de couro decorado ao lado de Aria.

– Oi.

– Oi – respondeu Aria sem emoção, olhando fixamente para suas mãos arroxeadas. Elas provavelmente nunca mais voltariam ao normal.

– Onde foi que você se escondeu? – perguntou Noel. – Fiquei procurando você nas encostas, mas não a vi. Imaginei que nós nos encontraríamos no topo da montanha depois da Escola de Esqui.

Aria queria derramar o chocolate quente na cabeça dele.

– Desculpe, mas a Escola de Esqui não me ensinou a esquiar em *moguls*. Espero que você e *Klaudia* tenham se divertido. – Ela odiava seu tom de voz, mas já não conseguia esconder como se sentia.

Noel franziu a testa.

– Foi você quem não quis que ela lhe desse aula. Não fique brava porque ela fez o que você queria.

Aria cerrou os punhos. Claro que era culpa dela – Klaudia era completamente inocente.

– Ei, pessoal, vocês sabem que horas são? – interrompeu Christopher. – Hidromassagem!

– *Isso aí!* – exclamou Eric.

– Eu amo *poreammeita*! – Klaudia pulou para cima e para baixo como se estivesse no jardim de infância.

Noel olhou para Aria.

– O que você diz? Uma imersão numa banheira de hidromassagem quente antes do jantar? Você vai adorar. Prometo.

Aria olhou fixamente para os *marshmallows* derretendo em seu chocolate quente. A garota de mau-humor e irritada dentro dela só queria subir, tomar uma longa chuveirada e assistir um filme estrangeiro no pay-per-view. Mas ela estava congelando. Talvez uma banheira de água quente dissolvesse também sua irritação.

Quinze minutos mais tarde, Aria tinha colocado seu biquíni e se enrolado em um dos roupões de banho atoalhados do chalé. Correu em disparada, atravessando o deque congelante da piscina ao ar livre, para a banheira de hidromassagem. O vapor subia alto no ar. Os jatos borbulhavam. Os irmãos Kahn já estavam imersos e bebendo garrafas de cerveja. Quando Noel viu Aria, afastou-se para abrir espaço. Ela despiu seu roupão, tremeu no ar abaixo de zero e deslizou para dentro da banheira ao lado dele. *Ahhh*.

— Isso é lindo. — Aria inclinou a cabeça para olhar o céu. Montes de estrelas brilhantes piscavam. A lua resplandecia sobre a montanha. A neve reluzente caindo na montanha fazia parecer que estavam dentro de um globo de neve.

— Eu disse que você gostaria. — Noel apertou a mão dela.

Eric Kahn se inclinou para trás e esticou os braços para fora do deque.

— Mal posso esperar para atacar as encostas amanhã de manhã.

— Ouvi Klaudia dizer que ela também está ansiosa para voltar — disse Noel.

— Aquela garota é muito boa nas manobras! — murmurou Christopher. — Eu imagino no que *mais* ela é boa.

O mais velho dos irmãos Kahn riu de modo grosseiro. Aria endureceu e olhou fixamente para Noel, desafiando-o a rir também. Felizmente, ele não o fez.

Em seguida, como se tivesse sido uma deixa, a porta do hotel se abriu, e uma silhueta surgiu.

— Olá? — A voz alegre de Klaudia rompeu o ar coberto de neve.

— Ei! — gritou Eric. — Venha. A água está incrível!

Klaudia pavoneou-se até a banheira. Ela usava um roupão de banho semelhante ao de Aria, o cinto apertado em torno da cintura, o cabelo louro derramado sobre os ombros, as pernas nuas se projetavam sob a bainha. Os Kahn a observavam, as línguas para fora como cachorros. Em seguida, lentamente, como se estivesse fazendo um *striptease*, Klaudia soltou o cinto de seu roupão. Ele caiu no chão. Ela sacudiu os ombros para fora do roupão e o deixou cair também. Noel engasgou. Por um momento os olhos de Aria não podiam se concentrar — tudo o que ela pôde ver era pele, montes de pele, como se Klaudia estivesse usando um biquíni cor da pele.

Mas aí ela percebeu. Klaudia não estava usando *nada*. Ela estava total e completamente nua.

— Puta merda! — Christopher deixou escapar enfática e apreciativamente.

— Uau — suspirou Eric baixinho.

Noel também olhava estupidamente para ela. Klaudia apenas ficou lá, como uma louca finlandesa exibicionista, os seios balançando para o mundo inteiro ver. Nenhum dos Kahn lhe disse para se cobrir. Por que eles o fariam?

Foi demais. Deixando escapar um grito contido, Aria se içou para fora da banheira, agarrou uma toalha e correu para a porta, mal sentindo o ar frígido em sua pele ou o concreto gelado sob seus pés. Assim que saiu, enrolou a toalha em volta do corpo, cambaleou em direção aos elevadores e apertou o botão de chamada repetidamente. Claro que este seria o momento em que o elevador decidiria parar em todos os andares.

— Ei?

Aria deu um pulo e se virou. Noel estava na porta, o vapor obscurecendo seu corpo meio nu. Havia uma trilha de pegadas molhadas de onde ele viera.

— Aonde você está indo?

Aria apertou o botão de chamada outra vez.

— Para o meu quarto.

— Você não deveria se desculpar primeiro?

Ela virou-se bruscamente.

— Com quem?

— Klaudia não fez nada de errado, Aria.

Ela olhou estupidamente para ele.

—Você está *brincando* comigo?

Noel apenas deu de ombros.

Parecia que um bilhão de vasos sanguíneos haviam acabado de explodir no cérebro de Aria.

— Certo, *certo*. Que seja. Se vocês querem ter seu pequeno *ménage* com Klaudia, tudo bem. Mas não na minha frente, certo? Não acho que eu deva mesmo *assistir*.

Finalmente as portas do elevador deslizaram, abrindo-se. Aria marchou para dentro, mas Noel a puxou de volta para fora. Seus olhos verdes cheios de mágoa.

— Aria, Klaudia está chorando lá fora. Ela não percebeu que deveria usar um traje de banho na banheira de hidromassagem. Na Finlândia ninguém usa! Os rapazes vão nus às banheiras de hidromassagem. As garotas vão nuas às banheiras de hidromassagem. Eles não são tão puritanos sobre isso como nós. Você não deveria ter gritado com ela. Pensei que você, mais do que qualquer outra pessoa, seria sensível a todo esse lance de diferenças culturais.

Aria arrancou seu braço da mão dele com força.

— Diferença cultural? Noel, Klaudia aparecer nua na banheira de hidromassagem não é uma questão de *cultura*, é uma questão de piranhagem!

O queixo de Noel caiu. Ele fechou os olhos e balançou a cabeça como se não pudesse acreditar nela. Como se pensasse que ela estava sendo uma chata ciumenta.

As portas do elevador começaram a se fechar novamente, mas Aria colocou o pé entre elas e as impediu.

— Klaudia quer ficar com você, Noel — disse ela, friamente.

— E, se você não estivesse tão impressionado com ela, também notaria que ela na verdade está sendo bastante óbvia a respeito.

Ela entrou no elevador e apertou com força o botão FECHAR. Uma parte dela esperava que Noel entrasse e subisse com ela, mas ele apenas ficou parado no saguão, piscando, o rosto cheio de desapontamento. Com um ruído as portas se fecharam, e em poucos instantes o elevador levou Aria para seu andar.

Aonde Noel foi depois daquilo, ela não sabia.

E tentou enganar-se fingindo que não ligava.

25

UMA GRANDE FAMÍLIA FELIZ

Às oito da noite em ponto, Spencer, Zach e Amelia passaram sob o toldo verde e branco de Smith e Wollensky, a churrascaria de prestígio na Terceira Avenida, e entraram pelas portas duplas com puxadores de latão.

Havia seis pessoas na área do bar, e todos gritavam. Homens de negócios sentados em mesas de carvalho gigantes comiam bifes enormes e hambúrgueres suculentos do tamanho de suas cabeças. Esposas-troféu bebericavam martínis e piscavam de maneira provocativa para os rapazes irlandeses de paletós brancos que enchiam gigantescas taças de vinho atrás do bar. O ar cheirava a testosterona e carne.

— Pode apostar no meu pai para escolher algum lugar ultramasculino — disse Zach no ouvido de Spencer enquanto uma *hostess* os guiava pela sala de jantar lotada onde seus pais esperavam por eles. — Você realmente acha que sua mãe considera este lugar romântico?

Spencer duvidava disso, mas beliscou o braço dele.

– Agora devemos nos comportar da melhor maneira possível, lembra?

Zach ergueu a sobrancelha.

– Na verdade, proponho que nos comportemos da *pior* forma possível.

– Ah, é? O que tem em mente?

– Jogo de beber. – Os olhos de Zach brilharam. Ele abriu sua mochila e mostrou a Spencer a pontinha de um cantil de aço inoxidável. – Está cheio de *Absolut Kurant*.

– Menino malvado! – sussurrou Spencer. – Estou dentro. Aqui está minha regra: toda vez que minha mãe se preocupar exageradamente com o seu pai, nós tomamos um gole.

– Feito. E cada vez que meu pai agir como um figurão, nós bebemos.

Spencer riu.

–Vamos ficar de porre antes de a comida chegar.

Zach riu também.

– Não é essa a ideia?

Arrepios subiram pelas costas de Spencer. Depois daquele momento tentador no provador, Zach ficara mais meloso que nunca, esfregando sua mão contra a cintura de Spencer e dando inesperados apertos na mão dela sempre que Amelia surgia numa roupa particularmente fabulosa. Quando passaram pela Cartier no caminho para a Saks, ele até agarrou a mão de Spencer e perguntou se ela gostaria de entrar – ele compraria algo para ela.

– Só se for um anel de compromisso de platina – provocou ela. Aquilo fizera Amelia esboçar uma cara enjoada e caminhar vários passos à frente deles pelo resto da tarde.

A sra. Hastings acenou para os três enquanto eles se aproximavam da mesa. O sr. Pennythistle estava sentado à direita dela. Ambos vestiam trajes formais, o sr. Pennythistle num smoking e a mãe de Spencer num vestido de contas que se agarrava firmemente ao seu corpo magro. Uma garrafa de vinho tinto já estava posta sobre a mesa, junto com uma travessa de lulas fritas. Quando os garotos se sentaram, a sra. Hastings fez um prato para o sr. Pennythistle.

— Sei que você detesta aqueles pedaços com tentáculos — disse ela numa voz maternal, colocando o prato em frente a ele.

— Obrigada, querida — agradeceu o sr. Pennythistle, apanhando sua faca e seu garfo.

Spencer e Zach trocaram um olhar e quase explodiram em gargalhadas ao ouvirem a palavra *tentáculos*. Zach disfarçadamente alcançou seu frasco e despejou um pouco no copo dele e no de Spencer, cheios de água com gás. Os dois tomaram um grande gole.

— E o que vocês, crianças, fizeram hoje? — A sra. Hastings mergulhou um pedaço de lula numa tigela de molho marinara.

— Ah, nós fizemos coisas de turistas em Nova York — disse Spencer. — Sak's, Bendel's, Barneys, Amelia comprou um monte de roupas lindas.

— Ah, essas lojas são fascinantes — suspirou a Sra. Hastings, pensativa.

O sr. Pennythistle franziu a testa.

—Vocês não foram a nenhum museu? Não visitaram a bolsa de valores?

Amelia ficou de boca fechada. Zach murchou em sua cadeira. O sr. Pennythistle empurrou um calamari para dentro de sua boca com gosto.

— E o passeio no Carnegie Hall que providenciei para você, Amelia? Tive que mexer uns pauzinhos para conseguir aquilo.

— Irei amanhã, papai — falou Amelia rapidamente. *Puxa-saco.*

— Bom. — O sr. Pennythistle concordou com a cabeça e olhou para Zach. —Você está me dizendo que não se encontrou com Douglas?

Spencer deu uma olhada para Zach — tinha se esquecido da reunião dele com o sujeito das admissões em Harvard. Zach deu de ombros.

— Eu não estava com vontade.

O sr. Pennythistle piscou várias vezes.

— Mas ele estava esperando seu telefonema! — Ele puxou seu BlackBerry. —Verei se ele pode se encontrar com você amanhã de manhã...

Zach parecia prestes a explodir.

— Sabe, nem todos querem ir para Harvard, pai.

O queixo do sr. Pennythistle caiu levemente.

— Mas... você vai amar Harvard, Zachary. Algumas de minhas melhores lembranças são do tempo em que estudei lá.

— E *é* uma escola fascinante — concordou a sra. Hastings. O sr. Pennythistle apertou a mão dela, agradecido.

Mas Zach cruzou as mãos por cima da mesa, sem piscar.

— Não sou *você*, papai. Talvez eu queira outras coisas.

Parecia que o sr. Pennythistle ia dizer mais alguma coisa, mas a sra. Hastings rapidamente interrompeu.

— Bem, bem, não vamos brigar! — Ela empurrou o prato de lulas em direção a Zach como se fosse um consolo. —Todos estamos aproveitando tanto nossa estada em Nova York. Vamos mantê-la assim.

Um tilintar soou do celular do sr. Pennythistle.

— Ah! — disse ele, olhando para a tela. — Douglas pode encontrar você às dez, amanhã de manhã. Problema resolvido.

Um garçom se aproximou para anotar os pedidos. Spencer virou-se para Zach.

—Você está bem?

O rosto de Zach ficou tenso. Manchas vermelhas apareceram em seu pescoço e bochechas.

— Tudo o que digo a ele entra por um ouvido e sai pelo outro.

— Sinto muito.

Zach deu de ombros e disfarçadamente colocou mais vodca em suas águas.

— É a história da minha vida. Mas, ouça, nós temos algumas doses a recuperar. Meu pai sem dúvida estava tentando mostrar seu poder.

— Pelas minhas contas, nós temos que tomar pelo menos cinco drinques — sussurrou Spencer.

E houve muitas oportunidades para beber depois daquela. Uma vez que eles fizeram os pedidos, a conversa se voltou para o sr. Pennythistle e o quanto ele era um cliente leal a Smith and Wollensky, que tinham colocado seu nome numa placa de bronze na parede — *um gole, mais um e mais outro*.

Quando a comida chegou, a sra. Hastings lutou para conseguir molho de bife para a bisteca do sr. Pennythistle, maionese para suas batatas fritas e a carta de vinhos para ele poder escolher outra garrafa — *um gole, mais um e mais outro*.

Spencer estava tão tonta por causa da vodca que mal sentiu o gosto do filé – ela nem tinha certeza de por que o havia pedido. Zach continuou explodindo em gargalhadas em intervalos aleatórios. Amelia os encarava com suspeita do outro lado da mesa, mas não disse palavra alguma. Spencer não bebia tanto desde... bem, desde o verão. Mas ela isolou aquela parte de sua mente antes que começasse a aprofundar seus pensamentos sobre aqueles dias.

À medida que o jantar avançava, o pai de Zach e a mãe de Spencer se aproximaram cada vez mais até que ficaram praticamente um no colo do outro. O sr. Pennythistle deu creme de espinafre na boca da sra. Hastings. A sra. Hastings limpou um pouco de molho de carne da bochecha do sr. Pennythistle. Certamente, Spencer não via a mãe tão feliz havia muito tempo — ela e o ex-marido não eram muito afetuosos. Spencer e Zach também tinham se aproximado, seus pés batendo por baixo da mesa e suas mãos se tocando enquanto eles esvaziavam o frasco de Zach.

Quando a garçonete trouxe pedaços gigantes de *cheesecake* para a sobremesa, o sr. Pennythistle bateu seu garfo contra o copo.

— Bem, crianças, temos um anúncio a fazer. — Ele olhou em volta da mesa. — Pensávamos em manter isso em segredo até amanhã, mas podemos lhes contar agora. — Ele pegou a mão da mãe de Spencer. — Pedi Veronica em casamento. E ela aceitou meu pedido.

Spencer encarou a mãe, que tirava uma caixa da Tiffany de sua bolsa. A caixa rangeu quando se abriu, revelando um enorme anel de diamante.

— Uau! — suspirou Spencer, sentindo-se, como sempre, reverente frente aos diamantes. — Parabéns, mamãe.

— Obrigada! — A sra. Hastings deslizou o anel em seu dedo.

— Nós contamos as novidades a Melissa antes de vocês chegarem. Ela quer que façamos a cerimônia na casa dela na cidade, mas estou pensando em fazer algo um pouco mais fabuloso.

— Quando vocês vão se casar? — perguntou Zach, tímido.

— Achamos que o casamento será daqui alguns meses — disse o sr. Pennythistle com as bochechas rosadas de orgulho.

— Talvez façamos uma festa em algum lugar fora daqui. Não decidimos ainda — acrescentou a sra. Hastings. — Mas, por enquanto, perguntei a Nicholas se ele se mudaria para a nossa casa, Spencer. Amelia e Zach serão seus meios-irmãos em breve, então vocês também devem se habituar uns com os outros.

Amelia fez um som de horror, mas Spencer e Zach viraram-se um para o outro e sorriram, bêbados.

— Ei, mano! — brincou Spencer, socando Zach no ombro.

— Prazer em conhecê-la, mana! — respondeu Zach de volta numa voz absolutamente *não* fraterna. Ele escondeu sua mão sob a mesa, entrelaçada com a de Spencer e apertou-a com força.

— Isso definitivamente pede um brinde! — A sra. Hastings acenou para um garçom. — Acho que as crianças podem tomar uma taça de champanhe, você não acha, Nicholas?

— Só desta vez — disse o sr. Pennythistle, abrindo uma exceção.

— Uma rodada de champanhe! — A sra. Hastings vibrava.

As taças chegaram imediatamente.

Spencer e Zach se olharam mais uma vez, desafiando, um ao outro a não rir.

— Saúde! — gritaram os dois. Eles tocaram suas taças uma na outra e beberam.

A mãe de Spencer e o pai de Zach partiram para o Metropolitan Museum of Art logo depois do jantar, então deixaram os filhos nas escadas rolantes do Hudson. Amelia recolheu-se para seu quarto imediatamente, mas Spencer e Zach não se apressaram, rindo sobre a decoração falsamente minimalista do hotel e a onipresente música techno.

Os quartos deles eram bem ao lado um do outro, e os dois destravaram suas portas com as chaves magnéticas em uníssono.

– Puxa vida! – disse Spencer quando abriu a porta. – É como aqueles hotéis-cápsula no Japão! – Um carregador trouxera suas coisas para cima mais cedo, então ela não esteve dentro do quarto até agora. A coisa toda era do tamanho do lavabo da família no primeiro andar da casa dela.

– Algum *hobbit* deveria morar aqui – disse Zach da porta de seu quarto. – Papai realmente tirou todas as nossas regalias.

Spencer se juntou a ele em seu quarto. Era igual ao dela – a cama mal cabia no cubículo que o hotel chamava de quarto.

– E olhe o banheiro! – gritou ela, espremendo-se dentro do espaço minúsculo. – Como alguém cabe neste banheiro?

– Pelo menos a cama é confortável! – disse Zach, trinta centímetros adiante. Ele chutou seus sapatos para longe e começou a saltar na cama. –Venha pular comigo, *mana*!

Spencer tirou seus sapatos de salto alto e subiu na cama. Manhattan piscava para eles da enorme janela panorâmica.

– Se você me chamar de mana mais uma vez, vou chutar o seu traseiro.

Zach continuou pulando.

–Você não parece capaz de chutar absolutamente nada.

– Ah, é? – Spencer pulou na cama e o atacou, empurrando-o para o colchão e envolvendo seus braços em torno da cabeça dele. Zach livrou-se facilmente, girando-a de modo que acabou por cima dela. Ele pairou sobre Spencer por um momento, o cabelo um pouco comprido pendurado sobre o rosto, a boca num sorriso confuso, e em seguida fez cócegas na barriga dela.

— Não! — debateu-se Spencer. — Pare com isso! Por favor!

— É isso o que os irmãos fazem! — riu Zach. — Acostume-se!

— Eu vou matar você! — gritou Spencer, rindo incontrolavelmente.

— Você está rindo! — berrou Zach. — Isso significa que está gostando!

Mas então ele parou, deixando-se cair no tapete e apoiando a cabeça em seu braço.

— Você é tão mau! — ofegou Spencer. — Mas gosto de você mesmo assim.

— Você gostaria de mim mesmo se eu não fosse para Harvard? — perguntou Zach.

Spencer soprou forte.

— Esse lugar é para perdedores.

— Você gostaria de mim mesmo se eu fosse gay? — Os olhos de Zach, de longos cílios, estavam muito arregalados.

Spencer piscou.

— Você *é*?

Os lábios de Zach se separaram. Seus olhos se moveram para a direita. Ele chegou mais perto dela sem responder. De repente, estava beijando-a suavemente nos lábios. Spencer fechou os olhos, sentindo sabor de vodca e molho de carne. Mas o beijo era mais amigável do que romântico, mais bêbado e forçado do que verdadeiramente sensual. Spencer achava que se sentiria desapontada, mas estava surpresa ao descobrir que não ligava. Zach tinha um monte de coisas para resolver. Talvez Spencer devesse ajudá-lo nisso, não o confundir ainda mais.

Eles se separaram, sorrindo um para o outro sem dizer uma palavra.

— Quer dormir de conchinha? — perguntou Spencer.

— Claro! — disse Zach. E em seguida envolveu seus braços em torno dela, apertando-a contra si. Isso acalmou Spencer imediatamente, e, em pouco tempo, ela caiu num sono profundo e feliz.

26

AS COISAS FERVEM NA PISCINA

Emily golpeou a água com os braços, batendo as pernas com toda a força que tinha. A parede da piscina parecia indistinta à sua frente, e ela se jogou para alcançar o bloco de cronometragem eletrônico na parede. Quando se virou, todas as outras ainda estavam terminando a corrida. *Yes*. Ela vencera! E quando olhou seu tempo no relógio, viu que chegara quatro décimos de segundo antes da melhor nadadora do ano passado.

Fantástico.

– Parabéns! – disse um dos juízes quando Emily subiu. – Você quase bateu o recorde da prova.

Raymond, o técnico dela, correu ao seu encontro e lhe deu um grande abraço, nem aí para o fato de ela estar ensopada.

– Excelente para sua primeira competição desde que voltou! – gritou ele. – Sabia que você tinha nascido para isso!

Emily retirou seus óculos e touca, os músculos vibrando e o coração ainda pulsando forte. A multidão aplaudiu. Os outros competidores saíram da piscina e a olharam com inveja. Vários colegas de equipe davam tapinhas em suas costas enquanto Emily voltava ao banco para apanhar sua roupa e toalhas.

— Impressionante! — elogiou uma garota chamada Tori Barnes, que fora a melhor amiga de Emily no verão do segundo ano do fundamental.

— Elas comeram sua onda! — completou Jacob O'Reilly, namorado de Tori, que fora apaixonado por Emily durante a temporada de natação no quarto ano do fundamental e colocara um anel de diamante da máquina de chiclete no armário dela.

Emily sorriu de volta para eles, deixando cair seus óculos ao lado da sua sacola de roupas. Esquecera-se de como era boa a sensação de vencer uma prova. Mas queria partilhar esse momento especial com alguém... bem... *especial*, e os amigos da equipe... não eram *especiais* o suficiente. Revirando sua bolsa, ela encontrou seu celular e escreveu uma mensagem para Chloe.

> Acabei de vencer a prova! Mt animada para nos encontrarmos hj à noite!

Emily mal podia esperar para celebrar — sem bebidas alcoólicas, claro.

— Emily?

Um homem de suéter da Universidade da Carolina do Norte acenou para ela, meio escondido pelo grupo de nadadores. Seu rosto estava recém-barbeado, seus olhos eram azuis, seus cabelos castanhos eram ralos, e ele carregava uma prancheta com capa de couro e uma câmera de vídeo. O sr. Roland caminhava ao lado dele. Emily sentiu várias coisas ao mesmo tempo, todas elas muito confusas. Por mais que quisesse ver o recrutador, desejava que o sr. Roland não estivesse com ele.

— Emily, este é Marc Lowry, da Universidade da Carolina do Norte — disse o sr. Roland.

— Prazer em conhecê-lo. — Emily apertou a mão do recrutador.

— O prazer é *meu* em conhecê-la — respondeu o sr. Lowry.

— Prova impressionante. Ótimo lançamento. Você é realmente promissora.

— Obrigada.

— O sr. Lowry tem algumas notícias para você — anunciou o sr. Roland. — Pode conversar conosco em particular?

Ele fez um gesto em direção à pequena sala vazia que a equipe usava para treino fora do recinto da piscina. Emily os seguiu. Um aparelho de pilates estava num canto, uma caixa de bolas medicinais e elásticos de resistência no outro. Havia uma poça de um líquido amarelo-néon, provavelmente Gatorade, que brotava ao lado da porta. Uma embalagem vazia de touca de natação Speedo jazia abandonada ao lado da janela embaçada.

O sr. Lowry deixou cair sua prancheta ao seu lado e estudou Emily.

— Com base em seu tempo e desempenho tanto hoje quanto nos últimos quatro anos, gostaríamos de lhe oferecer uma bolsa escolar integral para nossa universidade.

Emily tapou a boca com as mãos.

— *Sério?*

O sr. Lowry concordou com a cabeça.

— Não é um negócio fechado, ainda teremos que entrevistá-la, rever seu histórico escolar, tudo isso. E Henry disse que você ficou algum tempo fora das competições por causa do incidente com Alison DiLaurentis, correto?

– Sim – disse Emily. – Mas estou completamente comprometida com a natação agora. De verdade.

– Ótimo. – Quando o sr. Lowry sorriu, Emily pôde ver uma obturação de ouro no fundo de sua boca. – Bem, é melhor eu ir andando. Tenho alguns outros nadadores na área com quem conversar. Nós entraremos em contato no começo da semana. Mas pode comemorar. Isso é grande!

– Muito obrigada – disse Emily, tremendo de felicidade.

Em seguida o sr. Lowry girou nos calcanhares e deixou a sala. Emily esperava que o sr. Roland o seguisse, mas ele não o fez. Seus olhos estavam sobre Emily.

– Maravilhoso, não é? – disse ele.

– Isso é verdadeiramente, verdadeiramente incrível! – respondeu ela. – Eu não sei como agradecê-lo.

O sr. Roland ergueu a sobrancelha. Um sorriso malicioso surgiu em seus lábios. A luz fluorescente fazia sua pele parecer macabra. De repente, Emily sentiu-se como um daqueles animais selvagens que pressentem o perigo antes de vê-lo. Ele se aproximou dela, a respiração quente na bochecha dela.

– Bem, tenho algumas ideias... – Os dedos dele dançaram levemente pela pele do braço úmido dela.

Emily afastou-se.

– Sr. Roland...

– Não tem problema – murmurou o sr. Roland. Seu corpo se moveu ainda mais para perto, prendendo-a contra a parede. Ele cheirava a xampu Head & Shoulders e sabão em pó Tide, cheiros tão inocentes. Seus dedos escorregaram sob as alças do maiô dela. Ele soltou um grunhido horrível quando pressionou seu corpo contra o dela.

— Pare, por favor! — disse Emily, tentando deslizar para longe dele.

— Qual é o problema? — sussurrou o sr. Roland cobrindo a boca de Emily com um beijo. — Você queria na quinta-feira, Emily. Você me beijou. Eu senti.

— Mas...

Ela tentou fugir para o outro lado da sala, mas o sr. Roland agarrou seu pulso e a puxou de volta. Ele continuou tocando-a, beijando seu pescoço, seus lábios, seu pescoço.

O tiro de partida apitou através da porta, seguido pelo barulho dos nadadores na água. A multidão rugiu, alheia, enquanto Emily se esforçava para empurrá-lo para longe mais uma vez.

— Oh, meu Deus!

O sr. Roland virou-se para o vulto que surgira na porta. O alívio invadiu Emily por causa da interrupção bem-vinda. Mas então o rosto do sr. Roland ficou branco como uma casca de ovo.

— Ch-Chloe?

O coração de Emily foi parar nos pés. Sim, Chloe estava lá, um grande cartaz escrito à mão que dizia VAI, EMILY! pressionado contra seu peito.

— Chloe! — gritou Emily.

O sr. Roland empurrou as mãos para dentro do bolso e caminhou para o outro lado da sala, afastando-se o máximo possível de Emily.

— Não sabia que você viria, querida. Mas você ouviu a novidade de Emily? Ela conseguiu aquela bolsa de estudos!

Chloe deixou o cartaz cair no azulejo do chão. Pelo olhar arrasado em seu rosto, estava claro que vira tudo.

— Eu ia fazer uma surpresa para você — disse ela em tom monocórdio para Emily. — Vi sua prova. Vi meu pai e o recrutador a trazerem para cá para conversar e pensei... – Os olhos de Chloe flutuaram até o pai dela e de novo para Emily. Uma expressão horrorizada percorreu seu rosto. Emily olhou para baixo. A alça do maiô dela estava meio caída de seu ombro. Parecia que ela *queria* aquilo.

– Chloe, não! – protestou Emily, puxando rapidamente a alça de volta para o lugar. – Isso não é... eu não... *ele*...

Mas Chloe saiu da sala, balançando a cabeça em silêncio. Incontáveis emoções passaram por seu rosto de uma só vez – nojo, decepção, ódio. Ela produziu um som que era meio soluço, meio rosnado e depois se virou e saiu correndo.

– Chloe, espere! – gritou Emily disparando atrás da amiga, escorregando no chão molhado. – Por favor!

Mas era tarde demais. Chloe se fora.

27

AH, AS LEMBRANÇAS DAS FÉRIAS

– Oi, meninas! – chamou uma voz suavemente. – Acho que vocês receberam minha mensagem!

Hanna permaneceu imóvel ao lado das escadas do mirante. Seus nervos estalavam e crepitavam sob a pele. Tabitha, a garota que viram no restaurante de repente parecia diferente. Mais parecida com Ali do que o normal. De repente, ela pôde acreditar. Emily estava certa. Era Ali.

– Chegue mais perto, Hanna! – provocou Ali, chamando-a com o dedo. – Eu não vou morder!

Os olhos de Hanna se abriram de repente. Suor escorria na parte de trás de seu pescoço. Seu polegar estava firme entre os lábios. Depois do que houve na Jamaica, sempre que ficava realmente apavorada, passou a chupar o dedo durante o sono.

Estivera pensando em tudo aquilo outra vez. *Sonhando* com aquilo outra vez.

– Hanna? – Sua mãe bateu à porta do quarto. – Hanna? Levante-se!

Dot, o pinscher de Hanna, lambia seu rosto com grande entusiasmo. Hanna deu uma olhada no relógio digital ao lado de sua cama. Eram dez da manhã; normalmente, Hanna dormia até meio-dia nos fins de semana. Ela sentou-se e resmungou.

– Mamãe, eu não quero fazer Bikram com você! – Desde que sua mãe voltara de Cingapura no ano passado, estava obcecada em fazer noventa minutos de poses de power-ioga numa sala aquecida a 37 graus aos sábados de manhã.

– Isso não é sobre Bikram. – A sra. Marin parecia exasperada. – Seu pai está ao telefone. Ele quer que você vá vê-lo no escritório. *Agora*.

A noite anterior voltou com tudo à cabeça de Hanna. O peso daquele dinheiro roubado em sua bolsa quando ela pegou um trem noturno na cidade. A verificação compulsiva de seu celular – esperando uma resposta de Mike, uma mensagem de A, sem receber nada. O momento em que encontrara o vendedor de flores, Pete, que tinha sujeira sob suas unhas, uma tatuagem em seu pescoço e parecia querer empurrar Hanna para trás dos buquês de tulipas e apalpá-la. Entregar o envelope com o dinheiro. Olhar por sobre o ombro procurando por A, sem ver nada suspeito.

Ela não tinha ficado satisfeita em apenas dar o dinheiro a Pete. Depois disso, escondeu-se na estação de trem até que Patrick apareceu, abordou-o e exigiu que ele apagasse as fotos de sua câmera e disco rígido *na frente dela*.

– Tá – suspirou Patrick dramaticamente, puxando sua câmera e seu laptop. Hanna assistia enquanto as fotos desapareciam da pasta e da memória da câmera. Antes que ela partisse, Patrick colocou a mão em seu seio, e ela lhe deu uma cotovelada nas costelas.

Felizmente fizera a coisa certa. Nenhuma imagem seminua de Hanna aparecera na internet durante a noite. Ela não recebera nenhuma chamada alerta-vermelho de Jeremiah no celular, dizendo que arruinara tudo. Com alguma sorte, Patrick tinha tomado o primeiro avião para o México, e Hanna nunca mais ouviria falar dele outra vez.

A sra. Marin oscilou, apoiando-se um pouco em cada pé do lado de fora da porta.

– Por que ele a está incomodando num fim de semana? – perguntou, desconfiada. – É algo sobre a campanha? – Ela disse *campanha* com um virar de olhos. Hanna duvidava de que sua mãe fosse apoiar Tom Marin no dia da votação. Sempre que havia uma menção sobre ele no jornal, ela fungava em desaprovação e mudava a página, dizendo que era melhor ele não participar do governo da mesma maneira indolente com que participara do casamento deles.

– Não sei – resmungou Hanna. Ela se levantou da cama, deu um tapinha na minúscula cabeça de losango de Dot e encarou o próprio reflexo no espelho. A pele dela parecia pálida e inchada. Os lábios estavam rachados nos cantos. O cabelo estava desalinhado e cheio de nós em torno de seu rosto. Talvez seu pai a estivesse convocando até seu escritório por causa de sua campanha. Talvez estivessem discutindo novas diretrizes. Eles *fariam* algo assim num sábado de manhã?

Ela vestiu rapidamente um par de jeans Citizens e um casaco com capuz Juicy e dirigiu até o prédio do escritório de seu pai. Alguns dos cartazes de campanha da noite anterior ainda forravam o saguão. O ar estava carregado com um cheiro pungente de comida e perfume masculino. O sinal eletrônico do elevador soou alto no espaço vazio.

Quando as portas se abriram no terceiro andar, Hanna ficou surpresa ao ver que o escritório estava iluminado como se fosse um dia de trabalho normal. Seu pai estava sentado no sofá de couro preto, uma caneca de café em suas mãos. Aflita, Hanna empurrou as portas duplas, tentando impedir seus joelhos de baterem um contra o outro.

Seu pai a encarou quando ela entrou.

– Ei, Hanna. – Ele não se levantou. Não se apressou para abraçá-la. Apenas ficou sentado lá, olhando feio para ela.

– Hã, o que me trouxe aqui tão cedo? – Hanna tentou parecer jovial e brincalhona. – Será que outro grupo de controle de imagem disse que me amava?

O sr. Marin não abriu um sorriso. Tomou um grande gole do café e em seguida suspirou.

– Está faltando dinheiro de fundo de campanha. Alguém o roubou do meu escritório durante a festa, na noite passada. Dez mil dólares. Eu mesmo contei.

Um suspiro escapou da boca de Hanna antes que ela pudesse se controlar. Ele era *tão certinho* assim no controle da contabilidade de seu fundo de campanha?

– Eu sei, eu sei, é terrível. – O sr. Marin balançou a cabeça. – Mas você tem que ser honesta comigo, Hanna. Você sabe algo sobre isso?

– Não! – Hanna ouviu a si mesma dizer. – Claro que não!

O Sr. Marin colocou seu café na mesa ao lado do sofá.

– Alguém viu você tomar o caminho das escadas durante o espetáculo beneficente noite passada. Você subiu aqui?

Hanna piscou.

– Quem disse isso? – *Kate? A?*

Seu pai desviou o olhar, olhando fixamente pela janela. As marcas que aquele carro assustador tinha deixado na neve ainda estavam lá.

— Não importa. É verdade?

— E-Eu... bem, *sim*, estive aqui — disse Hanna, pensativa. — Mas foi só porque vi um homem subir até aqui primeiro. Ele estava agindo de forma suspeita e quis ter certeza de que nada estava errado.

O sr. Marin inclinou-se em direção a ela como se estivesse assistindo a uma cena tensa num filme de suspense.

— Quem você viu?

Um nódulo se formou na garganta de Hanna. Era aí onde o plano todo dela dava certo ou ruía.

— Jeremiah — sussurrou ela.

Seu pai se recostou novamente. Hanna passou a língua nos lábios e continuou, esperando que ele não pudesse ouvir o coração dela batendo freneticamente no peito.

— Eu o segui até aqui. Ele não me viu quando saiu. Entrei depois dele e olhei em volta. Mas, pai, nunca imaginei que ele *roubaria* você.

— Por que você não me contou isso ontem à noite?

— Porque... — Hanna encarava seu colo. — Sinto muito. Eu deveria ter contado.

Lágrimas brotaram de seus olhos. Ela cobriu o rosto com suas mãos.

— Sinto tanto, tanto. Nunca tiraria algo de você, papai. Estava tão contente por poder ajudar de alguma forma... por estarmos unidos. Por que eu iria arruinar tudo?

As lágrimas enchiam os olhos de Hanna. Não era apenas uma atuação para conquistar a simpatia dele — de muitas formas, era a verdade. De tantas maneiras ela desejava poder apenas contar sobre Patrick, dizer que aquilo tudo fora um erro... e eles poderiam ter ido até a polícia e resolvido a coisa toda de alguma maneira. Mas ela não suportava imaginar o desapontamento no rosto de seu pai se contasse sobre as fotos – especialmente não agora que estava caindo em suas graças. Isso destruiria tudo.

O sr. Marin suspirou. Quando Hanna ousou olhar, viu uma expressão triste e conflituosa no rosto dele.

– Também estou feliz que estejamos unidos, Hanna – disse ele, baixinho. – Ultimamente as coisas andavam difíceis entre nós.

Em seguida, ele se levantou e caminhou pela sala.

– Obrigado por me contar. Eu aprecio a sua honestidade. Encontrei algo de Jeremiah ao lado do cofre, algo potencialmente incriminador. Ele nega tudo, claro, mas não é mais parte da equipe. Isso é um crime sério.

– Você vai chamar a polícia? – perguntou Hanna, apavorada. Ela havia imaginado que seu pai apenas demitiria Jeremiah e que seria só isso. Ele precisava mesmo envolver a polícia? E se eles pudessem rastrear o dinheiro até Patrick?

O sr. Marin deu um tapinha no ombro de Hanna.

– Deixe isso comigo, Hanna. Mas você fez a coisa certa. Muito obrigado.

O telefone dele tocou. O sr. Marin disse a Hanna que ele a veria mais tarde e correu para dentro de seu escritório para atender à chamada. Não havia mais nada que Hanna pudesse fazer exceto ir embora. O elevador soou mais uma vez, ela entrou e encostou-se contra a parede.

Como se estivesse esperando a deixa, seu celular vibrou. Hanna puxou-o para fora e olhou a tela. Era uma nova mensagem... e Hanna tinha a sensação horrível de que já sabia de quem era.

O passado nunca está longe, Hannakins... e às vezes está mais perto do que você pensa. – A

– Hã? – sussurrou Hanna, olhando fixamente para a tela. Em seguida, logo que o elevador começou a descer, houve um barulho horrível de algo raspando, e, com um tranco, ele parou. Ela congelou. Não havia mais o zumbido que indicava que o motor e os cabos estavam em movimento. O elevador estava silencioso como uma tumba.

Hanna apertou o botão ABRIR A PORTA várias vezes seguidas. Nada. O botão SAGUÃO. Nadinha. Ela apertou cada botão no painel, incluindo o de chamar os bombeiros.

– Oi? – gritou ela, esperando que o pai pudesse ouvi-la através do poço do elevador. – Socorro! Estou presa!

As luzes se apagaram.

Hanna soltou um grunhido. Apenas uma pequena faixa de luz no alto do elevador era visível.

– Ei! – gritou ela, socando os painéis da porta. – Alguém! Por favor!

Mas era fim de semana; ninguém estava no prédio. Hanna puxou seu celular novamente e chamou o número do escritório do pai. O celular tentou fazer a ligação, mas, presa no elevador, não conseguia sinal. Tentou o celular da mãe, em seguida o de Spencer e o de Aria. Tentou ligar para a emergência. Nada. *A ligação não pôde ser completada.*

Gotas de suor escorriam da testa de Hanna. E se o elevador ficasse parado por muitos dias? E se o prédio pegasse fogo e ela estivesse presa ali? Era exatamente como ficar trancada naquele quarto em Poconos quando Ali colocou fogo na casa. Ou ser pega pelos faróis do carro de Mona quando ela era A, indo para cima de Hanna e a acertando. – Alguém me ajude! – gritou ela. – Socorro! E então, horrivelmente, ela ouviu a voz.

Aposto que você nem sempre foi linda, não é?

– Não! – guinchou Hanna, querendo tirar aquilo de sua mente. Ela não podia pensar sobre aquilo agora. Não podia deixar suas lembranças entrarem.

Mas a voz de Tabitha só ficava mais alta. *Sinto como se conhecesse vocês, garotas, desde sempre.*

Hanna não tinha mais condições de resistir. As lembranças da Jamaica pareciam deslizar pelas beiradas de sua mente e a pressionavam. As vozes de suas amigas fervilhavam em seus ouvidos, e de repente ela podia ver claramente o quarto do hotel no The Cliffs.

– Você acha que deveríamos ir ver o que ela quer? – Aria segurava o bilhete que Tabitha empurrara sob a porta.

– Você está louca? – Emily a olhou fixamente. – Isto é uma sentença de morte! Ali está planejando alguma coisa para nós!

– Em, não é a *Ali* – grunhiu Aria.

As outras meninas se remexeram, constrangidas.

– Na verdade, realmente *parece* Ali – sussurrou Spencer. – Nós todas pensamos que sim, Aria. Você é a única que acha que não.

Hanna olhou para o papel de novo.

– Entretanto, talvez Aria esteja certa. Se nós não subirmos agora, ela nos encontrará de outra forma. Vai nos pegar sozinhas. Pelo menos, desse modo, estaremos todas juntas.

E, assim, foram juntas. Tabitha estava esperando por elas no mirante, uma plataforma menor e mais alta, acima do restaurante que ficava no deque do telhado, um lugar perfeito para se bronzear ou olhar as estrelas. Tabitha estava sentada em uma das cadeiras, bebericando uma *piña colada*. Não havia mais ninguém lá em cima. Várias palmeiras em vasos balançavam em volta do lugar, fazendo a pequena varanda parecer privativa e demasiadamente isolada.

Quando as viu, Tabitha ficou em pé e deu um enorme sorriso.

– Oi, meninas! Acho que vocês receberam minha mensagem!

O sorriso em seu rosto era retorcido, diabólico. O olhar de Hanna se desviou para a pulseira no pulso da garota – bem como Emily dissera, era uma cópia exata da que Ali tinha feito para elas depois da Coisa com Jenna. Estava desfiada nas pontas, exatamente como a de Ali. E era daquele azul-piscina perfeito que todas haviam achado tão bonito.

Era Ali. Tinha que ser. Todos os traços de Tabitha tinham ido embora, e Hanna podia ver Ali tão claramente que doía.

Spencer pôs as mãos em volta do encosto de uma espreguiçadeira quase como se pretendesse usá-la como escudo.

– Por que você nos chamou aqui para cima?

– Porque ia mostrar algo a vocês – disse ela inocentemente.

Os olhos de Spencer se apertaram como se ela não acreditasse na garota nem por um minuto.

– Quem *é* você?

A garota colocou as mãos nos quadris e balançou para trás e para frente de modo perturbador.

– Você está bêbada, Spencer? Meu nome é Tabitha. Eu disse isso.

– Seu nome não é Tabitha – disse Emily numa voz baixa e aterrorizada. – Você sabe coisas sobre nós. Coisas que ninguém mais poderia saber.

– Talvez eu seja vidente – respondeu a garota, dando de ombros. – E, sim, há algo sobre vocês que não consigo definir. Sinto como se conhecesse todas vocês, meninas, desde sempre... mas isso é impossível, não é? – Os olhos dela brilharam maliciosamente.

O coração de Hanna pareceu parar.

Em seguida, a garota fixou o olhar em Hanna, que ainda estava estática ao lado das escadas.

– Você pode chegar mais perto, Hanna. – Acenou, chamando-a com o dedo. – Eu não vou morder! Só quero mostrar a vocês a vista incrível. É maravilhoso aqui de cima.

Hanna fechou a boca, imóvel. Em seguida, a menina deu um passo cambaleante na direção dela, aparentemente cruzando o mirante num único passo. A bebida espirrou de seu copo. Seus olhos arregalados não piscavam. Em segundos, encurralara Hanna contra a parede baixa que cercava o deque. De perto, ela cheirava a sabonete de baunilha e rum. Quando olhou nos olhos de Hanna, deixou escapar outro riso cadenciado, familiar. O coração de Hanna disparou. Pensou nas vezes que ouvira o riso de Ali, mesmo depois que ela supostamente morrera no incêndio em Poconos. Nas manhãs em que acordara suando frio, certa de que Ali estava atrás delas. Agora aquilo estava se tornando realidade.

– O que você quer de nós? – gritou Hanna, cobrindo o rosto com suas mãos. – Você ainda não está satisfeita?

A menina fez um biquinho.

– Por que vocês têm tanto medo de mim?

—Você *sabe* por quê — sussurrou Hanna, encarando a menina com olhos tresloucados. —Você é Alison DiLaurentis.

Um lampejo de algo — talvez surpresa, talvez divertimento — passou pelo rosto da garota.

— A menina *morta*? — Ela apertou sua mão contra o peito. — A assassina louca? Agora, por que é que vocês diriam algo tão horrível assim?

— Por causa de tudo o que você nos disse! — falou Aria atrás de Hanna. — Tudo o que você sabe! E por causa das queimaduras em seu corpo. Elas são resultado daquele incêndio?

A menina deu uma olhada nos seus braços queimados e sorriu, parecendo divertir-se.

— Talvez. Mas eu não sobrevivi àquele incêndio, não é?

— Ninguém realmente sabe o que aconteceu — disse Emily, tremendo. — Todos pensaram que você tinha morrido no incêndio, mas...

— Mas o quê? — interrompeu a garota numa voz provocante, os olhos brilhando. — Mas eu escapei? Alguma ideia de como aquilo pôde ter acontecido, Em?

Emily, pálida, deu um passo para trás. Hanna, Spencer e Aria olharam para ela por um momento, sem entender aonde a menina queria chegar.

Em seguida, a garota avançou em direção a Hanna, que, por sua vez, gritou e deu um salto, afastando-se.

— Qual é o problema? — A menina parecia ofendida. — O que você acha que eu vou fazer?

— Deixe-me em paz! — gritou Hanna, oscilando para trás. Os bambus ásperos que cobriam as paredes rasparam contra sua pele. Ela sentiu o espaço vazio atrás de si em vez da parede, uma queda de dez metros. O oceano batia contra as pedras muito, muito abaixo.

— Não toque nela! — Aria correu até a garota, agarrou-a pelo braço e fez com que se virasse para ela. — Você não a ouviu? Ela quer que você a deixe em paz!

— Só nos diga quem é você, certo? — disse Spencer. — Apenas seja honesta.

Um sorriso malicioso se espalhou pelo rosto da garota.

— Vocês querem uma resposta honesta? Certo. Eu sou Tabitha. E eu sou *fabulosa*.

Todas ficaram sem ar. Hanna teve certeza de ter gritado. Ali sempre dizia aquilo.

Tabitha realmente era Ali.

Ali se livrou das mãos de Aria e virou-se novamente para Hanna, que tentou encostar-se contra a parede, mas torceu o tornozelo e perdeu o equilíbrio. Ela se virou, ficando cara a cara com o oceano batendo lá embaixo. Com apenas um empurrão, cairia, cairia e cairia...

— Socorro! — gritou Hanna, agora no elevador, do mesmo modo como havia gritado naquele dia. — Alguém me ajude!

De repente, as luzes se acenderam de novo. O elevador deu uma guinada e jogou Hanna no chão. O motor começou a chiar, arrastando o elevador em direção ao saguão.

A campainha tocou. A porta se abriu suavemente no piso térreo, como se jamais tivesse dado defeito. Hanna saiu no átrio vazio, seu coração batendo rápido, seu corpo suado e tremendo, e as lembranças horríveis que refreara por muito tempo agora voavam por sua mente como uma revoada de gansos presos dentro de um shopping center.

Aquilo tinha acontecido. Tudo aquilo tinha realmente acontecido. A estava certa – o passado estava sempre por perto. Algo à esquerda chamou sua atenção. Um pequeno armário cinzento estava ligeiramente aberto. ELEVADOR, dizia a placa na porta. Alavancas, indicadores e interruptores cobriam a parede. Aquilo com certeza não estava aberto quando Hanna chegou, meia hora antes. Na verdade, ela nunca o vira aberto.

Hanna espiou dentro do cômodo para sentir o cheiro. Ele cheirava levemente a sabonete de baunilha. Alguém estivera na sala de comando do elevador, mexendo nos controles. E Hanna sabia exatamente quem.

Ali.

28

QUANDO UM EMPURRÃOZINHO VIRA UM PROBLEMÃO

Na mesma manhã, Aria vestiu suas calças de esqui, colocou por cima um par extra de meias e um casaco de lã, afivelou suas botas de esqui e foi andando até as pistas desengonçadamente. Os Kahn estavam do lado de fora do hotel, preparando-se e avaliando a última nevada. Klaudia estava sentada sozinha em um banco verde, afivelando seus esquis.

Quando Noel notou Aria, um pequeno sorriso arrependido cruzou seu rosto.

– Oi.

– Oi – respondeu Aria entre os dentes.

– Você dormiu bem? – perguntou Noel, com uma voz forçada, excessivamente educada.

Aria assentiu.

– Muito bem. – Depois virou-se para Klaudia. – Quero falar com você.

Klaudia olhou para Aria por uma fração de segundo, depois virou o rosto.

— Eu ocupada.

Aria rangeu os dentes. Seria mais difícil do que pensara. Mas precisava conversar com Klaudia. Sua decisão estava tomada.

Depois de ter ido para o quarto na noite anterior, imaginara cenas horríveis, os Kahn ficando com Klaudia na hidromassagem. Ela pegara o celular milhões de vezes, ousando até mesmo escrever uma mensagem para Noel que dizia *Acabou*, mas desistiu no final. Algo dentro dela ainda não estava pronto.

Então, cerca de quarenta e cinco minutos depois, ouviu passos no corredor e correu para espiar pelo olho mágico. Noel passava seu cartão para entrar no quarto dele. Estava sozinho. Não havia nem sinal de seus irmãos ou de Klaudia. Em seguida, cinco minutos depois, uma mensagem apareceu no celular de Aria:

Boa noite. Até amanhã. Bjs, Noel.

Nada acontecera entre Noel e Klaudia. O ciúme que estivera presente desde a época de Ali a devorava viva. Quase destruíra seu relacionamento com Noel uma vez; ela não poderia deixar que isso acontecesse de novo. Klaudia ficaria com os Kahn até junho. Se Aria quisesse se sentir à vontade com a família Kahn de novo — com *Noel* de novo — teria que fazer as pazes com ela.

— Por favor? — Aria colocou a mão no ombro de Klaudia. — Preciso pedir desculpas.

Klaudia a repeliu.

— Não tenho nada a dizer para você. Eu envergonhada e magoada. — Em seguida, esquiou até um dos teleféricos e esperou pela próxima cadeirinha.

— Espere! — gritou Aria, calçando seus esquis e deslizando atrás dela. Assim que Klaudia se acomodou, ela pulou e se sentou ao seu lado.

— Idiota! — cuspiu Klaudia, distanciando-se o máximo possível. — O que *faz*?

— Preciso falar com você — insistiu Aria — É importante.

— Aria? — gritou Noel, preocupado, atrás dela. — Hã, você esqueceu seus bastões! — Ele brandiu duas varetas longas e finas no ar. — E esse teleférico vai para uma pista duplo diamante negro!

Aria hesitou. Elas já estavam a seis metros do chão. Cadeirinhas vazias balançavam para a frente e para trás, atrás delas. Esquiadores ziguezagueavam lá embaixo, parecendo de repente minúsculas formigas.

— Tudo bem! — gritou ela corajosamente. Esperava permanecer na cadeirinha e voltar para baixo.

Em seguida, voltou a olhar para Klaudia, que estava deliberadamente voltada para a direção oposta, fitando os pinheiros.

— Eu lhe devo desculpas. Não devia tê-la envergonhado ontem à noite. Eu não sabia como eram as coisas na Finlândia. Sinto muito.

Aria não acreditava realmente que todo mundo na Finlândia tomava banho na banheira de hidromassagem sem roupa, mas, por enquanto, era mais fácil deixar Klaudia acreditar que sim e virar a página.

Klaudia não moveu um músculo. Até mesmo sua pele permaneceu imóvel.

Aria suspirou e continuou:

— Tenho ciúmes demais. Eu amava o Noel quando estávamos no sexto e sétimo anos, quando não havia a menor chance de ficarmos juntos. E aí, no ano passado, quando ele se interessou por mim, eu meio que não acreditei que fosse verdade. Às vezes, deixo o ciúme tomar conta e foi o que fiz com relação a você. Eu... bem, sem querer, li uma de suas mensagens para sua amiga Tanja. Você disse que eu era uma *peikko*. Um troll.

Klaudia virou-se num pulo. *Aquilo* atraíra sua atenção.

—Você me espionar?

— Foi sem querer — disse Aria bem depressa. — O celular estava ali e... bem, desculpe. Por algum tempo, fiquei muito brava com você. Parecia que você queria ficar com Noel, e me magoou saber que você na verdade me considerava um troll quando pensei que estávamos ficando amigas. Mas superei isso. Às vezes, os amigos falam pelas costas. É a vida. Mas nós vamos nos ver muito, por isso quero que sejamos amigas de novo. Podemos dar uma trégua?

Uma rajada de vento jogou os cabelos louros e gelados de Klaudia sobre seu rosto. Na pista lá embaixo, alguém desapareceu numa nuvem branca. O topo da montanha apareceu sobre o cume. Uma grande placa na neve dizia:

LEVANTE A BARRA DE SEGURANÇA PARA DESEMBARCAR.

Silenciosamente, Klaudia levantou a barra, agarrou seus bastões com força e encontrou os olhos de Aria. Havia um ar indulgente em seu rosto, e por um momento Aria pensou que ela fosse se desculpar e que tudo voltaria ao normal.

Mas em seguida os lábios de Klaudia se curvaram num sorriso malicioso.

— Na verdade, Aria, vou foder com o seu namorado. Hoje à noite.

Aria a encarou. Parecia que Klaudia acabara de lhe dar um soco na cara.

— Como é que é?

Klaudia saltou para perto de Aria.

— Vou foder com seu namorado — disse ela, num inglês perfeito. — *Hoje à noite.* E não há nada que você possa fazer a respeito.

Era como se elas estivessem num filme de terror, onde um personagem subitamente é possuído pelo demônio. Quem era essa garota desenvolta, com nervos de aço? O rosto de Klaudia se transformara de gostosinha indefesa para uma cruel ladra de namorados. E, ainda mais do que isso, o olhar em seus olhos era quase *perigoso,* como se ela quisesse fazer mal a Aria. Aria se lembrou da última vez que vira aquele olhar: no rosto da Tabitha — de *Ali* — quando ela ameaçara Hanna no deque do telhado, na Jamaica.

A lembrança emergiu forte e rápida, apesar de esperar pacientemente por quase um ano antes de erguer sua cabeça horrenda. Aria não acreditara que Tabitha era Ali, até que Tabitha começou a ameaçar Hanna no mirante. E então, de repente, parecia tão... real. Cada gesto de Tabitha, cada movimento agressivo, era exatamente como Ali se comportara na noite em que tentara matá-las em Poconos.

Foi de repente que Aria conseguiu ver o que os outros já sabiam. Ali realmente estava *ali.* Tentara esgueirar-se de volta para a vida delas, disfarçada. E Aria quase deixara.

— Por favor! — gritara Hanna enquanto Ali a prensava contra a parede que cercava o balcão. — Deixe-me em paz!

Todos os instintos de proteção no corpo de Aria haviam despertado. Ela se colocara entre as duas.

— Não toque nela!

Ali virou-se para Aria, olhando como se ela fosse louca.

— O que você acha que eu vou fazer? Só quero mostrar a paisagem.

Mas Aria não cairia naquela conversa.

— *Sei* o que você vai fazer!

Ali afastou-se de Hanna e avançou para Aria. Agora era a vez de Aria perder o equilíbrio e ter uma visão aterradora das ondas arrebentando lá embaixo.

— Aria! — gritou alguém atrás dela. Vidro quebrado. O joelho de Aria bateu na mureta, esfolando-se. Ali foi para cima de Aria novamente, os braços esticados à sua frente. Aria fitou os olhos arregalados e loucos dela, vendo Ali claramente lá dentro. Ela viera matá-las, assim como matara Courtney, Ian e Jenna. Jogaria todas do telhado, uma por uma.

O que aconteceu depois não estava claro. Aria só se lembrava de sentir uma explosão de força, agarrar os braços de Ali, fazendo-a girar, e empurrá-la com força. Os pés de Ali saíram do chão. Um som anormal saiu de sua boca. Seus braços se agitaram desesperadamente em volta dela, mas, de repente, ela parecia não ter ossos, parecia leve como uma pena. Antes que alguém pudesse fazer qualquer coisa, ela estava à beirada do espaço negro e vazio.

Alguém gritou. Outro alguém engasgou. O corpo de Ali escorregou por cima da mureta, primeiro sua cabeça e ombros sumiram, depois seu torso, seu traseiro e pernas, em seguida seus pés. Ela escorregou para a escuridão sem fazer nem um ruído enquanto afundava na lateral do resort.

E depois... *pof.*

O baque surdo de um corpo batendo na areia.

A lembrança atravessou a mente de Aria numa fração de segundo. Quando sua visão recuperou o foco, ela viu o corpo de Klaudia pressionado contra o seu. Suas mãos tateavam em busca dela, empurrando-a para o outro lado do banco. Ela agarrou os ombros de Aria e começou a sacudi-los com força. Seu rosto estava a poucos centímetros do de Aria. O mesmo impulso de autopreservação correu mais uma vez pelas veias dela.

– Solte-me! – gritou Aria, afastando Klaudia.

Empurrou-a de leve, mas a garota deixou escapar uma risada horrível e cobriu a boca de Aria com sua mão enluvada. Medo e fúria se agitaram dentro de Aria.

– Eu disse para me soltar! – gritou ela, empurrando o peito de Klaudia.

Klaudia rolou para trás, deixando escapar um ganido. Naquele exato momento, a gôndola pendeu para baixo, para que os passageiros descessem. O corpo de Klaudia também pendeu. Sem a barra para protegê-la, ela escorregou pelo assento da cadeira.

– Ah, meu Deus! – Aria tentou agarrar a mão de Klaudia, mas era tarde demais. A garota foi lançada em direção ao solo, o gorro voando de sua cabeça, os braços agitando-se loucamente, os esquis quicando, o rosto uma máscara contorcida de terror e de fúria. Três devastadores segundos depois, seu corpo pousou, de bruços, em uma pilha de neve fresca e macia.

E, assim como fora com Ali, tudo ficou em silêncio depois da queda.

29

MELHOR NEM PERGUNTAR

Spencer abriu os olhos. Estava deitada sobre lençóis de seda em um quarto muito, muito pequeno no Hudson Hotel. O som relaxante de ondas do mar soava em seus ouvidos, saído de um aparelho de som. Engraçado, ela não se lembrava de um aparelho de som na noite anterior – mas, também, estava bem chapada quando caiu no sono.

Quando olhou em volta, Zach estava dormindo ao seu lado. Ele parecia tão diferente esta manhã. Seu cabelo, curto e castanho, estava louro e comprido. E havia cicatrizes em seu pescoço e braços, e uma gota de alguma coisa escorria de seu ouvido. Era... *sangue*?

Ela levantou-se e olhou em volta. Aquele não era o Hudson. Ela estava deitada em uma longa faixa de areia branca, imaculada. O sol brilhava alto no céu, e não havia ninguém à vista por quilômetros. O cheiro de sal e de peixe fazia cócegas em seu nariz. Ondas quebravam na praia. Gaivotas voavam em círculos, lá em cima. Atrás dela, havia um resort de estuque rosa, com um mirante que pairava acima da praia. Um mirante *muito familiar*.

— Não! — sussurrou Spencer. Estava na Jamaica. No The Cliffs. Ela olhou para a pessoa a sua esquerda mais uma vez. Era uma garota. O fio de sangue vermelho escorria de seu ouvido para a areia. Uma pulseira de fios azuis envolvia seu pulso. Seu vestido amarelo de alcinha estava levantado quase até o traseiro, e suas pernas estavam dobradas em um ângulo estranho.

Não era Zachary. Era Tabitha. *Ali*.

— Ah, meu Deus! — Spencer ficou de pé e deu a volta para olhar para o rosto da garota. Seus olhos estavam bem fechados, sua pele estava meio azul, como se estivesse morta havia horas.

— Ali. — Spencer estapeou a face da garota, com força. — Ali.

A garota não respondeu. Spencer tentou sentir o pulso. Nada. Sua cabeça pendia frouxamente do pescoço, como se as vértebras estivessem estilhaçadas em mil pedaços. Havia sangue sob seus olhos.

Spencer procurou as outras, desesperada, mas elas não estavam em nenhum lugar. Todas tinham corrido para baixo depois que Aria a empurrara, não tinham? Elas estavam nisso juntas.

— Ali, por favor, acorde! — gritou Spencer junto ao rosto da garota. Sacudiu seus ombros com força. — *Por favor*. Sinto muito pelo que Aria fez. Ela estava com medo. Não sabia o que você ia fazer conosco. Eu teria agido da mesma maneira.

E teria mesmo. A cena no mirante lhe lembrara de um jeito arrepiante os últimos momentos que tivera com Mona Vanderwaal, quando a menina confessara que era A.

De repente, os olhos de Ali se abriram. Ela estendeu a mão, agarrou o colar de Spencer e a puxou para tão perto que Spencer pôde sentir um fraco indício de baunilha em sua pele.

— Eu sei o que você fez — cochichou Ali, com a voz rouca.

— E logo todos vão saber também.

Spencer acordou no meio de um grito. O sol jorrava através das cortinas. Desta vez, estava mesmo no Hotel Hudson. Zach estava deitado ao seu lado, não Ali. Mas ela ainda podia sentir o cheiro de sal e a areia da Jamaica. Seu couro cabeludo doía onde Ali puxara seu cabelo. Parecia tão *real*.

Bam, bam, bam.

O som vinha da porta. Spencer piscou várias vezes ao ouvi-lo, ainda presa no sonho.

Bam, bam, bam.

— Olá? — chamou uma voz do corredor.

Zach se mexeu ao lado dela, apertando os braços sobre a cabeça.

— Oi! — disse ele, sorrindo longa e lentamente para Spencer.

— Que barulho é esse?

— Tem alguém batendo. — Spencer girou as pernas para a lateral da cama.

Só então a porta se escancarou.

— Zach? — Uma voz masculina familiar ressoou. — São nove e meia. Douglas o está esperando para falar sobre Harvard. Mexa essa bunda e se apronte.

Spencer engasgou e congelou. Era o sr. Pennythistle.

Ele viu Spencer no mesmo instante em que ela o viu. O sangue sumiu de seu rosto. Spencer se enrolou rapidamente no lençol da cama — em algum momento durante a noite, ela chutara a saia e a meia-calça, e agora estava só de blusa e calcinha. Zach também se levantou de um pulo, tateando pela camiseta, que ele também havia tirado. Mas era tarde demais — o sr. Pennythistle já vira tudo.

— Jesus Cristo! — gritou ele, com o rosto contorcido. — Mas que diabos?

Zach enfiou a camiseta pela cabeça.

— Pai, não é...

— Seu pervertido desgraçado! — O sr. Pennythistle cravou os olhos no filho. Puxou Zach pelo braço e o jogou com força contra a parede. — Ela vai ser sua irmã! Qual é o seu problema?

— Não é o que parece — protestou Zach, fraco. — Estávamos só conversando.

O sr. Pennythistle sacudiu com força os ombros de Zach.

— Você não consegue segurar sua calça, não é?

— A gente só estava dormindo! — gritou Spencer — É verdade!

O sr. Pennythistle a ignorou. Sacudia o filho sem parar, fazendo com que Spencer se encolhesse.

— Você é um anormal pervertido, Zachary. Um pervertido doente, nojento, que não vale nada do que faço por você.

— Pai, por favor!

A mão do sr. Pennythistle recuou e esbofeteou o rosto de Zach. Ele cambaleou para trás, lutando contra o pai, mas o sr. Pennythistle jogou o corpo todo sobre ele, mantendo-o ali. O pior é que parecia que ele já fizera aquilo muitas vezes.

— Pare! — gritou Spencer, enfiando-se dentro da saia da noite anterior e lançando-se por cima da cama na direção dos dois. — Pare com isso! Por favor!

O sr. Pennythistle parecia não ouvir. Zach se encolhera contra a parede, mas o pai só o sacudia com mais força.

— Quando você vai me ouvir? Quando você vai entender?

Spencer agarrou o braço do sr. Pennythistle.

— Por favor, pare! Não é o que parece! Eu juro!

— Spencer... — Zach a encarou por cima do ombro do pai. — Saia. Você não precisa ver isto.

— Não! — Zach logo seria meio-irmão de Spencer, e ela precisava protegê-lo. Puxou as costas da camisa social do sr. Pennythistle, rasgando-a. — Zach não me tocou! Ele é gay!

O sr. Pennythistle largou o filho imediatamente e virou-se para encará-la.

— O *que* você disse?

Spencer olhou para o rosto chocado de Zach, como se também não acreditasse que dissera aquilo. Ele balançou a cabeça desesperadamente, mas o que ela deveria fazer, deixar que o pai o espancasse mais um pouco?

Zach cobriu o rosto com as mãos. Seu pai virou-se para ele.

— O que ela disse é *verdade*?

Um gorgolejo saiu dos lábios de Zach. Seu pai se afastou, como se ele fosse tóxico. E então, de repente, esticou o braço e esmurrou a parede de madeira falsa perto da cabeça de Zach. Spencer deu um pulo para trás e gemeu. O sr. Pennythistle socou a parede uma vez e mais outra. Gesso caía por toda parte. Quando terminou, ele curvou-se sobre a cintura e colocou os punhos ensanguentados nos joelhos. Seu rosto estava contorcido de angústia. Parecia prestes a chorar.

Uma batida leve e tímida soou na porta.

— Nicholas? — chamou a mãe de Spencer. — Está tudo bem?

Ninguém disse uma palavra. Depois de um instante, o sr. Pennythistle precipitou-se para fora do quarto, batendo a porta com tanta força que as paredes tremeram. Spencer podia ouvi-lo falando com sua mãe no corredor.

Ela ousou olhar para Zach. Ele parecia perturbado, mas bem.

— Qual é o seu problema? Por que disse aquilo para ele?

Spencer tentou tocá-lo.

— Eu pensei que ele estava machucando você!

Os lábios de Zach se curvaram com desprezo, e ele deu um passo para longe dela. Olhou-a com um ódio profundo, um olhar que ela jamais imaginara ver nele.

— Pedi para guardar segredo, mas acho que isso foi pedir demais de uma das Belas Mentirosas, não é? — rosnou. — Apodreça no inferno, sua vadia.

Antes que Spencer pudesse protestar, Zach apanhou seu casaco, enfiou os sapatos e também deixou o quarto abruptamente. E depois só havia silêncio.

Spencer afundou no colchão, jogando um dos travesseiros da cama no chão. Ele ainda tinha uma cavidade por causa da cabeça de Zach. O colchão ainda tinha o calor de seu corpo.

Outro pedaço de gesso caiu da parede para o chão. O sangue do sr. Pennythistle pingava no carpete do buraco que ele fizera na parede. Aquilo lembrou Spencer do sonho que tivera naquela manhã: o fio de sangue escorrendo do ouvido de Ali. *Eu sei o que vocês fizeram.*

Bipe.

Era o BlackBerry de Spencer, que ela colocara na mesinha de cabeceira antes de dormir na noite anterior. Mesmo do outro lado do quarto, ela sabia que a tela dizia: UMA NOVA MENSAGEM.

Não, pensou Spencer. *Por favor. Agora não.* Mas ela não podia ignorar. Tinha que pressionar LER.

Cuidado, Spencer. No final, todos os segredos acabam vindo à tona. Acho que você sabe exatamente o que quero dizer. — A

30

ELA É MAIS INTELIGENTE DO QUE PARECE

O centro médico de Lenape não passava de um prédio achatado e quadrado, com cheiro de antisséptico e pastilhas contra a tosse. Uma televisão no canto exibia em volume baixo um comercial de televendas que mostrava um descascador de batatas mágico. A cadeira em que Aria estava sentada deixava seu traseiro dormente, e ela estava prestes a perder a cabeça com o zumbido constante da voz monótona do Serviço Meteorológico Nacional no rádio. Aparentemente, amanhã deveria cair mais meio metro de neve. Não que eles fossem ficar mais um dia para esquiar. Não depois do que acontecera a Klaudia.

Aria se esticou para escutar qualquer coisa vinda da sala de observação – gemidos de dor, gritos de agonia, um monitor cardíaco indicando a morte. O recinto estava num silêncio sepulcral. Eric e Kristopher Kahn descansavam nos sofás, lendo números antigos da *Sports Illustrated*. Noel andava em círculos pelo pequeno espaço, no celular com a mãe.

— Sim, mãe... ela simplesmente *caiu*, eu não sei... o grupo de resgate a pegou... estamos no centro médico agora... espero que ela esteja bem, mas não sei.

Só de ouvir Noel repetir o que acontecera, Aria ficou trêmula e enjoada. As últimas horas tinham sido horríveis e surreais. Depois que Klaudia caiu do teleférico e ficou imóvel, vários esquiadores pararam em volta dela. Um dos responsáveis pela patrulha apareceu em seguida, seguido por um *snowmobile* com um trenó de resgate. Gritaram no ouvido de Klaudia, mas Aria não sabia dizer se ela respondera; isso foi na hora em que o teleférico chegou ao topo da montanha e ela desceu.

Agora, todos esperavam para ver quais eram os danos. Aparentemente, a patrulha de esqui conseguira acordar Klaudia antes de colocá-la no trenó de resgate e arrastá-la montanha abaixo, mas ela estava sentindo muita dor. Uma ambulância esperava por ela no sopé quando Aria terminou de descer a perigosa ladeira escorregando de bunda, e todos foram para o hospital. Mas aquele não parecia ser um centro de traumas muito confiável. Parecia mais uma clínica veterinária.

Noel desmoronou na cadeira de plástico ao lado de Aria.

— Minha mãe está fora de si. Queria vir aqui e cuidar da Klaudia, mas eu disse que ela deveria esperar.

— Ela deve estar tão preocupada — murmurou Aria, fechando o exemplar da *Ladie's Home Journal* em seu colo. Estivera lendo a mesma linha de um artigo sobre como fazer um cheesecake digno de prêmio durante os últimos vinte minutos.

Noel se inclinou para ela.

— E aí, o que aconteceu exatamente? Como Klaudia caiu?

Aria olhou para ele, sentindo um misto de culpa e arrependimento. Noel chegara à cena poucos minutos depois que tudo acontecera; não vira nada. Estavam muito tensos para conversar no caminho até ali, mas ele olhava para Aria cheio de suspeita, como se pressentisse que ela fizera algo terrível.

– Não tenho certeza. – Era verdade. Ela não quisera empurrar Klaudia para fora do teleférico. Afastá-la, sim. Mas não machucá-la.

– Vocês estavam brigando ou coisa parecida? – Noel perscrutou o rosto de Aria. – Tipo, ela pulou?

Aria balançou a cabeça.

– Ela simplesmente... escorregou. Foi muito esquisito mesmo.

Noel cruzou os braços e lançou-lhe um olhar longo e perspicaz, que fez a pele de Aria pinicar. Ele não acreditava nela. Mas o que ela deveria fazer, contar a verdadeira história? Que Klaudia dissera "Vou foder seu namorado" em um inglês perfeito, sem nenhum sotaque? Que Klaudia a atacara, parecendo enlouquecida e vingativa? Noel acusaria Aria de ciumenta outra vez.

Ela olhou para o outro lado, temendo que, se o encarasse por mais tempo, revelaria tudo – e não só o que acontecera no teleférico. As coisas sobre A também. O que acontecera na Jamaica. As coisas que Aria não conseguira impedir no teleférico hoje, a coisa terrível que fizera. A coisa terrível de que A sabia.

Por outro lado, talvez o que ela fizera não fosse tão horrível quanto pensara em todos esses meses. Se A *fosse* Ali – e quem mais poderia ser? –, isso queria dizer que o empurrão de Aria não a matara.

A porta para a sala de tratamento se abriu, e uma médica de casaco branco impecável apareceu.

— A srta. Huusko está descansando — disse ela. — Podem vê-la agora.

Todos se levantaram e a seguiram até os fundos. A médica abriu uma cortina com listras cor-de-rosa, e lá estava Klaudia, deitada em uma maca com um volumoso gesso branco no tornozelo. Seu cabelo louro se espalhava pelo travesseiro. Seu gorro branco repousava em seu colo. Seus lábios estavam rosados e brilhantes, como se ela tivesse aplicado recentemente uma camada de batom. Ela conseguia parecer pronta para namorar mesmo no hospital.

— Ah, meu Deus, Klaudia — disse Aria, sentindo uma onda de remorso, a despeito da aparência alegre da garota —, você está bem?

— Está doendo? — perguntaram também Noel e os outros, juntando-se em volta da cama.

— Eu bem. — Klaudia sorriu afetadamente para todos eles, todos os traços de seu excelente inglês desaparecidos. — Só um pouco dodói.

— Ela quebrou o tornozelo. — Uma enfermeira entrou depressa e envolveu o braço de Klaudia com um aferidor de pressão. — Isso é bem pouco, considerando o acidente que sofreu. Por sorte, a queda foi perto do topo. Se tivesse sido no meio da pista, ela teria tido sérias complicações.

— Sim, que loucura! — Klaudia fingiu enxugar suor da testa. — Eu nunca cair de teleférico. Ufa!

— E aí, o que houve? — Noel empoleirou-se na beirada da cama de Klaudia.

Klaudia lambeu os lábios e encarou Aria. O único som do recinto era o da enfermeira enchendo o aferidor de pressão. Todos os músculos do corpo de Aria se retesaram, esperando pelo golpe. É claro que Klaudia iria entregá-la. Ela queria dormir com Noel – isso tiraria Aria do caminho.

Finalmente, Klaudia se ergueu na cama.

– Muito confuso. Eu não lembrar.

– Tem certeza? – Noel cruzou as mãos sobre os joelhos. – Parece loucura para mim que você tenha escorregado de um teleférico. Você esquia há anos.

Klaudia deu de ombros, parecendo desfalecer.

– Eu não sei – disse debilmente, os olhos fechados e trêmulos.

Eric socou o braço de Noel.

– Não a pressione, cara.

– Talvez ela esteja com amnésia ou coisa parecida – sugeriu Christopher.

Aria agarrou a cama, procurando equilíbrio, o coração ainda disparado. Poderia ser isso? Klaudia perdera a memória?

A médica abriu a cortina.

– Não a cansem demais, pessoal. Como a srta. Huusko bateu a cabeça, queremos observá-la por algum tempo para ter certeza de que ela não tem nenhum sinal de concussão. Se tiver, teremos que a levar de helicóptero para um hospital maior. Se não, provavelmente poderemos liberá-la amanhã cedo.

Todos concordaram.

– Reservarei os quartos por mais uma noite – disse Noel com uma voz mecânica, sacando seu iPhone.

– Ah. – Aria olhou para ele. – Não posso ficar mais uma noite. Prometi ao meu pai que cuidaria da Lola.

– Tudo bem. – Noel nem mesmo ergueu os olhos de sua busca no Google. – Importa-se de ir de ônibus para casa?

Aria abriu a boca, depois a fechou de novo. Ela esperava que o próprio Noel a levasse de volta para Rosewood. Será que os outros irmãos não podiam ficar aqui com Klaudia? Ele não podia voltar amanhã para buscá-los?

Mas Noel não se ofereceu, então Aria vestiu o casaco e procurou o celular para checar os horários da companhia de ônibus Greyhound.

— A que horas acha que vai voltar amanhã? — perguntou ela a Noel. — Talvez a gente possa se ver à noite.

Noel levantou a cabeça com um movimento brusco.

— Nós ainda nem sabemos se Klaudia vai ficar bem. Acho que não deveríamos fazer planos enquanto não soubermos.

— Ah. — Aria afastou-se dele. — Certo. Desculpe.

— E de qualquer forma acho que vou ficar com Klaudia pelos próximos dias. — Noel olhou para o vulto adormecido de Klaudia. — É o mínimo que posso fazer. Ela provavelmente vai sentir muita dor. Vai precisar de alguém para ajudá-la a se virar.

— É-É claro. — Aria lutava contra as lágrimas.

O próximo ônibus para a Filadélfia era dali a uma hora. Aria poderia andar da clínica até a rodoviária, e Noel poderia pegar o resto de suas coisas no hotel e levá-las para casa no dia seguinte. Bem quando Aria estava saindo da minúscula área acortinada, algo a fez virar para trás. Os olhos de Klaudia estavam abertos, e ela olhava direto para Aria. Havia um minúsculo sorriso vitorioso em seu rosto. Lenta e deliberadamente, ergueu sua mão pequena e branca e mostrou o dedo para Aria. Aria engasgou. A compreensão veio como uma onda de ar gelado. Klaudia não estava com amnésia — lembrava-se de tudo o que acontecera lá no alto com total clareza. E agora tinha exatamente o que queria. Agora, tinha algo com que ameaçar Aria. Agora, Klaudia tinha Aria em seu poder.

Exatamente como A.

31

MEUS PARABÉNS... E AGORA VÁ SE DANAR

Naquela tarde, Emily estacionou na entrada de casa bem na hora em que um anúncio no rádio dizia: *"A mentira devastadora. As trocas de identidades. As vidas em jogo. Conheça toda a história esta noite, no aniversário do incêndio em Poconos e de sua morte. A Bela Assassina. Um oferecimento de..."*

— Ugh! — gemeu Emily, desligando o rádio. Mal podia esperar para que esse dia acabasse e que os anúncios se fossem. Ela certamente não queria reviver o dia da morte de Ali... nenhum deles. Ainda mais porque ela não tinha certeza de que a Verdadeira Ali estava mesmo morta.

Saindo do carro, colocou a sacola com o equipamento de natação no ombro e percorreu a calçada cheia de neve da entrada. Antes de abrir a porta, tentou mandar uma mensagem de texto para Chloe mais uma vez.

Preciso falar com você. Não foi minha culpa. Eu não sabia como contar.

Ela mandara cinco mensagens a Chloe depois da competição de natação, mas não teve resposta.

Suspirando, enfiou a chave na porta, mas a maçaneta girou sem esforço. Aquilo era estranho – seus pais costumavam manter a porta trancada, com medo de invasores.

– Olá? – chamou Emily, na entrada da casa.

Sem resposta. Aquilo também era estranho – seus pais ao menos resmungavam algum sinal diante de sua presença, mesmo que estivessem incrivelmente zangados com ela. Mas a casa parecia ocupada – havia um odor desconhecido no ar e uma sensação perturbadora de que alguém acabara de passar pelo corredor.

Os pelos do braço de Emily ficaram de pé. Várias teorias passaram por sua cabeça. E se A estivesse *ali*? E se A tivesse ferido sua família? Talvez A – Ali – não estivesse medindo esforços. Talvez este fosse o dia em que tudo viria abaixo.

Um pensamento terrível a fez congelar. Hoje era o dia do ajuste de contas, o aniversário da morte de Ali, do dia em que ela tentara matá-las. Naturalmente, este seria o dia em que ela voltaria para acabar com elas.

– O-Olá? – gritou Emily de novo, arrastando-se pelo corredor em direção à cozinha. Um som a fez parar e se virar. Era uma... risada? Seu coração quase explodia no peito. Vinha da sala de estar, que estava fechada para o corredor com portas francesas. Essas portas *nunca* estavam fechadas.

Lá estava a risadinha de novo. As mãos de Emily começaram a tremer. Sua boca ficou seca como algodão. Lentamente, ela empurrou a porta, que cedeu com um gemido – *nheec*. O que havia lá dentro? Cadáveres? A polícia, que viera prendê-la pelo que fizera na Jamaica? Ali?

– Surpresa!

Emily gritou e pulou para trás, batendo com força contra o batente da porta. Montes de balões estavam amarrados às poltronas, um embrulho de presente estava colocado sobre o sofá, e sua mãe pusera um enorme bolo confeitado, com o formato da Universidade da Carolina do Norte, na mesinha de centro. Seus pais correram até ela com imensos sorrisos no rosto.

– Parabéns pela bolsa de estudos! – O sr. e a sra. Fields a envolveram em um abraço, o primeiro que lhe davam em meses. – Estamos tão, tão orgulhosos de você!

Havia mais gente atrás dos pais de Emily. Ela esticou o pescoço por cima de seus corpos inquietos e viu a pequena Grace, o sr. e a sra. Roland... e Chloe.

– Ah, meu Deus – murmurou Emily, deixando os braços caírem.

A sra. Fields se virou e apontou para eles.

– Eu convidei os Roland para virem nos ajudar a comemorar! Se não fosse por eles, isso poderia nem ter acontecido!

– Sim, obrigado de novo – disse o sr. Fields, dirigindo-se à família e sacudindo a mão do sr. Roland para baixo e para cima.

– Não foi nenhum incômodo – disse o sr. Roland com uma voz formal, forçosamente amigável. Ele evitou o olhar de Emily, o que para ela era ótimo.

– Estou tão feliz que tenha dado certo para você! – A sra. Roland deu um grande abraço em Emily. Enquanto Emily era apertada contra seu peito magro, Chloe fez um pequeno barulho de engasgo. Emily olhou para ela. Seus olhos brilhavam de ódio. Os cantos de sua boca não mostravam nem um traço de sorriso. Para Chloe, Emily era a adúltera. A destruidora de lares.

A sra. Fields cortou o bolo e serviu uma fatia a todos. Por sorte, os adultos engrenaram em sua própria conversa, deixando Emily e Chloe em paz. Emily conseguiu a atenção de Chloe.

— Preciso falar com você.

Chloe virou-se para o outro lado, fingindo não tê-la ouvido. Mas Emily não podia deixar que Chloe continuasse acreditando em algo que não era verdade. Agarrou o braço de Chloe e arrastou-a para a cozinha. Chloe foi, mas se inclinou contra o balcão, cruzou os braços sobre o peito e fingiu estar fascinada pelo pote de biscoitos em forma de galinha sobre a bancada. Não queria olhar nos olhos de Emily.

— Sinto muito — cochichou Emily. — Você tem que acreditar em mim quando digo que não fazia ideia do que ia acontecer com o seu pai. E eu não *queria* que acontecesse.

— Ah, claro — sibilou Chloe, a cabeça ainda voltada para o pote de biscoitos. — Algum dia você foi mesmo minha amiga? Ou só estava me usando para garantir sua bolsa de estudos?

O queixo de Emily caiu.

— É claro que não! Jamais faria algo assim!

Chloe virou os olhos.

— Ouvi meu pai naquela sala perto da piscina, sabe? Ele disse que você estava agindo como se quisesse na quinta à noite. Quando fui para a cama, bêbada, aconteceu *algo* entre vocês dois?

Emily virou-se, mordendo o lábio inferior com força.

— Foi ele quem me beijou, juro. Não sabia como contar a você.

Chloe recuou, depois finalmente olhou para o rosto de Emily.

—Você sabia disso há três dias inteiros e não me disse nada? Emily baixou a cabeça.

— Eu não sabia como...

— Pensei que fôssemos amigas. — Chloe colocou as mãos na cintura. — Amigas contam coisas como essa umas para as outras. E por que eu deveria acreditar que você é completamente inocente, afinal? Eu mal *a conheço*. Tudo o que eu sei, na verdade, é que você teve um bebê neste verão e...

— Shhh! — guinchou Emily, tapando a boca de Chloe com a mão.

Chloe se afastou rapidamente, batendo em uma das cadeiras da cozinha, decorada com uma almofada de estampa de galinha.

— Eu deveria contar para os seus pais. Arruinar sua vida, como você arruinou a minha.

— Por favor, não conte — implorou Emily. — Eles vão me expulsar. Isso vai arruiná-los.

— E daí?

Emily agarrou suas mãos.

— Eu lhe contei aquele segredo porque senti que podia confiar em você. Senti que estávamos realmente ficando amigas. E... e não tenho uma amiga de verdade há muito tempo, não só no ano que passou. Tem sido tão solitário. — Ela enxugou uma lágrima. — Eu me odeio por estragar tudo e não ter contado para você. Só queria protegê-la. Esperava que isso não aconteceria de novo. Tudo isso foi um erro terrível.

Chloe esticou o queixo para a esquerda, sem dizer nada. Aquilo era bom ou ruim? Emily não sabia dizer.

— Por favor, *por favor*, não conte a ninguém o que contei — cochichou Emily. — Eu com certeza não direi nada a ninguém sobre o seu pai. Vou apagar isso completamente da minha cabeça, juro. Queria que nunca tivesse acontecido.

A cabeça de Chloe permaneceu virada por um bom tempo. O relógio em forma de galinha sobre o fogão fazia um tique-taque alto. Os adultos murmuravam no outro cômodo. Finalmente, ela olhou para Emily com olhos frios e cansados e suspirou.

— Não vou contar seu segredo se você deixar meu pai em paz.

— *Obrigada* — disse Emily. — Claro que vou deixar.

Ela foi em direção a Chloe para lhe dar um abraço, mas ela a repeliu como se faz com um cachorro mal-educado que fareja a mesa do jantar.

— Isso não quer dizer que eu queira ser sua amiga.

— O quê? — gritou Emily. — Po-Por quê?

— Não consigo. — Chloe girou nos calcanhares e caminhou para a porta da cozinha. — Diga aos meus pais que recebi uma ligação e que estou no carro, está bem? — disse ela, por cima do ombro. — Sem ofensa, mas não quero participar da parada do "Viva, Emily" neste momento.

Emily ficou olhando enquanto Chloe puxava a porta da cozinha e a batia atrás de si. Parecia que alguém acabara de arrancar seu coração e esmagá-lo com um amassador de batatas. Tudo estava arruinado. Claro, tinha a bolsa de estudos; claro, seu futuro estava garantido; mas parecia que ela conseguira isso a um custo muito alto.

Nheec.

Emily virou-se, cega pelo sol ofuscante que jorrava pelas janelas. O que era aquilo? Ela perscrutou os armários e o chão, depois notou uma minúscula folha de papel aos pés da porta pela qual Chloe acabara de passar. Seu coração bateu com força. Ela correu para a janela e olhou para fora, procurando quem quer que o tivesse colocado ali. Aquilo era um vulto desaparecendo entre as árvores? O que era aquele movimento no milharal?

Ela abriu a porta dos fundos, deixando que o ar fresco entrasse.

– Ali? – gritou. – Ali! – Mas ninguém respondeu. – Chloe! – chamou em seguida, pensando que a garota devia ter visto algo. Mas Chloe também não respondeu.

Os adultos riram de alguma coisa na outra sala. Grace soltou um grito feliz. Tremendo, Emily pegou o pedaço de papel e o desdobrou. Uma caligrafia pontiaguda borrou diante de seus olhos.

Ela pode até não contar, mas não posso prometer o mesmo – sobre nenhum dos seus segredos. Desculpe! – A

32

ALI, UM GATO ASTUCIOSO

— Hum, com licença? — Hanna baixou os olhos do aparelho elíptico onde estava malhando e viu uma garota pequena, com grandes olhos de corça e uma cintura tamanho 34 olhando para ela.

— Há um limite de trinta minutos para usar os aparelhos — reclamou a garota. — E você está aí há, tipo, *sessenta e três*.

— Que pena — revidou Hanna, pedalando mais rápido. Que a polícia da academia a fizesse sair.

Era aquela mesma tarde de sábado — o aniversário da morte de Alison DiLaurentis, clamavam todos os noticiários, não que Hanna jamais pudesse se esquecer —, e Hanna estava na academia moderníssima do Clube de Campo de Rosewood. A sala cheirava à velas ylang-ylang, a MTV estava sintonizada nas televisões diante de todos os aparelhos de ginástica, e um instrutor muito hiperativo de Zumba gritava tão alto na sala de ginástica que Hanna podia ouvi-lo por cima do hip-hop que retumbava em seu iPod. Ela esperava que aquele aparelho exorcizasse as lembranças de Tabitha, da Jamaica, do incidente do elevador e especialmente de A, mas não estava adiantando. Ainda podia sentir as mãos de Tabitha – as mãos de Ali – em seus ombros, prontas para jogá-la do deque do telhado. Continuava ouvindo os gritos das amigas. E Aria entrando no meio, e tudo acontecera tão rápido...

Primeiro, Hanna ficara aliviada por Aria ter empurrado Ali por cima da mureta. Ela matara tanta gente... Livrar-se dela parecia uma boa ação para toda a humanidade. Mas depois percebera o que tinham feito. Uma vida ainda era uma vida. Elas não eram assassinas.

Hanna e as amigas correram para a praia, descendo os degraus das escadas de dois em dois. Dispararam pela porta dos fundos até a areia e olharam em volta. A lua traçava uma linha prateada na praia. O mar rugia. Hanna olhou para baixo, esperando não tropeçar no corpo inerte e deformado de Ali. Ela morrera com o impacto da queda, certo?

– Vocês a estão vendo? – gritou a voz de Aria a distância.

– Ainda não! – respondeu Spencer. – Continuem procurando!

Elas subiram e desceram a praia, entrando na água morna, procurando nas dunas, até mesmo dando voltas e verificando enseadas e penhascos. Mas não havia um corpo em lugar nenhum.

– Mas que droga! – Aria parou, sem fôlego. – Para onde ela foi?

Hanna olhou em volta em desespero. Não era possível. Ali não podia simplesmente sumir. Aria a *empurrara*. Ela caíra rapidamente. Elas a ouviram bater na areia. Tinham olhado por cima do parapeito e, na escuridão indistinta, podiam jurar que tinham visto um corpo. *Não* tinham?

— A maré deve tê-la levado. — Spencer apontou para o mar.

— Ela já deve estar longe a uma hora dessas.

— O que vai acontecer quando ela voltar à praia? — sussurrou Aria.

— Ninguém tem como provar que fomos nós. — Spencer olhou em volta, checando a praia de novo. Ainda estava vazia. Ninguém estava olhando. — E, Aria, foi legítima defesa. Ali poderia ter nos matado.

— Não temos certeza disso! — Os olhos de Aria estavam arregalados e assustados. — Talvez a tenhamos entendido mal lá em cima. Talvez eu não devesse ter...

— Você *devia* — disse Spencer, severamente. — Se você não a tivesse empurrado, podíamos não estar mais aqui agora.

Todas ficaram em silêncio por um momento. Emily fitava a lua redonda sobre elas.

— E se Ali não tiver sido carregada pela maré? — murmurou.

— E se tiver sobrevivido à queda e rastejado em busca de ajuda?

O estômago de Hanna se revirou. Ela estava pensando a mesma coisa.

Spencer chutou um torrão de areia.

— Sem chance. Ela não sobreviveria àquela queda.

— Ela sobreviveu a um incêndio — lembrou Emily. — Nós não sabemos com quem estamos lidando. Ela é, tipo, *biônica*.

Os olhos de Spencer faiscaram.

— Vamos deixar para lá, está bem? Ela foi levada pelo mar. Está *morta*.

Agora, Hanna notara algo do outro lado da academia. Jeremiah estava parado na porta, próximo ao balcão de entrada, olhando diretamente para ela.

Hanna pulou do aparelho e enxugou o rosto com a toalha. Conseguia sentir o pulso disparado até mesmo nos lábios. Quando Jeremiah se aproximou, ela deu-lhe um grande e inocente sorriso.

— Ah, você frequenta esta academia?
— Para falar a verdade, frequento — retrucou Jeremiah. Seu rosto roxo de raiva. — Ou melhor, *frequentava*. Seu pai me deu uma associação de cortesia. Mas agora foi cancelada.
— Ah — disse Hanna, baixinho.
— Ah? É só isso que tem a dizer? *Ah*? — Jeremiah estava tão furioso que tremia. — Espero que esteja contente, Hanna. Foi tudo por *sua* causa.

Uma onda de choque atravessou a pele de Hanna, mas ela manteve o pé firme.

— Não fiz nada de errado! Apenas contei ao meu pai que vi você ir lá para cima.
—Você não *viu* nada e sabe disso. — Ele se inclinou para ela, o hálito azedo e sujo. —Você teve algo a ver com isso, não teve?

Hanna virou a cabeça para o outro lado. A garota que queria usar o aparelho olhava para os dois, de testa franzida.

— Não sei do que está falando.

Jeremiah apontou um dedo para ela.

—Você arruinou minha carreira. E tenho a sensação de que vai encontrar um jeito de arruinar a campanha do seu pai também. Lembra-se daquele bilhete anônimo que recebi, dizendo que você escondia algo? Vou investigar isso, Hanna. E você vai se dar mal.

Hanna deixou escapar um gemido aterrorizado. Jeremiah ficou perto de seu rosto por mais um momento, depois deu a volta e marchou para fora da sala.

—Você está bem? — perguntou a garota, pausando a esteira.
— Ele parecia muito... intenso.

Hanna correu a mão pelos cabelos suados e murmurou uma resposta inexpressiva. Ela definitivamente não estava bem. Será que Jeremiah falara sério? Em que ela se metera?

Em seguida, vinda do nada, uma risadinha aguda e alegre saiu dos tubos de ventilação. Ela olhou pela sala. *Ali?*

A risada persistiu. Hanna fechou os olhos, pensando naquela praia vazia de novo. Por muito tempo, Hanna reprimira o pensamento de que Ali pudesse ter sobrevivido, mas agora ela sabia que Emily estava certa.

Ali estava ali. Talvez não ali, na academia, naquele momento, mas estava em Rosewood, seguindo-as, observando, pronta para arruinar suas vidas pela terceira e última vez. Ali era como um gato de sete vidas: sobrevivera ao incêndio na floresta dos fundos da casa de Spencer, depois ao incêndio em Poconos e agora àquela queda impossível do mirante. Ela rastejou para longe, cuidou dos ferimentos, fortaleceu-se e estava *de volta*. Talvez não morresse até conseguir exatamente o que queria: livrar-se de todas elas, de uma vez por todas.

Só havia uma coisa que Hanna podia fazer: procurar a polícia. Ali precisava ser detida. Se aquilo significava admitir o que acontecera na Jamaica, que fosse. Tinha sido em legítima defesa, afinal. Tinham feito aquilo para interromper o ciclo maldoso de assassinatos de Ali — sabe-se lá quem mais ela matara depois de sobreviver ao incêndio. Além disso, elas não tinham realmente *matado* Ali — ela ainda estava viva. Hanna até assumiria a culpa pelas amigas, mesmo que isso significasse cair no conceito de seu pai. Ela não podia deixar que Ali brincasse com elas de novo, de jeito nenhum.

Quando o celular de Hanna vibrou contra sua cintura, ela pulou. *Mike*, desejou ela – ele podia estar só dando um gelo nela todo esse tempo. Ela vasculhou o bolso, sacou o celular e olhou para a tela. MENSAGEM DE REMETENTE ANÔNIMO. Com um tremor, ela abriu e leu a mensagem.

Assista ao noticiário, querida. Tenho uma surpresa para vocês. Beijos! – A

# 33

NOTÍCIAS QUE ELAS NÃO ESPERAVAM

O trem-bala de volta a Rosewood apitou na Penn Station, e Spencer, sua mãe e a família Pennythistles embarcaram em silêncio. O sr. Pennythistle sentou-se rígido em seu assento, parecendo que, a qualquer momento, um vaso sanguíneo explodiria em seu cérebro. A sra. Hastings, a seu lado, lançava-lhe olhares extenuados, olhando ansiosamente pela janela ou sacudindo a cabeça para a filha. Spencer se perguntava o que ele contara a ela sobre aquela manhã. Contara sobre como ele batera em Zach? Contara que era homofóbico?

Amelia virava o pescoço para lá e para cá, olhando para todos eles, certa de que algo estava acontecendo, mas sem saber do que se tratava. Zach estava de ombros caídos próximo à janela, com os fones de seu iPod nos ouvidos. Jogou seu casaco e sua mochila no assento ao lado para que Spencer não pudesse se sentar ali. Ela tentou pedir desculpas a ele inúmeras vezes, mas sem sucesso – ele nem olhava para ela.

Eles passaram por Newark, depois por Trenton. O celular de Spencer tocou. HANNA MARIN CHAMANDO. Mas ela não queria falar com Hanna naquele momento. Não queria falar com ninguém.

Spencer pressionou a testa contra a janela fria e olhou para as árvores e casas que ficavam para trás. O céu estava num perfeito tom de azul, com poucas nuvens. Aquilo lembrou-lhe, subitamente, da decolagem do avião na Jamaica, um ano antes. Quando elas decolaram e circularam o aeroporto, ela espiara a praia infindável e vazia e o mar azul lá embaixo. Do alto, tinha certeza de que conseguiria ver o corpo de Ali boiando nas ondas, uma nesga amarela de tecido destacando-se na água tão azul. Mas não viu nada.

Os dias seguintes à morte de Ali foram terríveis: elas se obrigaram a parecer garotas felizes, de férias, especialmente porque Noel e Mike estavam com elas. Eles fizeram mergulho e nadaram, andaram de caiaque no oceano e pularam de penhascos uma porção de vezes. Hanna fez massagens, Aria fez aulas de yoga. Mas o segredo pesava em cada uma delas. Elas quase não comiam. Quase não sorriam. Bebiam um bocado, mas o álcool as tornava mais tensas e briguentas, em vez de deixá-las mais alegres e relaxadas. Às vezes Spencer ouvia Hanna, com quem dividia o quarto, levantar-se da cama no meio da noite, fechar a porta do banheiro e passar horas ali. O que ela estava fazendo? Perguntando ao seu reflexo no espelho o que fazer? Revivendo toda aquela coisa horrível?

Spencer sempre fingia dormir quando Hanna saía do banheiro, sem querer conversar a respeito. A distância entre as garotas já começara a crescer. Elas não queriam olhar umas para as outras, com medo de que alguém irrompesse em lágrimas.

Toda manhã, Spencer acordava, ia até a varanda do quarto e observava a praia, certa de que o corpo de Ali estaria lá, inchado e azul. Mas nunca estava. Era como se aquilo jamais tivesse acontecido. Nenhum policial jamaicano batera nas portas de seus quartos fazendo perguntas. Nenhum funcionário do hotel se manifestara à procura de uma hóspede desaparecida. Parecia que ninguém notara o sumiço de Tabitha. E parecia que ninguém, ninguém mesmo, vira o que Spencer e as outras garotas haviam feito naquela noite horrível.

No avião para casa, Emily tocara na mão de Spencer. Sua pele estava grudenta, e seu cabelo, oleoso e sujo.

– Não consigo parar de pensar. E se o mar não a tiver levado. E se ela não morreu com a queda? E se estiver lá, *sofrendo*, em algum lugar?

– Isso é loucura! – respondera Spencer, zangada, sem poder acreditar que Emily estava trazendo aquele assunto à tona em um lugar público. – Procuramos em cada centímetro daquela praia. Ela não poderia ter se arrastado por ali tão rápido.

– Mas... – Emily mexeu na xícara de plástico que a comissária de bordo lhe dera. – É muito esquisito que a maré não a tenha trazido de volta.

– É *ótimo* que a maré não a tenha trazido de volta – sussurrou Spencer, picotando um guardanapo de papel em pedacinhos minúsculos. – O universo está conspirando a nosso favor e de todos os outros que ela teria assassinado. Ela era *maluca*, Emily. Fizemos a melhor coisa. A única coisa que podíamos.

Mas agora Spencer duvidava que Ali não tivesse retornado à praia. Ela olhou para a última mensagem enviada por A: *No final, todos os segredos acabam vindo à tona*. Emily estava certa. O corpo de Ali não tinha sido levado à praia pela maré porque ela não morrera na queda.

Finalmente o trem chegou à estação de Rosewood, e todos desembarcaram. Jogaram suas bagagens no porta-malas do Range Rover do sr. Pennythistle e saíram dali. A viagem até em casa foi silenciosa e estranha, embora a estação conservadora de notícias na qual o sr. Pennythistle afinal sintonizara fosse uma distração bem-vinda. Spencer nunca estivera tão grata por ver sua casa em toda sua vida. Quando abriu a porta, o sr. Pennythistle disse a ela:

— Despeça-se de Zachary, Spencer, esta é a última vez que você o vê.

Ela quase derrubou sua sacola no chão lamacento. Eles não haviam dito na noite passada que a família Pennythistle estava se mudando para a casa delas?

— Ele vai para um colégio militar no norte do Estado de Nova York. — disse o sr. Pennythistle num tom definitivo e frio, que provavelmente era o mesmo que usava quando demitia alguém. — Está tudo arranjado. Fiz uma ligação esta manhã.

Amelia engasgou — aparentemente era a primeira vez que ela ouvia aquilo também.

Spencer olhou para o sr. Pennythistle, implorando.

— Tem certeza de que isso é necessário?

— Spencer. — A sra. Hastings saiu de dentro do carro. — Isso não lhe diz respeito.

Spencer voltou para o carro de qualquer forma. Ela ia pedir desculpas mais uma vez quando a música do plantão de notícias tocou no rádio do carro.

— Acabamos de receber a informação — disse a repórter falando rápido — de que os restos mortais de uma adolescente foram encontrados numa praia na Jamaica.

O cabelo de Spencer ficou em pé. Ela se afastou de Zach e olhou para os alto-falantes na parte de trás do carro. *O que* a repórter acabara de dizer? Mas antes que ela pudesse se inclinar e aumentar o volume, a sra. Hastings a puxou para fora do carro.

— Vamos, Spencer.

Ela bateu a porta e acenou, melancólica, para o sr. Pennythistle. As duas observaram enquanto as lanternas traseiras vermelhas desapareciam rua abaixo e sumiam na curva.

Restos mortais de uma adolescente... Jamaica. Spencer apanhou seu celular no exato momento em que Hanna ligava para ela. Spencer atendeu.

— Estive ligando para você por mais de uma hora! — sussurrou Hanna. — Spencer, ah, meu Deus.

— Venha para cá! — disse Spencer correndo na direção de sua casa com o coração acelerado. — Venha para cá, *agora*!

34

A GAROTA NA PRAIA

Quando Aria estacionou na frente da casa de Spencer, todas as luzes da casa estavam acesas. O Prius de Hanna e a perua Volvo de Emily também estavam estacionados no meio-fio. Enquanto desligava o motor do Subaru, Aria as viu andar com cuidado pela calçada escorregadia. Juntou-se a elas na porta.

– O que significa tudo isso? – Aria acabava de chegar de ônibus de Nova York quando Spencer ligara, dizendo que precisava ir até lá, mas sem explicar por quê.

Hanna e Emily viraram-se para ela com os olhos arregalados. Antes que pudessem dizer qualquer coisa, Spencer escancarou a porta. Seu rosto estava pálido e abatido.

–Venham comigo.

Ela as guiou pelo corredor até a sala de estar. Aria olhou em volta; ela não estivera naquela sala durante o último ano, mas as mesmas fotos escolares de Melissa e Spencer ainda enchiam as paredes. A televisão estava ligada, no volume máximo. Ela viu o logotipo da CNN no canto inferior direito. Uma grande faixa amarela atravessava a tela:

PESCADOR ENCONTRA RESTOS MORTAIS DE GAROTA DESAPARECIDA NA JAMAICA.

– Jamaica – murmurou Aria, cambaleando para trás. Olhou para as outras. Emily cobrira a boca. Hanna estava com a mão no estômago, como se estivesse prestes a vomitar. E Spencer não desgrudava os olhos da tela, que mostrava um mar azul como o ovo de um tordo e uma praia plana e dourada. Um barco de pescador enferrujado estava na areia, e um zilhão de repórteres se amontoava em volta dele, tirando fotos.

Os olhos de Hanna iam e vinham.

– Isso não quer dizer nada. Pode ser qualquer um.

– Não é qualquer um – disse Spencer com uma voz trêmula. – *Assista*.

Uma repórter loura, de camisa polo com o logotipo da CNN, apareceu na tela.

– O que vemos abaixo é a investigação policial sobre os restos mortais encontrados na praia hoje pela manhã – explicou ela, com os cabelos esvoaçando em seu rosto. – Um pescador que deseja permanecer anônimo encontrou os restos mortais em uma enseada, cerca de dez quilômetros ao sul de Negril.

– Negril? – Hanna olhou para as outras, o lábio inferior tremendo. – Gente...

– Shhhh! – Spencer sacudiu a mão para silenciá-la. A repórter estava falando de novo.

– A julgar pelas condições dos despojos, os especialistas dizem que a garota tinha por volta de 17 anos. Pelo nível de decomposição, acreditam que tenha morrido cerca de um ano atrás. Os legistas estão trabalhando com muito afinco para identificar quem pode ser a vítima.

— Ah, meu Deus! — Aria desmoronou na poltrona. — Gente, essa é... Ali?

— Como é possível? — Hanna pegou o celular. — Não é ela que está nos enviando as mensagens? Não foi ela que *viu* o que fizemos?

— Quais são as chances de outra garota de 17 anos ter morrido perto do The Cliffs? — gemeu Spencer, a boca formando um retângulo trêmulo. — É ela, gente. E, quando a polícia identificá-la e descobrir onde nós estávamos naquela hora, vai juntar dois mais dois.

— Eles não têm nenhuma prova de que fomos nós! — disse Hanna.

— Eles *terão*. — Spencer apertou o nariz. — A vai contar para eles.

Aria olhou em volta da sala, como se as fotos escolares lhe dessem algum conforto. De repente, tudo parecia revirado em sua cabeça. Quer dizer que Ali realmente morrera na queda? O mar a havia carregado tão rapidamente, antes mesmo que elas pudessem encontrá-la na praia? Por que ela levara um ano inteiro para aparecer em uma enseada a apenas dez quilômetros de distância?

E, a maior pergunta de todas: quem era A, senão Ali?

— Acabo de receber novas informações! — gritou a repórter, fazendo as garotas levantarem a cabeça. A câmera balançou, mostrando primeiro o amontoado de pessoas na praia, depois focalizando os pés da repórter, em seguida voltando para seu rosto. A repórter apertava o dedo no ouvido, ouvindo a voz de alguém através do ponto eletrônico.

— Identificaram o corpo — disse ela. — Temos o resultado.

Hanna engasgou. Aria agarrou a mão de Emily e a apertou. Alison DiLaurentis, Aria esperou que a repórter dissesse. Um ar de confusão tomaria conta de seu rosto. Ela acharia que não ouvira o nome direito. Alison DiLaurentis não estava morta?, pensaria ela. Ou essa garota teria o mesmo nome, uma cruel coincidência?

De repente, uma foto preencheu a tela, e as garotas gritaram. Lá estava Ali em sua última encarnação, com os cabelos louros e lisos, o queixo um pouco mais pontudo, maçãs do rosto mais altas e lábios mais finos. Era exatamente a mesma garota que elas haviam encontrado no mirante depois do jantar naquela noite horrível. Exatamente a mesma garota que as provocara com segredos assustadores que só Ali conhecia, que as atraíra até o telhado e quase empurrara Hanna. Mas foi quase um alívio para Aria finalmente vê-la de novo. Pelo menos elas sabiam que ela estava mesmo morta.

— Os pais acabam de identificar a falecida pelos três pinos em seu tornozelo, consequência de um antigo acidente — explicou a repórter, com a foto de Ali minimizada no canto da tela. — Eles liberaram esta foto de como ela era pouco antes de desaparecer. Seu nome era Tabitha Clark, de Maplewood, Nova Jersey.

Por um instante, Aria pensou que seu cérebro estivesse falhando. Ela se virou e olhou para Spencer no exato momento em que Spencer virou-se para olhar para ela. Emily levantou-se de um salto. Hanna se aproximou da televisão na ponta dos pés, como se não pudesse acreditar.

— Espere aí, *o que foi* que ela disse?

— O nome dela era Tabitha Clark — repetiu Spencer num tom monótono, parecendo aturdida. — De Maplewood, Nova Jersey.

— Mas... não! — A cabeça de Aria rodava. — O nome dela não era Tabitha! Era Alison! *Nossa* Alison!

Spencer virou-se e apontou para Emily:

— Você tinha certeza! Você olhou para ela e disse: "*É a Ali!*"

— Ela sabia coisas que só a Ali sabia! — gritou Emily. — Vocês também acreditaram!

— Todas nós acreditamos — murmurou Aria, olhando para a frente, sem foco.

A repórter continuou. As garotas se viraram de novo para a tela.

— Segundo os seus pais, Tabitha havia fugido de casa há cerca de um ano. Ela sempre foi uma garota perturbada, primeiro sendo vítima de um incêndio quase fatal quando tinha 13 anos, depois passando por dolorosas cirurgias reconstrutivas devido às queimaduras. Seus pais sabiam que ela estava na Jamaica, mas não sabiam que havia algo errado até cinco meses atrás, quando ela não entrou em contato com eles como de costume. Eles localizaram seus amigos, que disseram não ter notícias de Tabitha há mais de um ano.

A repórter fez uma pausa e balançou a cabeça tristemente.

— Acabo de ser informada de que o sr. e a sra. Clark a estavam procurando havia meses, sem sucesso. É de partir o coração que sua longa busca pela filha tenha que terminar com tamanha tragédia.

A imagem de duas pessoas apareceu na tela. *Sr. e sra. Clark*, dizia a legenda. Eram duas pessoas de aparência normal, a mãe usando um suéter grande demais e calças jeans *baggy*, o pai de cavanhaque e com uma cara culpada e triste. Não se pareciam em nada com a magríssima sra. DiLaurentis ou com o sr. DiLaurentis, com seu nariz adunco e o eterno ar de indiferença.

Hanna apertou as laterais da cabeça.

— Gente... o que está *acontecendo*?

O coração de Aria batia com tanta força que ela estava certa de que ia explodir em seu peito. O pior pensamento possível ressoou em sua cabeça. Pelo olhar das amigas, estava certa de que estavam pensando exatamente a mesma coisa.

Ela respirou fundo e disse a coisa mais aterradora que podia imaginar em voz alta:

— Gente, Tabitha não era Ali. Matamos uma garota inocente.

35

NÃO FECHE OS OLHOS

Emily desmoronou no chão, a verdade terrível borbulhando em sua cabeça como um enxame de abelhas. *Tabitha não era Ali. Tabitha era inocente. Nós matamos uma garota inocente.*

Não parecia possível e, ainda assim, era o que estava na tela. Tabitha tinha toda uma vida que não se parecia em nada com a de Ali. Tinha pais. Um lar. Suas queimaduras eram de um incêndio doméstico de que fora vítima quando mais nova, não de uma explosão em Poconos. O que quer que estivesse fazendo com elas na Jamaica, deveria ter sido uma artimanha boba, uma aposta que fizera consigo mesma, um joguinho que não queria perder.

— T-Talvez ela tenha ouvido falar de nós nos noticiários ou coisa parecida — disse Aria em voz alta, ecoando os pensamentos de todas. — Talvez tenha seguido os sites dos tabloides, todas as reportagens...

— Alguns sites devem ter revelado mais sobre nós do que sabemos — murmurou Spencer com um fiapo de voz, com os olhos embaçados e sem piscar. – Talvez ela estivesse, sei lá, obcecada. E quando nos viu...

– ... pensou em sacanear a gente – terminou Hanna, colocando a cabeça entre as mãos e balançando o corpo de um lado para o outro. – Gente, eu estava prestes a contar à polícia sobre isso. Ia contar tudo sobre A, sobre Ali e até o que fizemos na Jamaica.

– Jesus – murmurou Spencer. – Graças a Deus você não fez isso.

Lágrimas brotaram nos olhos de Hanna.

– Meu Deus. Meu *Deus*. O que nós fizemos? Vão ligar esse assassinato a nós!

– A me enviou aquela foto em que estou dançando com Tabitha – sussurrou Emily. – É uma prova de que a conhecíamos. E se A mandou a foto para os pais dela? Ou para a polícia?

– Esperem um pouco. – Aria apontou para a tela.

A repórter estava apertando o dedo no ouvido de novo, claramente recebendo informações novas.

– O xerife está considerando a hipótese de morte acidental – informou ela. – Devido à proximidade com o resort The Cliffs, que é conhecido pelas bebedeiras e festas de menores de idade, a hipótese dos investigadores é de que a srta. Clark tenha bebido demais em uma das noites e morrido em um trágico acidente.

A câmera cortou para a imagem do xerife, um jamaicano alto com um uniforme azul brilhante. Ele subiu em uma plataforma improvisada atrás do barco de pesca destruído que continha os ossos exumados de Tabitha.

– Nosso palpite é que a srta. Clark decidiu nadar bêbada – disse ele para uma série de microfones. – O resort The Cliffs já teve problemas com bebidas para menores de idade, e é hora de pôr um fim nisso. A partir de hoje, o resort será fechado por tempo indeterminado.

Flashes pipocaram. Repórteres disputaram perguntas. Emily sentou-se na poltrona, sentindo-se entorpecida. Spencer piscou. Aria abraçou os joelhos contra o peito. Hanna balançou a cabeça e caiu no choro de novo. Emily sabia que devia sentir-se aliviada, mas o sentimento não veio. Ela sabia a verdade. Não fora acidente. O sangue de Tabitha estava em suas mãos.

A lareira tremulou e crepitou. O cheiro amadeirado e agudo lembrou Emily de várias coisas de uma vez – como a fogueira do acampamento em volta da qual se sentaram no bosque, no verão, depois da Coisa com Jenna. Ao lado da fogueira que morria lentamente, Ali as presenteara com pulseiras de fios, fazendo-as prometer que nunca contariam a ninguém o que tinham feito até o dia de sua morte. A pulseira no pulso de Tabitha era misteriosamente idêntica às que Ali fizera para elas, três cores diferentes de um cordão azul, tramado para imitar a cor de um lago límpido e claro.

Mas provavelmente fora uma coincidência. E agora elas tinham um novo segredo que teriam de guardar até o dia em que morressem. Um segredo que era muito, muito pior que o último.

O cheiro de fumaça lembrava Emily de outra coisa também: a cabana consumida pelas chamas em Poconos no dia em que Ali ateou fogo a ela, esperando matar todas as meninas. Por um breve momento, Emily permitiu a si própria revisitar a lembrança de quando correra em direção à porta da cozinha, desesperada para sair. Ali também estava lá, lutando para sair antes das outras para poder trancá-las dentro. Mas Emily pegou no braço de Ali e a girou.

– Como você pôde fazer isso? – Ela quis saber.

Os olhos de Ali faiscavam. Um sorrisinho apareceu em seus lábios.

—Vocês, suas vagabundas, arruinaram a minha vida.

— Mas... eu *amava* você — choramingou Emily.

Ali deu uma risadinha.

—Você é uma tremenda perdedora, Emily.

Emily apertou os ombros de Ali com força. E então, uma explosão gigantesca encheu o ar. A próxima coisa que Emily percebeu foi estar deitada no chão perto da porta. Enquanto rastejava para um lugar seguro, bateu em algo no chão. Era um puxador de cortina laranja que estava pendurado na fechadura da casa de Ali desde que ela podia se lembrar. Toda vez que Emily entrava na casa em Poconos, gargalhando com Ali, pronta para um final de semana divertido, corria seus dedos pelos fios de seda do enfeite. Isso fazia com que se sentisse em casa.

Sem saber muito bem por quê, Emily colocou o enfeite em seu bolso. Depois, olhou por trás de seu ombro mais uma vez. Viu algo que nunca iria contar a outra alma, em parte porque não estava certa de que era verdade ou se era uma alucinação que teve depois de ter inalado tanta fumaça, em parte porque sabia que suas amigas não acreditariam nela, e parte porque era muito assustador e terrível para falar em voz alta.

Quando ela olhou de novo pela porta aberta para a casa prestes a explodir, Ali não estava em lugar algum. Estaria camuflada pelo excesso de fumaça? Ela teria simplesmente engatinhado para mais longe na cozinha e se deixado morrer?

Ou talvez, apenas talvez, ela estivesse tentando desesperadamente sair da casa também. O que Emily fez a seguir, ela nunca iria esquecer. Em vez de bater a porta com força, ou até mesmo de jogar uma cadeira Adirondack na frente da porta para garantir que Ali não escapasse, deixou a porta destrancada e semiaberta. Só um pequeno empurrão, e Ali estaria fora. Em segurança. Livre. Emily simplesmente não podia deixá-la morrer ali. Mesmo depois de Ali ter dito todas aquelas coisas horríveis, mesmo que tivesse partido o coração de Emily em milhões de pedaços, ela não podia fazer aquilo.

E agora, na sala de Spencer, Emily enfiou a mão no bolso e tocou o puxador de cortina laranja mais uma vez. Aquela cena horrível na Jamaica surgiu diante de seus olhos.

– Todo mundo pensou que você tivesse morrido no incêndio – dissera Emily para a garota que todas juravam ser Ali. – Mas...

– Mas o quê? – cortara a menina. – Mas eu escapei? Alguma ideia de como isso poderia ter acontecido, Em? – Em seguida, ela olhou para o bolso de Emily com firmeza, como se tivesse visão de raios-x e pudesse ver o puxador laranja que Emily carregara por todo lado, até mesmo ali, o puxador de cortina que ficava pendurado na mesma porta que havia permitido a Ali escapar.

Tabitha sabia o que Emily fizera. Mas... *como*?

Quando o celular na bolsa de Emily emitiu um bipe alto e agudo na sala silenciosa, ela quase pulou para fora da própria pele. Momentos depois, o celular de Spencer vibrou. O de Aria fez um barulho de buzina. O de Hanna soltou um trinado. E então os toques e zumbidos ressoaram de novo, uma cacofonia de lamentos. As meninas se entreolharam, aterrorizadas.

Se Tabitha não era Ali e morrera naquela noite, então quem estaria fazendo isto a elas? Ali ainda poderia ter sobrevivido ao incêndio. A *ainda* seria Ali, atormentando-as com o segredo mais atroz e complexo de suas vidas?

Lentamente, Spencer pegou seu celular. Assim também o fez Aria, depois Hanna. Emily pegou seu próprio celular da bolsa e olhou para a tela. UMA NOVA MENSAGEM. De anônimo. Claro.

Vocês acham que isso é tudo o que eu sei, vagabundas?

Isso é apenas a ponta do iceberg... e eu estou só me aquecendo. – A

O QUE ACONTECE DEPOIS...

Você *realmente* achou que tinha acabado? Por favor! Enquanto essas senhoritas forem más, estarei de olho nelas. E, cara, elas *foram* bem más. Devemos recapitular? O peito de Hanna quase apareceu na Página Seis. E, claro, ela se vingou de Patrick, mas está prestes a descobrir que há mais de um jeito de destruir a campanha de papai.

Emily despedaçou a família de Chloe. Uma amiga e tanto. Talvez Chloe devesse retribuir o favor e contar à sra. Fields como foi exatamente que Emily passou suas férias de verão... ou talvez eu possa simplesmente fazer isso por ela.

Em seguida, temos Aria. Ao ceder a um impulso, tornou-se uma *Bela Assassina*. Agora, não é só a perna de Klaudia que está quebrada. Será que Aria e Noel sobreviverão ao Furacão Klaudia? Como dizem na Finlândia: *Ja, até parece.*

E finalmente chegamos à má, muito má, Spencer. Você acha que a vida de Zach foi a única que ela destruiu? Pense de novo. Ela usou alguns truques muito sujos para entrar na universidade dos sonhos – e alguém acabou pisoteado no processo.

Mas há a pergunta que está na mente de todos nós: por quanto tempo Hanna, Emily, Aria e Spencer poderão manter o que fizeram com Tabitha debaixo do tapete? Ou melhor, por quanto tempo permitirei que façam isso?

Fiquem comigo, crianças. Essa história está prestes a pegar fogo...

– A

AGRADECIMENTOS

Antes de mais nada, deixem-me dizer como estou emocionada com a continuação de Pretty Little Liars. Assim que escrevi a primeira linha deste livro, eu me senti tão... bem, emocionada e privilegiada por mergulhar nas confusas vidas de Spencer, Hanna, Aria e Emily mais uma vez. Como sempre, preciso agradecer muito às pessoas inteligentes e adoráveis que me ajudaram a criar essa nova teia de mentiras e ameaças para nossas Mentirosas enfrentarem: Les Morgenstein, Josh Bank, Sara Shandler, e Lanie Davis da Alloy. Tem sido um enorme prazer trabalhar com todos vocês nesta série – toda vez que nos reunimos acontece algo realmente mágico.

Também agradeço demais ao pessoal incrível do outro lado do país que fez de Pretty Little Liars um sucesso nas telinhas: Marlene King, Oliver Goldstick, Bob Levy e Lisa Cochran-Neilan; às maravilhosas atrizes Lucy Hale, Ashley Benson, Troian Bellisaro e Shay Mitchell; e ao resto do elenco; aos sensacionais roteiristas por entenderem tão profundamente esta série e por nos mostrarem seu estilo despudorado, assustador e excitante; a todas as outras pessoas envolvidas com o projeto, da forma que for. Muito obrigada a Farrin Jacobs e a Kari Sutherland, da HarperTeen, que sempre têm ideias ótimas (e boa memória) para a série; e muito amor para Kristin Marang e Allison Levin, da Alloy, por seu trabalho sensacional em tudo o que envolve PLL *online*, incluindo as atualizações do blog, que são sempre engraçadas e interessantes! Um *Viva!* para Andy McNicol e Jennifer Rudolph-Walsh, da William Morris, por transformarem os volumes nove a doze de PLL em realidade. Provavelmente esqueci um monte de gente que participa do belo processo de criação do PLL. A lista não para de crescer!

Como sempre, todo o meu amor para minha família e meu marido, Joel, que está sempre a postos para conselhos jurídicos. Porém, acima de tudo, quero dedicar este livro a todos os leitores da série, das primeiras meninas que decidiram dar uma chance ao Pretty Little Liars depois de minha primeiríssima leitura em Carle Place, Nova York; aos muitos fãs que conheci no calor escaldante de Fort Myers, Flórida; às meninas adoráveis e aos livreiros da Jewish Library em Montreal; a todo mundo em todos os eventos que ocorreram entre os citados, assim como a todos os leitores que conheço através do Twitter e do Facebook, nos chats e no Skype. Sem seu entusiasmo persistente e seu amor pela série, este nono livro não existiria. Sou grata a cada um de vocês de mais formas que posso traduzir em palavras.

Leia também:

THE LYING GAME

O JOGO DA MENTIRA

Este livro foi impresso na Gráfica JPA Ltda., Rio de Janeiro – RJ.